Dinastia Hannover

1714-1837

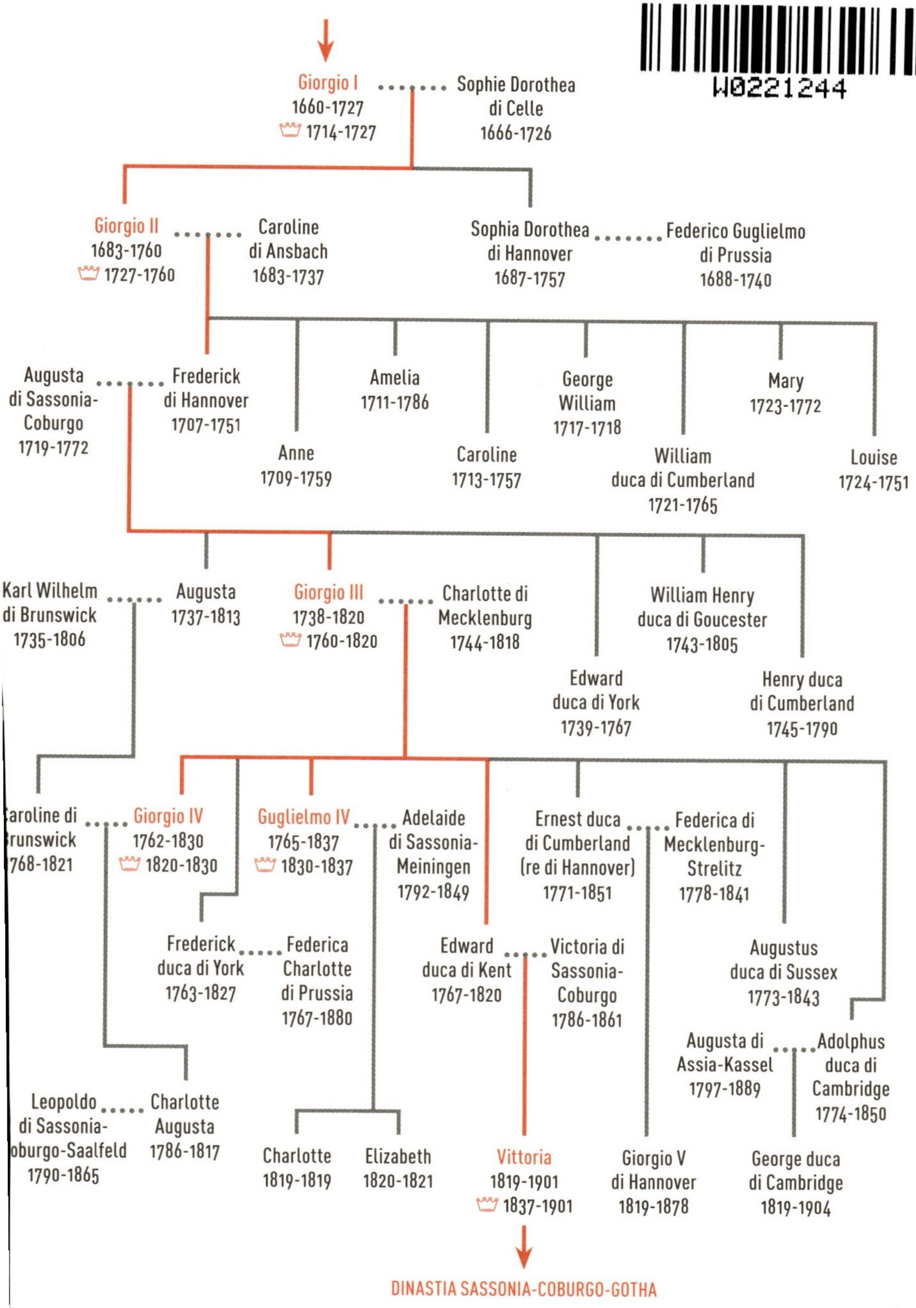

«SAGGI»

Dello stesso autore

Dio ci salvi dagli inglesi... o no?!
La ragazza dei passi perduti (con Giorgio Rossi)
Com'è dolce Parigi... o no?!
Gli italiani la sanno lunga... o no?!
(*anche in ebook*)
Papaveri & papere
I Granduchi di Soldonia
C'era una volta in Italia
(*anche in ebook*)
La classe non è acqua
(*anche in ebook*)
Oro, argento e birra
(*anche in ebook*)
Ci vorrebbe una Thatcher
(*anche in ebook*)
Il romanzo dei Windsor
(*anche in ebook*)

ANTONIO CAPRARICA

IL ROMANZO DEI WINDSOR

A Valentina
in attesa
dell'invito a Corte!
Antonio

Sperling & Kupfer

IL ROMANZO DEI WINDSOR

ISBN 978-88-200-5486-1
92-I-13

A mia madre Annamaria,
che continua a sorridermi

Indice

Prologo attorno a una culla

«A un re non è concesso il lusso di un buon carattere. Il nostro Paese ha prodotto milioni di fruttivendoli per bene ma mai un monarca per bene.»

George Bernard Shaw,
Il carretto delle mele

Il royal baby, George Alexander Louis, è arrivato al mondo con un certo ritardo rispetto alla tempistica reale che di solito vede sfornare l'erede più o meno entro un anno dal matrimonio, come accadde con la nascita di Carlo o dello stesso William. In compenso i duchi di Cambridge possono ben vantarsi di avere stabilito con le loro nozze una serie di primati che futuri emuli reali faticheranno a battere. A cominciare dagli spettatori tv: due miliardi e quattrocento milioni in tutto il mondo, tre volte quelli delle nozze di Carlo e Diana.

Agli inglesi piace tenere i conti e far squillare i registratori di cassa. Così annotano soddisfatti che il matrimonio reale del 29 aprile 2011 ha fruttato quattro milioni di turisti in più nel corso dell'anno. In sterline, fanno 2 miliardi, una manna in tempo di crisi. Nei giorni delle nozze pub e negozi hanno incassato mezzo miliardo di sterline, e più di 100 milioni sono andati a gadget e merchandising ispirati al matrimonio, dalle tazzine ai piatti, dalle bambole alle penne. Perfino il turismo di Anglesey se n'è giovato – più 30 per cento – quando Kate e il suo bel capitano William sono andati a vivere nella base RAF sull'isoletta gallese. Bastano queste cifre per mettere a tacere anche il più fanatico dei repubblicani, peraltro ridotti al lumicino. La monarchia costa a ogni inglese 53 centesimi l'anno. Difficile trovare un investimento più conveniente.

La nascita del bisnipote George regala a Elisabetta II, oltre alla gioia privata di veder ripreso il nome del padre, anche l'evento più felice per celebrare i sessant'anni dall'incoronazione, avvenuta il 2 giugno 1953. Di bisnipoti ne ha già altre due, le figlie di Peter Phillips, primogenito della principessa Anna. Ma a parte i nomi impossibili – Savannah e Isla – sono molto giù nell'ordine di successione, mentre questo è destinato al trono, terzo dopo Carlo e William. Due decadi dopo l'*annus horribilis*, il 1992 della separazione di Diana e dell'incendio al castello di Windsor, il 2013 promette di entrare nelle cronache reali come l'*annus faustus*.

E certamente felice appariva Sua Maestà alla notizia della nascita del bisnipote. Grazie all'esserino di 3 chili ottocento grammi venuto al mondo il 22 luglio 2013 alle 4.24 del pomeriggio, fuso orario di Greenwich, sessanta e più anni di regno non sono stati inutili e la dinastia si proietta fiduciosa anche verso il nuovo secolo. Nel 2066 non sappiamo chi sarà sul trono, ma si può ragionevolmente supporre che il trono ci sarà ancora, festeggiando i mille anni della monarchia stabilita dai normanni sull'isola nel remoto 1066. Nessuna istituzione politica al mondo, salvo il papato, può vantare un simile record di durata.

Tutti sanno che il sovrano detronizzato d'Egitto, Farouk, previde l'avvento di un mondo in cui sarebbero rimasti soltanto cinque re, i quattro delle carte più quello d'Inghilterra. Ma all'inizio del Novecento il monarca in carica sull'isola, Edoardo VII, era decisamente più pessimista. Presentò a un visitatore l'erede principe di Galles, in seguito Giorgio V, con le seguenti parole: «Questo è mio figlio, l'ultimo re d'Inghilterra». Al contrario,

Giorgio fu il primo di una nuova dinastia – sebbene solo nel nome, che passa dai tedeschi Hannover e Sassonia-Coburgo-Gotha all'inglese Windsor. E quel camaleontico mutamento di pelle fu una delle ragioni per cui i sovrani sono ancora a Buckingham Palace anziché in esilio sulla Costa Azzurra.

Come vedrete nelle prossime pagine, la sopravvivenza (e quindi il successo) della monarchia britannica non è solo clamorosa ma appare francamente sbalorditiva. Nessuno ha lavorato più alacremente dei suoi principi per demolire l'immagine e la popolarità della dinastia. George Bernard Shaw, che mi ha offerto l'esergo di questo libro, aveva perfettamente ragione, e lo potrete giudicare voi stessi: con rare eccezioni, l'Inghilterra non ha mai avuto un erede al trono «per bene». Bisogna arrivare a William, il figlio di Diana, per trovare un futuro re con sane, normali ambizioni «borghesi». E un senso del dovere ereditato direttamente da nonna Elisabetta.

In effetti, la saggia nipote di Giorgio V è stata il colpo di fortuna della monarchia nel secolo appena finito. Lo zio che abdicò nel 1936, Edoardo VIII, rappresentava la più completa continuità con la tradizione di mattane, dissipatezza, egoismo, follia dei maschi della famiglia Hannover da Giorgio I in giù, vale a dire gli ultimi trecento anni. Analogamente, a salvare la corona nell'Ottocento provvide una donna, la grande Vittoria, per buona sorte succeduta a soli diciotto anni a quelli che l'opinione del tempo chiamava *the wicked uncles*, gli zii malvagi. E il soprannome dice tutto sulle attitudini e la moralità di Giorgio IV, Gugliemo IV e la torma dei loro fratelli.

Gli augusti personaggi che incontrerete in questo libro sono così eccessivi nei difetti, nell'accanito inseguimento del piacere, nelle svergognate eccentricità, da fornire materiale più al romanziere che al saggista. E confesso di averli raccontati soprattutto con questo spirito. Ma anche di fronte agli intrighi più picareschi, di letto e di potere, non dimenticate che i protagonisti di questa storia – a volte davvero priapici – sono anche al vertice dell'impero più vasto apparso sul pianeta: al suo apogeo, nel 1914, controllava un quarto delle terre emerse e la totalità degli oceani. Anche quando il re non governava più effettivamente, era comunque suo compito continuare a indossare la maschera maestosa del potere imperiale. Questo gli chiedevano i sudditi, e il problema era come conciliarlo con una visita a un bordello parigino o la seduzione costante delle mogli dei suoi nobili.

La monarchia che Elisabetta si prepara a consegnare al nipote William, dopo una transizione prevedibilmente breve di Carlo, non ha più niente in comune con questa Età del Privilegio. Intendiamoci, non che gli inglesi vogliano vedere i loro re e regine andare in bicicletta. Il sovrano democratico e alla mano della moda scandinava non si adatta alla tradizione e alla memoria di un grande Paese. La pompa, le cerimonie, le fanfare scaldano il cuore dei sudditi e li rassicurano su un futuro non troppo mediocre, o quanto meno degno di un grande passato. Non chiedono al monarca di rinunciare a Buckingham Palace e nemmeno allo sfarzoso corteo che lo accompagna ogni anno all'apertura solenne del Parlamento, il capo gravato delle mille pietre preziose della corona. In quella figura ieratica gli inglesi vedono il riflesso della grandezza della loro nazione. E non vogliono che cambi.

Ma ciò che la monarchia non può più permettersi è di essere, come denunciava Diana, *out of touch*: insensibile, remota dalla vita e dalle preoccupazioni della gente comune. E questo è il grande salto che forse solo il figlio di Diana poteva essere in grado di fare. Certo, anche lui ha frequentato la scuola esclusiva di Eton. Anche lui è cresciuto tra *nanny* e cameriere e maggiordomi. Anche lui, come la madre, è andato a vivere con moglie e figlio non in un cottage ma in una residenza di quattro piani e cinquanta stanze che occupa un'intera ala della reggia di Kensington Palace. Ma a lui riesce naturalmente ciò che al padre non riuscirà mai. I sudditi lo sentono vicino.

È un effetto che deve moltissimo all'incontro con Catherine Middleton. Tutti i testimoni concordano che sin dal primo momento, all'Università di St Andrews, il principe fu attratto non solo dalla sua bellezza – la famosa sfilata in lingerie trasparente... – ma dai modi aperti e diretti. E dallo stile di vita più semplice, meno controllato e protocollare che lei gli faceva balenare agli occhi. Per la prima volta in vita sua, aveva la libertà di bere in un pub come gli altri studenti o di provare il brivido della novità consumando la zuppa di pesce nel cartoccio, seduto sul marciapiede. Accanto a Kate, a St Andrews, William poteva pretendere, almeno ogni tanto, di essere un laureando come tutti gli altri che si godeva una normale relazione con una bella collega.

E qui entra in campo la famiglia. Al ragazzo sopravvissuto al devastante divorzio dei suoi, l'affettuosa normalità dei Middleton deve essere parsa un'isola paradisiaca. Gli piaceva diventare parte di una calda unità famigliare e scoprire che un matrimonio può anche funzionare, due coniugi possono anche amarsi. Per lui devono essere state un sollievo le maniere semplici dei futuri suoceri, l'assenza di pomposa formalità nel loro comportamento. Li avrà osservati bene, forse anche studiati per capire e imparare come funziona una famiglia che si vuole bene, in cui ci si preoccupa gli uni per gli altri. Non è mai successo nella lunga storia degli Hannover-Windsor: era già un miracolo se padri e figli non si odiavano...

«Kate ha una famiglia molto, molto unita», disse William

nella prima intervista tv dopo l'annuncio del fidanzamento. Per lui si trattava, evidentemente, di un'esperienza del tutto inedita. E per i suoceri, che chiamò senza formalismi «Mike e Carole», abbondò in lodi: «Sono stati affettuosi e attenti, e veramente divertenti. Mi hanno accolto con un benvenuto sincero e io mi sono sentito davvero parte della famiglia». È sbalorditivo come avere sangue reale e stuoli di servitù non serva a dare a nessun essere umano la sicurezza che viene da un abbraccio e un bacio.

Molti cortigiani col naso all'insù non hanno mai digerito l'intimità tra il giovane Windsor e i suoceri «plebei» (per mancanza di sangue blu, non di conto in banca...). Ma si sono dovuti rassegnare. Sanno che William adora stare con loro ed è anche molto protettivo nei loro confronti. Sono andati in vacanza assieme nell'esclusiva isola caraibica di Mustique (quella che la prozia Margaret aveva trasformato in un'alcova a cielo aperto). A Wills piace passare le serate a guardare la tv a casa loro con una ciotola di zuppa sulle ginocchia. E sebbene il padre di Kate per lui sia quasi sempre «Mike», ogni tanto gli scappa pure un «*Dad*», papà.

Questo quadretto di normalità borghese manda in brodo di giuggiole i lettori dei tabloid. E non avrebbe potuto risultare più conveniente per tutti nemmeno se fosse stato studiato a tavolino. A trarne il maggior giovamento è sicuramente il giovane duca di Cambridge, che per la prima volta dalla sua travagliata adolescenza ha la concreta opportunità di guarire la sua psiche ferita. Nella cerchia famigliare, che per lui è stata sinonimo di disfunzionalità (come quasi sempre per i suoi antenati), stavolta può invece sentirsi protetto e a suo agio. Non è esagerato dire che sta imparando a essere re osservando nonna Elisabetta, e sta imparando a essere padre tenendo d'occhio il solido Mr Middleton.

Questo doppio processo di crescita è costantemente scrutinato dai giornali e, attraverso essi, dall'opinione pubblica. E ciò che vede piace al regno che da un paio di secoli ufficialmente idolatra i valori della *middle class*, la famiglia, il lavoro, la responsabilità dell'individuo. Non era forse su questi pilastri che l'antenata regina Vittoria aveva ricostruito l'autorità della monarchia dopo la scandalosa dissipazione dei principi hannoveriani? Soprattutto in tempo di crisi e austerità, gli inglesi paiono meno disposti a tollerare i privilegi abitualmente riconosciuti allo status e alla ricchezza.

William ha fatto capire che vuole guadagnarsi la stima del pubblico con un lavoro rischioso come pilotare un elicottero di soccorso. E alla gente piace un principe che sia un buon padre di famiglia, affettuoso verso moglie e figli come la maggior parte delle persone comuni, e come raramente i Windsor hanno mostrato (comunque mai in pubblico). È una lieta novella per i sudditi. E un fantastico colpo d'immagine per la dinastia. Grazie, Middleton.

In cambio, William ha chiesto ai suoi altezzosi parenti di trattare bene la famiglia della sposa. E anche questo stabilisce un precedente. Perché è vero che, a cominciare dal ventesimo secolo, i figli dei sovrani hanno potuto finalmente sposare dei *commoner*, cioè gente senza sangue blu o senza connessioni reali, ma la graziosa accettazione non si estendeva alle famiglie d'origine. È ben noto che i Phillips, genitori del primo marito (divorziato) della principessa Anna, non hanno mai ricevuto un invito da Elisabetta. E perfino gli Spencer, che pure appartenevano all'alta aristocrazia, nel ruolo di consuoceri non sono mai stati onorati nemmeno di un drink. Per Mike e Carole si fa larga eccezione. Nessuno si aspettava la comparsa dell'ex hostess nel corteo di carrozze dietro la regina per l'inaugurazione delle corse di Ascot. E raramente la mamma della duchessa di

Cambridge perde l'occasione di apparire nelle cerimonie reali, oltre che negli incontri privati.

I maligni rilevano che non tutti tra i Windsor appaiono felici di queste concessioni. I sospetti gravano in particolare su Carlo e Camilla. Dipendesse da loro, eviterebbero di ospitare, quando capita, i Middleton a Carlton House. Ma sono costretti a essere gentili perché è questo che William vuole. E il padre, un padre con quella storia, non è certo in grado di dirgli di no.

La stessa regina aveva saggiamente evitato di mettere becco nella scelta sentimentale del nipote. Forse, dopo i divorzi di tre figli su quattro, si era resa conto di non essere granché come sensale di matrimoni. Forse le sono venute a mancare le sue abituali consigliere in materia, la Regina Madre e la sorella Margaret, entrambe fieramente tradizionaliste. O forse il suo grande fiuto politico le ha suggerito che le regole del gioco sono cambiate.

Come che sia, e benché la stessa legge di successione le dia il potere di approvare o impedire le nozze di un erede, Elisabetta si è tenuta indietro nel lungo corteggiamento di William a Kate. Ma il finissimo naso come sempre non l'ha tradita. Astutamente, ha presto compreso che al pubblico la ragazza piaceva. Offriva una narrativa, personale e famigliare, che parlava di fatica, di umiltà, ma anche di aspirazioni e di capacità di scalare le gerarchie sociali. L'arrivo di Kate in cima, tre generazioni dopo la nonna domestica, dice agli inglesi che la monarchia è cambiata ed è capace di aprirsi perfino alla mobilità sociale.

Il passo del cambiamento è aumentato a mano a mano che William acquistava maggiore sicurezza di sé. Ha cominciato ad anteporre il benessere di Kate, e talvolta anche i suoi propri desideri, alle tradizioni reali. Lui stesso ha raccontato la reazione alla lista di invitati alle nozze preparata da Buckingham Palace:

«Ho scorso per 750 nomi, e non ne ho trovato uno che conoscevo. Ho telefonato alla nonna per dirle che così non poteva andare». La sovrana non ha fatto storie e al matrimonio sono arrivati in 1.800, gli amici-bene dei nubendi erano presenti ma anche centinaia di sostenitori delle tante *charities* patrocinate dai giovani principi. Nonna Elisabetta invece l'ha avuta vinta, senza discussioni, sull'abito di nozze del nipote. William avrebbe voluto indossare la sua divisa blu dell'Aeronautica, ma la regina gli ha ricordato che lui è il colonnello del *suo* reggimento delle Irish Guards, e oltretutto la tunica rossa dell'uniforme è molto più elegante. E aveva perfettamente ragione.

Ai sudditi ordinari i minimi gesti di ribellione compiuti dall'erede possono sembrare insignificanti. Ma nel grande arazzo degli usi protocollari della monarchia ogni piccola smagliatura appare un clamoroso strappo. Per esempio, il primo Natale dopo le nozze, anziché trascinare la giovane moglie al tradizionale pranzo della nonna nella tenuta di Sandringham, il principe decise di trascorrere la giornata festiva privatamente con i Middleton, nella loro casa nel Berkshire. Sembra niente, ma dev'essere parsa una rivoluzione al giovane uomo nei cui ricordi il castello di Sandringham è legato a uno dei peggiori Natali della sua vita: quando Diana appena separata fu costretta a consegnare i figli alla tavola natalizia dei reali e a tornarsene a casa a Kensington Palace per pranzare da sola.

Un altro distacco significativo dalle lussuose consuetudini di famiglia è il taglio della servitù. Sin dall'università Wills ha imparato a fare a meno di valletti, cameriere, lacchè e maggiordomi. La situazione ovviamente è cambiata con l'arrivo del bebè e il trasferimento nella sontuosa residenza di Kensington Palace. Ma, a dispetto dell'aumento inevitabile del personale di servizio, la nascita dell'erede segna pure un altro passo avanti verso una monarchia *middle-class*. Infatti, a chi si rivolgerà Kate per aiuto e assistenza, se non alla madre che adora? Carole Middleton è diventata la nonna più influente del Paese. E il genero approva di cuore.

Così una normalissima famiglia della classe media, senza particolari doti se non quelle della sua fascia sociale – affetto, disponibilità emotiva, lavoro – non solo ha offerto a un futuro re il sostegno e la stabilità personale di cui aveva bisogno. Gli ha anche fornito le parole da inscrivere sulle bandiere della monarchia nel ventunesimo secolo. Un re *middle-class* si prepara a occupare il trono appartenuto, un tempo nemmeno troppo lontano, a leggendari debosciati. Nella prossima pagina, troverete il più recente, Edoardo VII. E, come vedrete, lo ha preceduto una schiera di impareggiabili dissoluti. William non potrebbe essere più diverso da questi antenati che non ammettevano limiti al proprio capriccio. È una fortuna per gli inglesi. Ma bisogna riconoscere che senza i «principi del peccato» ci saremmo perduti il «romanzo dei Windsor».

1

Il porno-trono di Bertie

«MOSTRA sempre di più di essere *totalmente*, *totalmente* inadatto a diventare re!» Diana che parla di Carlo, nell'ormai famosa intervista televisiva al programma della BBC *Panorama*, nel 1995? Le parole sono pressoché identiche, ma questo giudizio devastante, corsivo incluso, fu scritto in realtà ben centotrenta anni prima, e racchiudeva – in una lettera alla figlia Alice – la disperata opinione della regina Vittoria sulle qualità, o piuttosto l'assenza di qualità, del figlio ed erede «Bertie». Questo era il reale diminutivo per il maschio primogenito Albert Edward: una doppietta onomastica in omaggio al padre Albert, il principe consorte, e in memoria del nonno materno, Edward duca di Kent. Del papà prematuramente scomparso Vittoria aveva sempre sofferto la mancanza, ma quando l'erede obiettò al suo doppio nome e chiese di assumere solo quello di Edoardo una volta sul trono, mammà rifiutò indignata. Come Albert Edward, spiegò, egli avrebbe dato inizio a una nuova linea di monarchi di nome Albert, come l'adorato marito ucciso da una misteriosa malattia ad appena quarantadue anni. La risposta del principe di Galles fu diplomatica ma ferma: «Comprendo bene il Vostro desiderio che porti due nomi, ma nessun Sovrano Inglese lo ha mai fatto».

Il 22 gennaio 1901, a ottantuno anni, anche Vittoria, che sembrava immortale, chiuse per sempre gli occhi. Ventiquattr'ore più tardi, e dopo un'attesa durata quasi sessant'anni – solo il pronipote Carlo aspetta da più tempo –, Bertie salì dunque al trono come Edoardo VII. E, smentendo la madre, si mostrò non meno adatto di tanti predecessori al mestiere di re. Si guadagnò una buona reputazione soprattutto in politica estera: la sua visita di Stato a Parigi, nel 1903, aprì la strada all'*Entente cordiale* anglo-francese che avrebbe segnato la politica delle alleanze nell'Europa del Novecento. Vittoria, sempre testardamente filo-tedesca, non avrebbe certo approvato. D'altronde non aveva mai approvato niente del figlio. Nemmeno l'aspetto fisico. Alla prediletta primogenita Vicky, sposata nel 1858 al futuro Kaiser Federico III, elencava sconsolata tutte le mancanze di Bertie: fannullone, debole, intellettualmente pigro, e «bello non posso proprio dirlo di lui, con quella testa penosamente piccola e stretta, quel grosso naso e totale assenza di mento». Per fortuna di Bertie, il lungo catalogo di aristocratiche, attrici e sartine con cui andò a letto testimonia una differente opinione del gentil sesso sul suo conto.

Se la sua eredità in politica estera è oggi ormai affare di pochi studiosi, un pubblico molto più ampio di turisti ha occasione di ammirare a Parigi una residua testimonianza materiale della sua inesauribile attività amatoria. La troverete esposta al Museo dell'erotismo, a due passi da Place de Clichy. Sul vasto slargo i torpedoni scaricano legioni di turisti eccitati dalla visita al quartiere del sesso. Ma si può immaginare che l'eccitazione duri poco di fronte alla «civetta fallica», un uccello di porcellana dal cui cranio spunta un pene umano, o alla fontana che riproduce una donna nuda accovacciata, due zampilli d'acqua che sprizzano dai capelli e un terzo che percorre invece il tragitto inverso nelle parti basse del corpo. In un angolo fa bella mostra di sé la «sedia da cunnilinguo», che in mezzo a un buco centrale offre una specie di ruota da mulino attrezzata con linguette di plastica. Ed ecco, lì accanto, l'ingegnoso contributo di Bertie, quand'era ancora principe di Galles, all'arte della copula. La «poltrona dell'amore» è una sorta di trespolo in cui si suppone che gli amanti si accomodino – si fa per dire... – uno a mezz'aria e l'altro sotto, sebbene non vi siano disposizioni tassative circa il posizionamento dell'uno o dell'altro. Dipenderà dall'uzzolo del momento, ma nel caso di Edoardo VII la mole avrà certamente imposto un ovvio rispetto della legge di gravità. E dunque, sotto.

Come un simile, notorio e impenitente donnaiolo – o *philanderer*, per dirla all'inglese – sia riuscito a conservarsi nei decenni l'affetto e la devozione della sottile principessa danese ricevuta in moglie, resta un mistero. Sta di fatto che il matrimonio combinato, e sottoposto alla continua, fastidiosa ingerenza di mamma Vittoria, si rivelò un successo a dispetto della vita di eccessi e *débauche* condotta da Bertie dall'adolescenza sino all'ascesa al trono. Non che dopo si sia emendato, ma nessuno almeno osava più chiamarlo *the Prince of Pleasure*, il Principe del Piacere. Un titolo, come vedrete, ben meritato, a differenza dei molti altri piovutigli sul capo solo quattro settimane dopo la nascita, nel 1841: principe di Galles, conte di Chester, duca di Cornovaglia e Rothesay, conte di Carrick, barone di Renfrew e Grande Steward di Scozia... Ah, un momento: su richiesta del padre tedesco pure duca di Sassonia, cosa che fece molto storcere il naso ai sudditi inglesi ma garantì al neonato anche il diritto di ereditare terre in Germania.

Onusta di ricchezze e onori, la vita di questo gargantuesco (anche nelle dimensioni) sovrano rotolò da uno scandalo all'altro, sempre più gravi, in una specie di involontario spot contro la follia della monarchia ereditaria. Il buffo è che appena quindicenne (e molto ignorante), in uno dei suoi rari componimenti passabilmente originali, proprio questo ragazzo bruttino, complessato e solitario muoveva l'obiezione principale contro il suo regale destino. Nell'esame per l'ammissione all'Esercito (inutile, perché comunque la mamma regina aveva già detto di no), alla domanda se i re dovessero essere eletti, la sua risposta fu: «È meglio del diritto ereditario perché si hanno maggiori chance di avere un buon sovrano. Se invece si segue il diritto ereditario, nel caso di un re cattivo o debole, non si può comunque impedirgli di regnare». Come monarca, Edoardo VII non fu poi così male, ma come principe di Galles fece di tutto per giustificare le sue sagge riflessioni adolescenziali.

Nellie, da «figlia del reggimento» a principessa della notte

È un paradosso, apparentemente, che il più scandaloso tra i sovrani hannoveriani dopo l'antenato Giorgio IV sia il figlio del virtuoso Albert di Sassonia-Coburgo-Gotha, il principe consorte responsabile della reinvenzione della dinastia sotto forma di «famiglia reale». La borghesia trionfante di metà Ottocento imponeva la sua etica perbenista, e questo principotto tedesco idolatrato dalla moglie regina fu abbastanza intelligente da intuire la necessità di adeguarsi ai tempi. Sin dall'arrivo dei primi Hannover, a inizio Settecento, la Corte di San Giacomo aveva esibito senza remore le peggiori inclinazioni: complotti famigliari, odi insuperabili tra padri e figli o tra fratelli, tourbillon d'amanti, scialo di fortune al tavolo da gioco come sui cavalli... Se voleva sopravvivere ai tempi nuovi, la monarchia doveva abbandonare il suo profumo di Ancien Régime.

L'idea di Albert appare semplice e geniale. Trasformare la *royal family* in un faro di borghese domesticità. E, innamorato com'è di tutte le nuove tecnologie, coglie al volo le potenzialità del nuovo *medium* appena arrivato: la fotografia. Attraverso i dagherrotipi Albert proietta sul Regno l'immagine della regina e del consorte come una coppia che si adora, circondata da una vasta, obbediente e sottomessa figliolanza. Un ritratto che non poteva essere più stridente con gli usi della Corte del passato. Ma anche, purtroppo per Albert, con le cattive abitudini del suo primo maschio.

La consuetudine di Bertie con il gioco data dalla prima giovinezza. Nel suo diario annota le somme rilevanti che perde, fra le 100 e 200 sterline a partita, un'enormità a quel tempo. Ma ben presto non è dell'attrazione per l'azzardo che deve preoccuparsi papà Albert. È facile immaginare lo choc, l'orrore, il disgusto di questo solido *pater familias* quando scopre che l'erede destinato a ricevere dalle sue mani lo stendardo della moralità pubblica ha perso la verginità con una prostituta da caserma. «Come hai potuto», gli scrive, «gettarti nelle mani di un essere tra i più abbietti della specie umana, essere iniziato da lei ai sacri misteri della creazione, che dovrebbero rimanere avvolti in un sacro terrore finché toccati da mani pure e immacolate?» Che non erano, evidentemente, quelle di Nellie Clifden, signora di dubbia virtù ben nota ai comandi militari.

Nell'estate del 1861 all'erede al trono era stato concesso di partecipare a un campo militare nel Curragh, una vasta piana nella contea irlandese di Kildare. Al principe ventenne furono assegnati due inflessibili mentori, il generale Ridley e il colonnello Percy, e gli fu imposto di vivere, senza alcuna concessione al rango, negli alloggiamenti della brigata. La cosiddetta «capanna» a sua disposizione consisteva anche di uno studio, un salotto e una sala da pranzo. Comprensibilmente, trovava piacevole la vita militare, e gli toccò soffrire solo la modesta delusione di non poter comandare una compagnia durante un'ispezione compiuta dai genitori. In compenso aveva scoperto altre più piacevoli distrazioni, come testimonia l'agenda dei suoi impegni: «6 Sept Curragh N.C. 1st time – 9 Sept Curragh N.C. 2nd time – 10 Sept Curragh N.C. 3rd time».

N.C. era appunto Nellie Clifden, prostituta londinese che aveva seguito il reparto militare in Irlanda per le esercitazioni estive. Spinto dai suoi colleghi ufficiali, Bertie se l'era squagliata di notte attraverso una finestra della sua «capanna» e aveva fatto l'amore con la cortigiana nell'alloggio di un altro militare. Non in una sola occasione ma in ben tre, come puntigliosamente annotato nel diario. E la faccenda non si fermò lì. Proprio mentre il padre lo tempestava affinché si decidesse a chiedere la mano della principessa danese Alexandra, Bertie, tornato a Londra, aveva subito rivisto Nellie, a sua volta rientrata dalla «campagna» estiva, e i due avevano cominciato a incontrarsi con preoccupante regolarità. I pettegolezzi in giro per la capitale, misericordiosamente mai giunti all'orecchio dei reali genitori, sostenevano che l'allegra signora già si presentasse come la principessa di Galles. Altre voci riportavano che l'erede al trono, arrivato a Windsor per festeggiare il suo ventesimo compleanno, il 9 novembre, si fosse portato dietro l'amichetta, riuscendo a farla entrare di soppiatto nel castello.

Di certo Nellie diventò per un breve periodo l'amante di Bertie. Grazie a lei, e ai molti amici che la donna contava tra gli ufficiali della Guardia reale, il principe azzardò le prime incursioni in una segreta Londra *by night* fatta di teatri, casinò e donnine allegre. Il decennio Sessanta dell'Ottocento fu d'altronde una decade di liberazione sessuale, largamente dovuta all'inurbamento di massa che seguiva la rivoluzione industriale. Una sterminata legione di giovani donne si rovesciò da una campagna miserabile su una capitale scintillante e ricca di promesse. Attratte dal miraggio del lavoro, finivano in larga parte per ingrossare l'esercito della prostituzione che occupava i vicoli attorno a Whitechapel come le strade centrali del West End, dallo Strand fino a Haymarket. Un'armata cenciosa offriva apertamente in vendita corpi sfatti di donna accanto a quelli di bambine decenni. Lo spettacolo rivoltante spinse allo sdegno perfino la penna del visitatore Fëdor Dostoevskij.

In questa generale atmosfera di promiscuità i costumi sociali si rilassano e fiorisce il paradiso terrestre delle *demi-mondaine*. Belle, libere, spregiudicate, le donne di questo Eden tentatore sono le protagoniste del breve interludio di erotismo prima del plumbeo perbenismo vittoriano. Nellie e le sue amiche, come i loro molteplici accompagnatori tra i giovani ufficiali, non si muovono nel mondo squallido e furtivo della prostituzione di strada. Al contrario, abitano un universo alla moda, solcato dalle stelle più luminose del firmamento sociale. E cosa può esserci di più abbagliante del principe di Galles? Sfortunatamente per lui, pochi giorni dopo la baldoria del compleanno un vecchio cortigiano, lord Granville, chiese udienza ad Albert e lo informò delle voci che correvano a Londra su suo figlio.

Il principe consorte reagì con una veemenza che non sembra interamente giustificata da un incidente dopotutto banale. «Tu non *devi*», gli scrisse, «tu non *osare* perderti! Le conseguenze per questo Paese e per il mondo intero sarebbero terribili! Non c'è una possibile via di mezzo... Tu devi appartenere o al bene o al male in questa vita!» Eppure dormire con prostitute non era certo un comportamento eccezionale per i giovani e vigorosi maschi delle classi alte. Come scrisse alla regina la sorellastra Feodora: «È una delle *più grandi* prove che i genitori *possono* trovarsi ad affrontare, tuttavia, ahimè!, come frequente, anche se non per questo meno angosciante». Dopotutto, osservava lo stesso lord Granville che lo aveva denunciato, il comportamento dissoluto di Bertie consisteva «nella perdita di ciò che pochi uomini, ben nutriti e con sani istinti, conservano a lungo». Perché dunque Albert se la prendeva tanto se il figlio aveva consegnato a una cortigiana la sua verginità?

Per un mix di ragioni, probabilmente. La frustrazione sessuale giocava un ruolo primario nei matrimoni dinastici combinati: il desiderio maschile a lungo represso stimolava l'illusione di un amore a prima vista quando i due giovani promessi infine si incontravano, come doveva presto accadere tra Bertie e Alexandra di Danimarca. Ma nelle parole del genitore affranto si legge anche una preoccupazione più politica. In futuro, ammoniva il figlio, ogni volta che si fosse parlato di virtù della famiglia reale, la gente avrebbe sempre guardato a lui: e «le donne perdute di Londra (che formano una confraternita) ti considereranno una buona preda, ti guarderanno con sfrontatezza – offrendoti la loro mercanzia».

Era una profezia fin troppo precisa della futura vita sessuale di Bertie, con la postilla che le cosiddette «donne perdute» si sarebbero offerte non solo dai vicoli di Londra ma in pari o maggiore misura dai suoi saloni più eleganti. Per il momento, il principe sembrò contrito e assicurò a papà che non aveva affatto trascorso la notte del compleanno a Windsor con Nellie. Ed era vero. Si trattava in effetti di un'altra prostituta. Nel novembre 1864 (Albert era morto già da tre anni), l'erede al trono fu perseguitato da un ricattatore, un certo Green, per eventi che si erano verificati «circa tre anni prima». Stando alla corrispondenza dei consiglieri reali, la moglie di Green aveva attirato Bertie nella sua rete di «malizia», e non potevano esserci dubbi «su chi tentasse e chi fosse tentato». Al principe non restò che pagare. A Green e consorte fu garantita una pensione annua di 60 sterline – la metà di quanto il futuro Edoardo perdeva in una serata al tavolo da gioco – purché se ne stessero zitti e andassero a vivere dall'altra parte del mondo, in Nuova Zelanda.

Oltre ai piaceri dell'amore, Bertie aveva scoperto anche a quali rischi poteva esporlo una vita da dongiovanni. Ma non sembrava importargliene affatto.

Un baluginio di tartan scarlatto: le mutande della duchessa!

Nel 1867 Walter Bagehot, direttore del periodico *The Economist*, pubblicò il libro più famoso e più citato sulla dottrina costituzionale britannica. Si può esser certi che il saggio *The English Constitution* non sfiorò nemmeno gli occhi del principe di Galles, come accadeva del resto con quasi tutti i libri. Eppure, avrebbe apprezzato gli sforzi dell'autore di confutare come fallace l'opinione che tra i doveri della Corona ci fosse anche quello di dare un esempio morale alla nazione. Questa era, come s'è visto, l'idea fissa del principe consorte per rilegittimare la monarchia dopo le mattane dei primi Hannover. Ma sebbene le virtù domestiche della regina Vittoria fossero ammirevoli – scriveva Bagehot – esse non costituivano una parte essenziale del suo ruolo. Ed era certamente ingiusto criticare il figlio perché non seguiva il suo esempio.

L'argomento a difesa era semplice e pragmatico, come si

conviene a un inglese: «Tutto il mondo, tutto ciò che ha di più attraente, di più seducente, è sempre stato offerto al Principe di Galles del momento, e sempre lo sarà. Non è razionale aspettarsi la miglior virtù dove la tentazione è applicata nella sua forma più irresistibile nell'età più fragile di una vita umana». Un giudizio sensato e comprensivo che anticipa, ma pure mitiga, l'aspra sentenza pronunciata qualche decennio dopo dall'irlandese George Bernard Shaw sulla malvagità intrinseca di ogni monarca. Il tentativo di giustificazione non avrebbe mai convinto la madre Vittoria.

Ormai vedova, la sovrana bombardava il figlio di lettere di rimprovero e di richiami al dovere. Lo metteva lugubremente in guardia contro «la frivolezza, l'amore del piacere, l'autoindulgenza, lo sfarzo e la pigrizia» dell'aristocrazia che richiamavano, secondo lei, «gli anni precedenti la Rivoluzione Francese. [...] È in *tuo* potere, caro Figlio, di fare molto per contrastare questo. È per questa ragione che *ti chiedo sempre così fortemente di non frequentare le corse ippiche*, perché *portano* a ogni genere di male, all'azzardo eccetera. [i corsivi sono originali, *N.d.A.*]». E qui ogni onesto osservatore del costume inglese e del panorama sociale di un ippodromo deve concludere che la regina invece s'ingannava. Non a caso le reali piste di Ascot erano state generate a inizio Settecento dalla passione ippica dell'antenata Anna, l'ultima sovrana Stuart.

Da allora sino a oggi la corsa dei cavalli è sempre sembrata un perfetto riassunto della vita dell'isola. Come scrive il giornalista Matthew Engel, «è una sottocultura che, per molti aspetti, è cambiata poco dal diciottesimo secolo: la sete, il sudore, il divertimento, la sfrontatezza e l'immutabile stratificazione di classe». In effetti, sin dall'origine l'ippodromo era un affare dell'aristocrazia, anzi della regalità – non a caso, *Royal* Ascot –, ma anche delle «classi basse». Anzi, fu proprio questa commistione a far funzionare bene il meccanismo. Come testimonia uno dei dipinti più famosi e popolari dell'epoca vittoriana, *The Derby Day* di William Powell Frith, che celebra l'annuale concorso ippico sulle colline di Epsom.

È un quadro di straordinaria vitalità, dove acrobati e nobildonne, scippatori e gran signori, allibratori e intellettuali si mescolano in un evento che nel 1858, anno in cui fu realizzata l'opera, era già diventato giorno di vacanza, seppure non ufficialmente; però anche il Parlamento chiudeva per la giornata. Sulla tela esplode nel modo più vivace ed entusiastico questo raro momento di divertimento interclassista in una società rigidamente gerarchizzata. Ad Ascot, come a Epsom o a Newmarket, nobili e poveracci si ritrovavano gli uni accanto agli altri e fraternizzavano senza troppe difficoltà attorno a una scommessa vinta o a un cavallo trionfante. All'ippodromo la borghesia, come osserva oggi il *milliner* Stephen Jones, il più famoso cappellaio per signore nella stagione di Ascot, «non è arrivata che dopo l'avvento del viaggio in treno». Senza però incrinare quella che appare – ancor oggi – come la versione sportiva di un'antica coalizione fra patriziato rurale e proletariato urbano.

Insomma, il vizio delle scommesse contribuiva, sebbene incidentalmente, a mantenere a Bertie una certa popolarità tra la riottosa plebe inglese. Ma Vittoria guardava alla dominante opinione pubblica borghese e s'aspettava che il figlio esercitasse una vera guida morale, così preziosa «per la salvaguardia del Trono e del Paese», scrive. Figurarsi... Condannato a vivere nel limbo dell'attesa, l'erede trovava compensazione solo in un'ininterrotta scorpacciata di piaceri. Anche a costo di irritare profondamente la mamma regina.

A Marlborough House, sul Mall, dove il principe e la moglie

Alexandra (Alix in famiglia) avevano stabilito la loro residenza, era in funzione di fatto una Corte alternativa a quella di Windsor. Chiunque fosse incorso nelle ire, o nel disappunto, della sovrana trovava accogliente ospitalità nell'entourage di Bertie. Una donna, in particolare, suscitava la rabbia della madre e l'ammirazione del figlio. Louise von Alten, figlia di un conte hannoveriano, nove anni maggiore dell'erede al trono, aveva sposato un aristocratico inglese di serie B e di poco cervello, il duca di Manchester. Bella e ambiziosa, puntava a conquistare la vetta della società londinese guadagnandosi la nomina a *Mistress of the Robes*, la più alta posizione di Corte aperta a una donna: la titolare dell'ufficio, sempre affidato a una duchessa, aveva – e ha – la responsabilità delle *ladies-in-waiting*, le dame reali, oltre al compito di organizzare le cerimonie di Stato. A ventisei anni, nel 1858, l'ambiziosa nobildonna tedesca riuscì a fare il gran salto, ottenendo la nomina dal premier tory lord Derby. Ma il governo non durò molto, poco più di un anno, e con Derby anche la duchessa fu costretta a lasciare il suo posto accanto alla regina. Vittoria se ne dolse pubblicamente, perché «lei è davvero una persona molto piacevole, simpatica, sensibile».

Quattro anni dopo, aveva cambiato totalmente opinione, al punto da non invitarla nemmeno al matrimonio di Bertie. Ad alienare le simpatie della sovrana sembra siano state soprattutto le voci sul comportamento sfrenato di Louise. Giocando a una specie di chiassoso nascondino, *hare and hounds* (lepre e cani), la duchessa era caduta all'indietro in un fosso rivelando sotto la crinolina uno scioccante paio di mutande di scarlatto tartan. La storia fece il giro di Londra, e sembra di vedere Vittoria che arriccia sdegnata le labbra mentre scrive: «La duchessa di Manchester è diventata molto leggera – flirta e civetta e si fa molto parlare dietro. Non posso più riprenderla come *Mistress of the Robes*».

Ma la riprovazione di Sua Maestà, già vedova e autoreclusa, contava ormai poco nella buona società londinese che già si scaldava al sole nascente del principe di Galles, fresco sposo della giovane Alexandra di Danimarca. Che era così innamorata del marito, e così ansiosa di mettere al mondo almeno tanti figli quanti la suocera (ma si fermò a sei contro nove), da chiudere sempre tutti e due gli occhi sul suo «*naughty little man*», l'«ometto birichino», come lo definiva teneramente. Il birichino nel frattempo provvedeva a mettere incinte un buon numero di contadinelle nei villaggi attorno alla tenuta di Sandringham e trattava le dame di compagnia della consorte alla stregua di un harem privato.

Abbiamo la precisa testimonianza di una delle *ladies-in-waiting*, Mary Hardinge, alla quale Bertie chiese con abituale nonchalance se poteva farle visita nel suo appartamento privato. La dama non si scompose e rispose senza imbarazzo che l'avrebbe atteso. Si ritirò nelle sue stanze e indossò gli abiti più sfarzosi e i gioielli più preziosi, come per una grande occasione di Stato. All'ora stabilita il principe si presentò. Di fronte a quell'abbigliamento magnifico e formale restò piuttosto interdetto, e chiese a lady Hardinge se fosse necessario vestire così splendidamente per una conversazione privata. Al che la donna rispose prontamente: «Se Vostra Altezza Reale mi fa l'onore di farmi visita, indosso gli abiti più adatti per una tale occasione». Lui capì, le diede la buonanotte e girò sui tacchi.

I pettegolezzi di Londra escludevano che la piccante duchessa di Manchester mostrasse analoga ritrosia verso il principe. Tutti i salotti conoscevano la sua stabile relazione con lord Hartington, futuro duca di Devonshire (alla fine, rimasta vedova, l'avrebbe sposato nel 1892, guadagnandosi l'appellativo di «Doppia Duchessa»). Ma questo non impediva all'affascinante Louise – a credere al gossip – di adoperarsi spudoratamente per sedurre Bertie. Cosa non difficile, come si è ormai capito: tanto più che «nessuno sa quanto gloriosamente bella una donna possa essere se non ha visto la duchessa di Manchester quando aveva trent'anni», testimoniò decenni dopo un vecchio gentiluomo. Le foto del tempo non sembrano giustificare tanto entusiasmo, ma di certo l'indirizzo della nobildonna era uno di quelli più frequentati dall'erede al trono nelle sue famose visite pomeridiane alle beltà del momento. Si trattava del tipico «pomeriggio di un fauno»? Bertie riporta gli appuntamenti ma non dà mai dettagli. Così quando va da Louise si limita ad annotare sul diario: «L'ho trovata bene e di aspetto incantevole. Sono rimasto circa quarantacinque minuti».

Quarantacinque minuti è la durata media della sua permanenza nei salotti visitati. Tre quarti d'ora nel corso dei quali non sapremo mai che cosa accadesse. Troppo scarsi per sospettare che si trattasse di relazioni poco più che platoniche? O abbastanza per immaginare rapidi baci attraverso una barba che sa di sigaro e brandy, un tumultuoso volteggiare di crinoline, un amplesso eccitante e frettoloso consumato in una manciata di minuti tra gli scomodi cuscini del sofà?

Letti pieni, culle vuote: ovvero, l'«ars amandi» di Bertie

E i risultati? Voglio dire, dove sono le legioni di bastardi che le chiacchiere del tempo attribuivano al principe? Se fossero vere, non solo Londra ma un buon numero di villaggi vicino a Sandringham e Balmoral sarebbero zeppi di secondi cugini della presente regina. Ma va detto che meticolose ricerche genealogiche, e il confronto tra i registri parrocchiali e le presenze del sospetto in zona, hanno mostrato che la maggior parte di questi figli illegittimi appartengono a favole famigliari. Ne deriva l'illazione, formulata da qualche studioso della materia, che «le tecniche sessuali preferite da Bertie escludevano la penetrazione». Ma la sua più recente biografa, Jane Ridley, suggerisce invece un'altra ragione: contraccezione.

Le pratiche di controllo delle nascite erano già diffuse in Inghilterra, ma molto di più in Francia. Per le prostitute di Parigi, teatro all'epoca della più florida industria sessuale del pianeta, era addirittura una necessità. Le frequenti visite del principe alle sue amiche cortigiane parigine fanno intuire che in materia fosse assai più preparato di molti suoi benpensanti compatrioti. Ma almeno in un caso la contraccezione non funzionò, e la storia dell'unico bastardo documentato di Bertie testimonia anche del costo umano che il suo piacere poteva comportare.

La relazione di Sua Altezza Reale con lady Susan Vane-Tempest era cominciata nel 1867. Susan era già una giovane donna gravemente danneggiata. Figlia del duca di Newcastle, sua madre aveva abbandonato il marito in uno dei grandi scandali dell'epoca: vent'anni prima se n'era scappata in Italia con l'amante. Le altissime relazioni famigliari avevano comunque offerto alla ragazza la possibilità di essere tra le damigelle di nozze della principessa reale Vicky, primogenita di Vittoria, ma Susan si rovinò la vita poco dopo con una classica – e imperdonabile – «fuitina». Infatti fuggì di casa per sposare, contro il volere delle famiglie, lord Adolphus Vane-Tempest, un figlio del marchese di Londonderry che, scrive la regina, «beve ed è stato rinchiuso due volte per *delirium tremens*».

Furioso, il duca di Newcastle rifiutò alla figlia il consenso e la dote, e Susan fu costretta a raggiungere la chiesa per il matrimonio riparatore a piedi, accompagnata dalla governante. Comunque, nel giro di pochi giorni, il fresco sposo Adolphus impazzì del tutto e fu definitivamente confinato in manicomio. Cercò persino di strozzare la moglie, e infine morì nel 1864 lottando contro quattro custodi che tentavano di immobilizzarlo.

La vedovanza avrebbe potuto salvare Susan, e fu invece la sua rovina. Nel 1871 le frequenti visite pomeridiane di Bertie alla casa di Chapel Street, nel quartiere chic di Mayfair, produssero un tangibile risultato. L'amante si scoprì incinta, e ciò che per una donna sposata sarebbe stato facile – attribuire l'infante al marito – per la vedova era impossibile. Non le restavano che i soliti metodi per liberarsi di una gravidanza indesiderata e, data l'identità del padre, totalmente impossibile. Ma o non ci provò veramente o per qualche ragione i sistemi del tempo fecero cilecca, fatto sta che il feto aveva già ormai cinque o sei mesi quando Susan, agli inizi di settembre, confessò per lettera la sua condizione al reale seduttore. Chiedendo mille volte perdono: «Forse ho sbagliato a continuare a tacere ma l'ho fatto per risparmiarVi ogni fastidio. Così, *Vi prego*, perdonatemi, perché Voi poco sapete *quanto* sono triste e infelice».

L'unica indulgenza che Bertie conosceva era verso se stesso. La missiva di Susan lo gettò nel panico. Dapprima la spedì dal suo dottore personale, Oscar Clayton, con l'ordine tacito di abortire; ma il verdetto del medico, sia pur compiacente, fu che era «troppo tardi e troppo pericoloso». Allora Sua Altezza ordinò all'amante di lasciare Londra e partorire segretamente il bambino da qualche parte in campagna. «Non siate arrabbiato», si disperava lei, implorandolo pateticamente. «*Vi prego*, non lasciatemi partire senza dirmi '*Goodbye*'» [i corsivi sono originali, *N.d.A.*]. Lui interruppe ogni contatto e se la filò in Scozia, preoccupato solo di evitare lo scandalo.

Nessun figlio di Susan è stato mai rintracciato, ma la storia è emersa perché il segretario del principe – o piuttosto la sua eminenza grigia –, Francis Knollys, anziché distruggere le lettere, come usava fare con tutta la corrispondenza compromettente, le ha stranamente conservate. E le parole di questa giovane disperata aprono uno squarcio sull'abisso di infelicità che i mille pomeriggi fugaci, i numerosi flirt apparentemente innocui, le cene frivole e i biglietti galanti devono aver scavato nella vita di tante donne. Per capirlo basta leggerne una, di queste lettere, spedita da lady Vane-Tempest a settembre al castello di Abergeldie, dove Bertie passava spensierate vacanze famigliari.

> Mio caro Signore, non so dire a Vostra Altezza Reale quanto *terribilmente infelice* io sia che Voi abbiate dovuto lasciare Londra senza venire a trovarmi. Mi avete mostrato *tanta* gentilezza negli ultimi quattro anni che non posso comprendere come siate stato a Londra due volte per due giorni senza venire a farmi visita. Che cosa ho fatto per offenderVi? Ho fatto il mio meglio per obbedire agli ordini che Vostra Altezza Reale mi ha dato l'ultima volta che ho avuto la gioia di vederVi, ma la risposta è stata *troppo tardi* e *troppo pericoloso*. Io ero ansiosa di evitare di *scrivere* su un tale doloroso argomento ma Voi mi avete costretto. Non posso descriverVi *quanto* sono disperata – e la vita è così incerta, e io sono lontana dall'essere forte e ho avvertito che forse non Vi rivedrò mai più. [...] Perdonate questa lettera disperata, e invocando su Vostra Altezza Reale ogni benedizione, rimango come sempre fedele servitrice di Vs Altezza Reale. SV-T

Come aveva perfettamente intuito, Susan non avrebbe mai più incontrato l'uomo che le aveva rovinato la vita. Bertie passò la pratica al segretario senza più scriverle. La giovane donna non aveva nemmeno denaro per lasciare la città, ma non osava chiederlo. Toccò all'amica Harriet Whatman scrivere al principe una lettera di velato ricatto, affermando che se «l'evento» doveva rimanere segreto servivano almeno 250 sterline. Che furono probabilmente pagate, perché l'amante si trasferì a Ramsgate, in una grande casa con vista sul mare, per aspettare il bambino previsto a dicembre. Niente è mai stato detto in seguito di questa creatura. Nessuna nascita è registrata sotto il nome di Susan a Ramsgate, né la morte di un neonato è annotata negli archivi. Forse il piccolo fu consegnato di nascosto a qualche servitore, come si usava al tempo, oppure nacque morto. Si sa solo che poco dopo Natale l'infelice puerpera cominciò ad accusare sintomi tanto dolorosi quanto misteriosi: un'ulcera alla gamba, dolori alla spina dorsale. Molto probabilmente una malattia venerea, forse sifilide terziaria. Quattro anni dopo, la figlia sfortunata del duca di Newcastle era morta. E non fu la sola delle amanti di Bertie a incrociare per sua colpa la tragedia.

Uno 007 in missione molto speciale

Edoardo VII non compilò mai, per quanto risulti, un «catalogo» delle sue conquiste. Ma, come Leporello con Don Giovanni, erano in tanti a tenere il conto al suo posto, e tutti pronti ad approfittarne anche con meno scrupoli di quanti ne avesse lui a rovinare una donna. Ossessionato dal terrore dello scandalo, il principe libertino fu evidentemente esposto al ricatto per tutta la vita. E, in qualche caso, perfino dopo.

Nei primi anni Venti del Novecento, lord Stamfordham, il segretario privato del figlio di Bertie, Giorgio V, ricevette una missiva da Montecarlo: una certa Madame Didier chiedeva se alla casa reale potesse interessare l'acquisto di tre lettere di Edoardo VII e una sua foto autografata. L'emissario reale spedito in Costa Azzurra appurò che la vecchia signora era una contessa francese che l'allora principe di Galles aveva conosciuto nella sua visita a San Pietroburgo, nel 1874. Cinquant'anni dopo, si mostrava «raffinata e dignitosa», scrive l'inviato Pryce Mitchell, «e dev'essere stata una donna molto bella, sebbene ora poveramente vestita ma pulita e in ordine». In fuga dalla Russia dopo la Rivoluzione, ridotta in miseria, la ex gran dama aveva deciso di vendere le missive che aveva conservato per tutta la vita come un tesoro. Mr Mitchell le offrì 20 sterline, sostenendo che le lettere non erano di nessuna importanza. Perché comprarle, allora? È vero, la fama di Bertie era tale che bastava che guardasse una donna per farla diventare, agli occhi del mondo, sua amante. Il guaio è che era quasi sempre vero. E la Corte dovette attrezzarsi per far fronte alle conseguenze.

Il 1871, l'*annus horribilis* della tragedia di lady Vane-Tempest, fu anche quello dell'affare Barucci. «Ho paura che ci siano nuovi guai in pentola – dall'estero – che toccano mio fratello e me stesso», scriveva il principe a luglio al suo segretario. E tra i documenti conservati dal fedele Knollys gli storici hanno ritrovato una grossa busta marrone, etichettata «Beneni» e zeppa di lettere strettamente ripiegate. Sul voluminoso ingombro qualcuno aveva scritto un riferimento burocratico: «*Barucci – treat with care*», trattare con cura.

«La Barucci», al secolo Giulia Beneni, era stata una delle più famose cortigiane parigine. Quattro anni prima aveva lietamente intrattenuto Bertie nella sua famosa dimora con le scale ricoperte di velluto bianco, prima di morire di tisi (proprio come Violetta ne *La Traviata*) durante l'assedio tedesco di Parigi, nel 1870. Nella casa in cui era deceduta, in Rue de la Baume, il fratello Piero Beneni, un tenore italiano fallito, aveva trovato una vera e propria cassa del tesoro ed era deciso a sfruttarla ricattando i reali clienti della *demi-mondaine*.

La donna aveva conservato più di venti lettere di Bertie, tutte di «natura delicata», oltre a fotografie del principe, carte da visita firmate Albert Edward, scatti che ritraevano il fratello minore Alfred, duca di Edimburgo, in tenuta scozzese, un album fotografico dell'intera famiglia reale con la dedica «Alfred a Giulia 1868», e anche parecchie foto del cognato di Bertie, l'erede al trono danese Frederick, fratello di Alexandra. A settembre, «quel mascalzone di Beneni» si fece sotto chiedendo seccamente 1.500 sterline in cambio dei documenti, e il principe di Galles girò la richiesta al segretario con l'istruzione di incaricare dell'affare il fidato Joseph Julius Kanné. Che altri non era se non una versione ottocentesca di 007.

Questo Kanné appare anche più misterioso e segreto di James Bond. Gode della qualifica di «agente e corriere reale» e non sappiamo se fosse pure lui dotato di «licenza di uccidere», ma sicuramente aveva quella di imbrogliare, minacciare, costringere. Sotto falso nome, Kanné piomba il 9 novembre in casa di un Beneni molto malato che dal letto conduce un'asta dei beni della sorella. Il cantante fallito prende in simpatia il finto acquirente e gli mostra le lettere di Bertie, pronto a cederle – dice – per 400 sterline. Kanné ne offre 240, e nella successiva discussione finge di perdere la calma: sbatte i soldi sul tavolo, accusa l'italiano di essere un ricattatore, minaccia di chiamare due poliziotti che aspettano fuori di eseguire l'arresto se non consegna tutta la sua merce entro dieci minuti. Beneni, pallido come un morto, ci casca e supplica: «*Prenez tout, mais laissez moi l'argent, je suis si pauvre*», prendete tutto ma lasciatemi i soldi, sono così povero... L'agente svuota il cassetto contenente le lettere ed esce per parlare – dice – con i poliziotti (che non esistono). Rientra cinque minuti dopo per ingiungere, sempre sotto (fasulla) minaccia d'arresto, la consegna di qualsiasi oggetto di provenienza reale che Beneni possegga. Ottiene la chiave di un armadio nero, pieno di lettere e foto. Tutto verrà debitamente distrutto.

Un telegramma del segretario Knollys loda lo 007: «Vostra pronta azione altamente apprezzata». Kanné ringrazia e non si risparmia un consiglio al principe: «*Non potrà mai essere troppo prudente* nello scrivere. Ogni pezzettino dei suoi scritti diventa ogni giorno di maggiore valore e importanza». Non solo per i ricattatori. Scrivere lettere «delicate», cioè compromettenti, a una cortigiana equivaleva a un suicidio politico in un'epoca in cui l'ondata repubblicana sembrava inarrestabile anche in Gran Bretagna. Non a caso in ogni adunata antimonarchica il nome del principe di Galles era accolto da sonori boati di disapprovazione.

2
Intermezzo parigino

PER essere equanimi verso il dissoluto Bertie, bisogna riconoscere che si comportava esattamente come larga parte dell'aristocrazia del tempo. Pigra, ignorante, neghittosa, alla costante ricerca del piacere, la nobiltà europea celebrava il suo declino storico con un fuoco d'artificio di sesso, gioco e alcol. E la capitale mondiale di questa frivola e tragica *comédie humaine* era Parigi, non a caso così amata da Bertie. Giulia Beneni, La Barucci, che aveva lasciato in eredità un ricatto, era tra le protagoniste di quel *demi-monde* che attraeva morbosamente sotto le sue lenzuola i maschi (e talvolta non solo loro) delle classi alte. Queste donne non sempre – e non necessariamente – erano belle, ma avevano saputo trasformare la prostituzione in un'arte irresistibile e raffinata. C'era chi, come Caroline Hassé, compagna di appartamento in Rue de Ponthieu della famosa Cora Pearl, dormiva solo tra lenzuola nere per esaltare il perfetto biancore cremoso della sua pelle. Altre, come La Barucci, erano padrone di una sensualità che sembrava sprigionarsi da ogni poro.

Probabilmente per questo Giulia Beneni era tra le poche non francesi ad avere raggiunto la vetta del *demi-monde*. Lussureggianti capelli neri, una dorata carnagione mediterranea, un'aria di languida sensualità, fu l'immagine stessa della *grande cocotte* della sua generazione. Lei non si sottovalutava di certo: «Sono la Venere di Milo», usava vantarsi in un francese pesantemente accentato. «Sono la prima puttana di Parigi.» I contemporanei lodavano il suo temperamento d'acciaio, la perfetta organizzazione della sua *maison*, la sua prodigiosa attività. Molto ben remunerata, se è vero che presto le sue «doti» le procurarono una delle più splendide collezioni di gioielli a Parigi, del valore di almeno un milione di franchi. Duecentomila li valeva da sola una fantastica collana, un collier storico che lei indossava ogni notte «come un'armatura da combattimento». I guerrieri sconfitti dovevano apprezzare assai la tenzone, visti i doni della grata clientela.

L'appartamento di Giulia, al 124 dell'Avenue des Champs-Élysées, era noto e frequentato da tutta la Parigi che conta. I pettegolezzi volevano che fosse anche spesso prestato per gli appuntamenti segreti di celebrate gentildonne. Lei conosceva tutti, e non potevano mancare tra gli *aficionados* i due più raffinati pettegoli della Parigi del Secondo Impero, i fratelli Jules e Edmond Goncourt. Una sera furono invitati a cena a casa della Beneni dall'ultimo amante, lo scrittore e giornalista Aurélien Scholl, e rimasero sbalorditi quando l'amico pescò, da un vaso cinese che la Barucci teneva accanto al caminetto, una montagna di carte da visita. C'era chiunque fosse qualcuno in società: biglietti a caratteri dorati dalla Corte, altri con gli stemmi della famiglia imperiale (quella di Napoleone III), nomi e indirizzi dai *faubourg* più alla moda e, infine, l'intero elenco del corpo diplomatico.

Non c'è da stupirsi, perché Giulia Beneni, assieme a Cora Pearl e Thérèse Lachmann, diventata famosa come la marchesa di Païva, apparteneva alla *bande*, un piccolo, selezionatissimo gruppo al vertice delle *demi-mondaines* parigine, una vera aristocrazia delle professioniste del piacere. Alla pari con le più celebri cortigiane inglesi del diciottesimo secolo, queste signore formavano una società del tutto autosufficiente, vivevano insomma in un mondo separato e parallelo che, in certi snodi decisivi, incrociava però la *crème de la crème* dei nobili e degli intellettuali. La cuspide della società maschile parigina del tempo era formata da non più di un centinaio di gentiluomini di squisite maniere e incomparabile eleganza. Era con loro che le belle della *bande* facevano di solito il loro debutto, con loro si divertivano e da loro estraevano il proprio sostentamento. Che era molto, molto costoso.

Nessuna di queste signore ha toccato probabilmente le vette di sfarzo e di spreco della celeberrima Païva. Nome acquisito quando, per desiderio di uno smalto di glamour, sposò il portoghese marchese de la Païva: secondo la leggenda, lo ricompensò con una sola notte d'amore prima di piantarlo in asso. Che la giovane Thérèse Lachmann, nata in un ghetto di Mosca nel 1819, avesse un cuore d'acciaio foderato nel velluto di un carisma esotico, apparve subito chiaro anche ai suoi ammiratori: uno dei quali, scherzando ma non troppo, sosteneva che fosse figlia di una strega e di un manico di scopa. Certo, tra i suoi primi protettori Thérèse poté contare su un consigliere d'eccezione come lo scrittore Théophile Gautier. Il lancio della sua carriera era assicurato. E quando arrivò al vertice, era ormai una leggenda di Parigi.

Un giorno, pensando di non essere ascoltato, uno dei suoi ospiti stimò con un amico che la marchesa, come aveva diritto di farsi chiamare, valeva tra gli 8 e i 10 milioni di franchi. «Voi dovete essere pazzo», intervenne lei che aveva sentito tutto nascosta in un'alcova del salone. «Dieci milioni! Questo vorrebbe dire una rendita di appena 500.000 franchi! E pensate che potrei offrirvi pesche e uva matura a gennaio con 500.000 franchi all'anno? Solo la tavola mi costa di più!»

Forse per questo i Goncourt trovavano che, a dispetto di tutte le ricchezze, il suo palazzo fosse la casa meno confortevole di Parigi. Per loro, la Païva era in effetti una donna d'affari che, a differenza delle altre grandi cortigiane, non aveva alcuna naturale inclinazione all'ospitalità: la sua mente, piuttosto che sui suoi invitati, era «sempre fissa sulle due piccole casseforti in camera dove conserva i suoi gioielli». Che erano letteralmente favolosi. Le perle da sole valevano mezzo milione di franchi, pari a un milione di sterline dell'epoca. D'inverno la sua carrozza era foderata di zibellino finissimo, e lei si avvolgeva in pellicce di volpe blu «di inestimabile valore».

L'innamoratissimo conte prussiano Henckel von Donnersmarck, che l'avrebbe poi anche sposata, spese dieci anni e un numero incalcolabile di milioni per creare il palazzo Païva sull'Avenue des Champs-Élysées. E, non pago, le comprò anche il castello di Pontchartrain, una magione secentesca sulla strada da Parigi a Rambouillet. Nella capitale si sussurrava che a Pontchartrain un servitore avesse il compito esclusivo di aprire e chiudere le centocinquanta finestre del castello: cominciava alle sei del mattino e finiva a mezzanotte. In realtà, le leggende nere si accumulavano intorno alla Païva come si conviene a una strega apparentemente in possesso di un irresistibile elisir d'amore. Si narra che Adolphe Gaïffe, un ammiratore nient'affatto ricco, fosse così fastidioso nella richiesta dei suoi favori, da spingerla infine ad acconsentire ma a una condizione: che si presentasse da lei con 10.000 franchi in banconote di piccolo taglio. Il pover'uomo si svenò e arrivò all'appuntamento non con 10 ma 12.000 franchi. Lei s'impadronì della somma e diede fuoco alla prima banconota avvertendo: «Sarò vostra, ma solo finché bruciano questi soldi». Forse hanno ragione i Goncourt nel ritratto che ne hanno lasciato: «In superficie, l'aspetto è di una cortigiana che non sarà troppo vecchia per la sua professione anche quando avrà cent'anni. Ma, sotto, un'altra vista si scorge di tanto in tanto, l'aspetto terribile di un cadavere dipinto».

Quasi una premonizione. Quando morì a sessantaquattro anni, nel castello del marito a Neudeck, nessuno seppe che fine avesse fatto il suo corpo. Non si trovò alcuna tomba, né sepoltura in un cimitero. Ma leggenda vuole che un giorno la seconda moglie di von Donnersmark, giovane e bennata, vagando in un'ala semiabbandonata del maniero si facesse aprire anche una porta perennemente sigillata: dentro – continua la storia – trovò il cadavere della Païva conservato sotto alcol. Anche dopo la morte, il vedovo inconsolabile non era stato capace di lasciarla.

Giulia, la Venere che non arrossisce

All'incrocio tra il *demi-monde* e il gran mondo parigino era inevitabile che si trovasse anche un gaudente come il principe di Galles. Se la spettacolare Cora Pearl intratteneva stabilmente il principe Jérôme Bonaparte, detto «Plon Plon», nipote di Napoleone I e cugino di Napoleone III, nessuna sorpresa che a Bertie in visita a Parigi gli amici s'affrettassero a presentare un'altra celebrata cortigiana come Giulia Beneni. A occuparsi della faccenda fu un esperto del settore, il festaiolo duca di Grammont-Caderousse. Lui al momento era in effetti uno dei due o tre amanti in carica di Mademoiselle Pearl, che non si mostrò mai imbarazzata nemmeno quando casualmente accadeva che i suoi assortiti compagni di letto s'incontrassero nel suo *salon*:

«Gentilezza era senza alcun dubbio il sentimento che nutrivano l'uno verso l'altro», annota flemmatica l'esperta inglesina.

Ma, fosse gelosia o qualche altra ragione, il duca francese evitò di introdurre l'amico alle grazie dell'amante, e combinò invece una cena con La Barucci alla Maison d'Or. Caderousse, che nelle sue memorie Cora ribattezza Barberousse, si era preoccupato di istruire bene la giovane donna sulle regole dell'etichetta. Sapeva che Bertie ci teneva molto. Si raccomandò soprattutto della massima puntualità, giacché evidentemente non si poteva far aspettare il futuro re d'Inghilterra. All'ora stabilita i due signori erano nella sala da pranzo, ma dell'italiana nemmeno l'ombra. Passarono dieci minuti senza che si vedesse, poi venti; allo scoccare della mezz'ora il principe di Galles sbuffava, e finalmente dopo tre quarti d'ora la gran mondana fece il suo ingresso regale, nemmeno un po' contrita e scintillante di diamanti.

Per stemperare l'irritazione dell'amico, Grammont-Caderousse tentò la battuta: «Altezza Reale, posso presentarLe la donna meno puntuale di Francia?» Al che Giulia, con una graziosa piroetta, si voltò di spalle sollevando contemporaneamente la gonna, e poi si piegò in avanti per offrire al principe sbalordito – riporta una fonte – «le bianche rotondità delle sue grazie callipigie». Era effettivamente un fondoschiena degno della Venere di Milo.

Nessuno ha riferito la reazione di Bertie, che non amava molto l'impertinenza o l'infrazione delle non scritte regole gerarchiche. Come scoprì a sue spese un altro italiano, il pittore Carlo Pellegrini, famoso caricaturista (con lo pseudonimo di «Ape») di *Vanity Fair*. Sua Altezza Reale aveva preso a benvolerlo quando gli aveva commissionato le caricature dei ventidue soci fondatori del Marlborough Club, il circolo da lui patrocinato dopo la secessione dei fumatori dall'elegantissimo White's Club (che non permetteva il fumo). Una mattina lo invitò a passare dal circolo per un drink e, visto che il cameriere non si materializzava, Pellegrini – ingannato dal cameratismo del suo ospite – gli disse: «Suoni il campanello». Bertie lo fece senza dir parola e, appena apparso il servitore, lo istruì: «Accompagni il signore alla porta». Insomma, il principe sapeva essere alla mano ma, come osservò asciutto un cortigiano, «Sua Altezza Reale è sempre pronto a dimenticare il suo rango fintantoché chiunque altro se lo ricorda».

È da escludere tuttavia che sia stato altrettanto altero verso le grazie della Barucci. E lei d'altronde era un tipo di spirito. Quando il duca francese la rimproverò per la sua – diciamo – eccessiva spigliatezza, lei si difese così: «Non mi aveva detto di comportarmi bene con Sua Altezza Reale? Io gli ho mostrato il meglio che ho – e gratis».

I dolcissimi «birilli» di lord Harty-Tarty

Negli stessi anni in cui l'italiana Beneni seduceva il principe e dominava Parigi con le sue perfette rotondità, tra le stelle più brillanti nel firmamento del *demi-monde* c'era anche un'altra inglese, oltre a Cora Pearl. Se Catherine Walters non viene solitamente inclusa negli annali delle *grandes horizontales*, le grandi mantenute del Secondo Impero, è solo perché nella capitale francese rimase poco. Ma quando ci arrivò, nel 1862, aveva già conquistato Londra al primo assalto. E il suo trofeo più glorioso era uno dei grandi nomi dell'aristocrazia britannica, che abbiamo già incontrato in queste pagine: proprio quel lord Hartington, futuro duca di Devonshire, amante storico e poi marito di Louise di Manchester, oltre che membro permanente della cerchia più intima degli amici del principe di Galles.

Con un leggero supplemento di fortuna, nel gotha ci sarebbe potuta entrare anche lei, Catherine Walters. Aveva capelli biondi, occhi blu scuro, carnagione chiara e una complessione perfetta. I vecchi dagherrotipi mostrano una giovane donna di irresistibile bellezza. Seno da canone classico, collo lungo e aggraziato, profilo purissimo. L'eleganza dell'abbigliamento rasenta l'austerità. Quest'orfanella fuggita appena adolescente dal collegio aveva un'aria naturalmente aristocratica, e perfettamente patrizia era la sua padronanza dei cavalli. Ma lei l'aveva acquisita lavorando nelle stalle di un allevatore del Cheshire, prima di diventare, a soli sedici anni, l'amante di lord George Fitzwilliam, gran cacciatore e padrone dei Fitzwilliam Hounds, una famosa muta di segugi. Amazzone magnifica, nei cortili del Cheshire Catherine si era guadagnata anche un'eccezionale maestria al gioco dei birilli: e «Skittles», appunto, cioè birilli, sarebbe stato il suo vezzeggiativo per il resto della vita.

La storia con lord Fitzwilliam durò pochi anni, ma Sua Signoria fu generoso con l'ex amante. Come liquidazione, le versò una tantum la bella somma di 2.000 sterline, e in più le assegnò una rendita annua di 300 sterline. Catherine poteva cominciare la sua carriera di mondana d'alto bordo. E ciò che la rese presto famosa, prima a Londra e poi a Parigi, furono le cavalcate mattutine a Hyde Park, nel suo mitico «abito della principessa». Seguendo la moda dell'imperatrice Elisabetta d'Austria, che prima di salire a cavallo si faceva letteralmente cucire l'abito addosso, così attillato che poteva a malapena camminare, anche Skittles indossava gonna e corsetto tanto aderenti al corpo da far supporre, a chi la osservava, che sotto fosse completamente nuda. Presto le sue apparizioni in sella, all'amazzone, si trasformarono per molti golosi gentiluomini in travolgenti esperienze erotiche. Un testimone, sir Willoughby Maycock, la descrive così mentre lei lo supera in un galoppo sfrenato: «Indossava un abito che le calzava come un guanto, e aveva un filo di nastro rosso attorno al collo. In breve, era un perfetto sogno».

Fu probabilmente sui terreni di caccia, d'altronde, che Catherine incontrò «Harty-Tarty»: così la stampa popolare dell'epoca sfotteva il giovane lord Hartington per la sua nota inclinazione per le *tarts*, le donnine leggere. Lei aveva diciannove anni, lui venticinque. E un pacchetto di duecento lettere, da lei conservato fino alla morte nel 1920, testimonia di una relazione profonda e affezionata da entrambi i lati, per un periodo di circa quattro anni. La caccia a cavallo era una passione comune, e anche la sola alla quale potevano dedicarsi assieme in pubblico. Quell'accettazione, che in qualsiasi altra situazione sociale le sarebbe stata negata, Catherine la trovava nello sport. Quasi sempre.

Le Cleopatre del Secondo Impero

Se la caccia permetteva molte licenze (e tra un galoppo e l'altro molte infedeltà...), non tutti mostravano uguale tolleranza. In una delle tante lettere, Hartington avverte la sua amante di non accettare l'invito a cavalcare a Loughborough, «perché penso che qualcuno di loro sia snob». E proprio nel Leicestershire si verificò l'incidente che rese leggendaria, oltre all'abilità con i cavalli, anche la prontezza di lingua di Catherine Walters.

La compagnia di cacciatori che si radunava a Quorn, nella contea di Leicester, era certo tra le più eleganti ed esclusive dell'isola. Il Master di Quorn, cioè il leader del gruppo, era il conte di Stamford, che aveva sposato la figlia di un guardacaccia. E la fresca contessa, a dispetto delle origini umilissime, o forse proprio a causa di queste, non gradiva l'idea di avere l'ormai famosa mondana tra i suoi compagni di cavalcata. Uno dei servitori fu perciò incaricato di scacciare l'ospite sgradita. Skittles si allontanò con buona grazia, ma solo dopo aver commentato a voce abbastanza alta da essere sentita da tutti: «Perché lady Stamford si dà tante arie? Non è *lei* la regina della nostra professione. Sono io!»* Un titolo di nobiltà che tuttavia non le permise di sposare l'adorato Harty-Tarty. Lui l'avrebbe fatto, confidò in seguito Catherine agli amici, se avesse ottenuto il consenso del padre, il settimo duca di Devonshire.

Lei credeva davvero che questo potesse mai accadere? In realtà, da autentico aristocratico, lord Hartington era assolutamente indifferente al culto delle forme e a «quella roba da mummie che è l'etichetta». Né mancavano i precedenti celebri: uno dei più grandi e venerati statisti inglesi del Settecento, Charles James Fox, non aveva forse sposato la più famosa cortigiana dell'epoca, Elizabeth Armistead, la sua «amatissima Liz»? Ma mezzo secolo dopo, al culmine dell'epoca della rispettabilità, perfino un anticonformista come lord Hartington doveva essere consapevole di quanto fosse sconveniente avere una moglie non sempre ben accetta in società. I costumi sessuali di Catherine Walters non erano certo più reprensibili di quelli di tante signore dell'aristocrazia, a cominciare da quella Louise di Manchester che avrebbe poi sposato il suo ex innamorato: non a caso il biografo ufficiale della «Doppia Duchessa» l'avrebbe definita in privato «una specie di Skittles di alto bordo». Sfortunata-

* Secondo un'altra versione, avrebbe detto: «Non è lei la regina della nostra professione. È Lady Cardigan», riferendosi a una delle più eccentriche e chiacchierate aristocratiche inglesi del tempo.

mente, l'ex orfanella del Cheshire non ne possedeva invece i quarti di nobiltà. La separazione da lord Hartington era dunque inevitabile, e Sua Signoria la comunicò per lettera alla ragazza prima di squagliarsela in America.

Ma Catherine non era tipo da farsi mettere da parte senza combattere. Prese anche lei un bastimento e piombò a New York. Harty-Tarty presto soccombette di nuovo al suo fascino. Ma non durò a lungo. E stavolta fu proprio la fine. Generoso come sempre, il futuro duca la liquidò con una grossa somma, e la famiglia Devonshire fu così sollevata da stabilire che Skittles avrebbe goduto vita natural durante di un appannaggio annuo di 500 sterline. A onore dei titolati, va detto che le fu corrisposto anche dopo la morte di Hartington. Catherine Walters non dimenticò mai l'uomo che aveva amato davvero, ma fece in modo che il dolore del distacco fosse il più breve possibile. La verità è che, senza di lui, lei stava meglio. Era ricca, bella, padrona di sé. E aveva Parigi ai suoi piedi, imperatore compreso. Poteva mancare il principe di Galles?

Non mancava. Lei lo aveva incontrato ovviamente attraverso lord Hartington, nei giorni felici del loro amore, e il rapporto con l'erede al trono non si interruppe mai più. Diventò anzi una solida amicizia quando, nel decennio Ottanta, Catherine tornò a Londra, entrando tra i numi tutelari dell'elegante quartiere di Mayfair. Continuava a cavalcare e cacciare con la passione dei suoi vent'anni, e il suo *expertise* ippico ne fece un'ascoltata consigliera della famiglia reale in fatto di cavalli. Anche la principessa Alix, che la conosceva personalmente, le chiedeva spesso di provare qualcuna delle sue nuove cavalcature. La corrispondenza con Bertie continuò fitta sino alla morte di lui, nel frattempo divenuto re Edoardo VII nel 1910. Skittles – ma ormai si firmava Katie o Kitty o perfino Kittsy –, semisorda e semicieca, sopravvisse per altri dieci anni, ma poco prima di spegnersi mostrò al vecchio amico Wilfrid Blunt in visita un intero cassetto pieno di lettere del principe: «Molto interessanti», osservò il poeta, «non dovrebbero cadere nelle mani sbagliate». In quali mani siano finite, non lo sa nessuno. Catherine intendeva un giorno restituirle a Bertie, ma non sono state mai più rintracciate. Che peccato!

L'italiana Barucci, l'inglese Walters, la russa Païva e tutte le loro compagne d'avventure rappresentano l'ultima sfida pubblica all'ipocrisia dell'incombente, plumbea morale vittoriana. Libere dai comuni requisiti di rispettabilità ed etichetta, le regine del *demi-monde* parevano davvero le Cleopatre del loro tempo. Oltraggiose, eccentriche, infinitamente affascinanti. Un archetipo della donna-mantide a cui nessun Marcantonio può resistere. Figuriamoci un qualunque Bertie...

3

Il principe alla sbarra

Se la spassava così tanto, il buon Bertie, che la stampa inglese prese a chiamarlo «Principe Hal», come il dissoluto Enrico V ancor giovane della tragedia shakespeariana. Sua Maestà Vittoria aveva perciò perfettamente ragione a temere l'impatto sull'opinione pubblica borghese di anni e anni di principesca *débauche*. Il Regno cominciava ad averne abbastanza del corpulento ganimede che cacciava le donne come fagiani e divorava i fagiani come donne. Quando la carrozza con Sua Altezza Albert Edward intraprese il solito giro di pista inaugurale alle corse di Ascot, nel giugno 1870, dalle gradinate bordate di fischi salutarono il principe. È vero che poco dopo, appena un suo cavallo vinse l'ultima gara, la stessa folla lo acclamò festante. Ma la scena dei fischi e dei boati di disapprovazione si ripeté a teatro, e la famiglia reale fu costretta a riconoscere che, anche per i sudditi più affezionati, un erede al trono trascinato in tribunale, sul banco dei testimoni, era troppo. Ecco come Bertie ci era arrivato.

Uno degli indirizzi londinesi più visitati dal principe di Galles, nell'estate 1868, era il numero 6 di Chesham Place, a due passi da Belgrave Square, allora come oggi il quartiere più chic della capitale. Ci abitava lady Harriett Mordaunt, moglie ventenne di sir Charles, influente membro del Parlamento per il Warwickshire. La famiglia di lei – i baronetti Moncreiff – era ben introdotta a Corte, e le due sorelle maggiori erano amiche di Bertie; una anche amante, stando ai soliti pettegolezzi. Abbastanza per rendere sospettoso il marito Charles. Ad aggravare la situazione c'era pure il carattere della giovane donna: spumeggiante ma punteggiato da fitte isteriche, e con un eccessivo trasporto nell'abbracciare affascinanti amici maschi.

Bertie si presentava una o due volte la settimana a Chesham Place, puntuale alle quattro, l'ora degli adulteri, secondo la convenzione del tempo. Arrivava su un anonimo *cab*, una vettura a noleggio, anziché sulla carrozza personale. E il marito non era mai in casa: si trovava in Parlamento o alle gare di tiro al piccione nel neonato club di Hurlingham, a Fulham. Accolto in salotto da Harriett, il principe si chiudeva con lei per un'ora e mezzo col divieto assoluto alla servitù di disturbare. In verità non era il solo frequente visitatore maschile. Altrettanto, se non più assiduo, era un altro amico, lord Cole.

Ma quando un giorno sir Charles Mordaunt tornò inaspettatamente in anticipo da una vacanza di pesca in Norvegia, fu Bertie che intravide, mentre lasciava la casa in tutta fretta. La reazione del marito furioso fu atroce. Ordinò che venissero portati sul prato i due magnifici cavalli che Harriett aveva acquistato dalla scuderia del principe a Sandringham, trascinò a forza la moglie sui gradini e davanti a lei uccise gli animali con una pallottola in fronte. L'inverno successivo, a febbraio, Harriett Mordaunt diede alla luce una bambina prematura, probabilmente di otto mesi. E la tragedia cominciò a dispiegarsi.

Tra segni crescenti di instabilità mentale, la giovane madre si convinse che la neonata era stata concepita mentre il consorte era in Norvegia. Temeva anche che la piccola fosse affetta da una malattia venerea contratta da uno dei suoi amanti. Perciò si decise a confessare al marito la sua infedeltà. «Con chi?» domandò lui inorridito. «Con lord Cole, sir Frederick Johnstone e il principe di Galles, e con altri, spesso e in pieno giorno.» Se sperava in un perdono, si sbagliava di grosso. Sir Charles esigeva vendetta, voleva un divorzio e lo voleva il più devastante possibile, trascinando in tribunale gli amanti, e soprattutto la preda più grossa: l'erede al trono. La povera Harriett fu subito dichiarata pazza dai medici della sua famiglia, che cercava di evitare lo scandalo, e spedita in un manicomio. Per demolire le accuse del marito tradito era necessario mostrare che anche la «confessione» era frutto di follia.

Il principe nel frattempo non sembrava preoccuparsi troppo, né perdere per questo l'appetito. Passò quell'inverno ospite di lord Suffield nella tenuta di Gunton, confinante con Sandringham. Fu un inesauribile carosello di partite di caccia. In appena quattro giorni furono abbattuti qualcosa come 3.207 capi di selvaggina. Si sparava, si mangiava, si beveva. I conti della spesa danno un'idea dei menu composti dai cuochi francesi per la reale nursery, le piccole principesse, i quartieri degli steward e quelli della servitù, e in cima, ovviamente, la reale tavola.

La colazione prima di caccia consisteva solitamente di pollo saltato agli champignon, costata con patate, salsicce rosolate e uova strapazzate ai tartufi. Per pranzo, gli sparatori si fermavano a consumare sherry Don Pedro, curry di coniglio, girello di manzo, pernici, roastbeef, galantina di foie gras, cinghiale, budino di mela e babà al rum. L'apoteosi era naturalmente il *Royal Dinner*. Eccone un menu: «Consommé di tartaruga. Purée di selvaggina. Aragosta alla salsa di pesce San Pietro. Eperlano fritto alla salsa di acciughe. Fois gras alla finanziera. Filetto di fagiano alla Maréchel. Dita di asparago. Roastbeef. Brasato di tacchina con purée di sedano. Prosciutto brasato. Anatra selvaggia. Asparagi. Macedonia di frutta. Crema d'Artois. Paglie al formaggio. Gelato d'albicocca».

Immaginate le botti che ci volevano per annaffiare questo ben di dio. Una notte, uno degli amici più stretti del principe, Christopher Sykes, era così ubriaco che dovettero portarlo a letto a braccia. E poiché l'unica proposta di legge che aveva presentato nella sua carriera parlamentare riguardava la tutela dei gabbiani, gli piazzarono nel letto un gabbiano morto. Sykes ci dormì abbracciato per tutta la notte.

Quando un incendio, dieci anni più tardi, distrusse Gunton House, le malelingue sparsero la voce che lord Suffield aveva preso estreme misure per non dover più intrattenere il principe e la sua corte.

Sette minuti per giocarsi il trono

Il divertimento s'interruppe brevemente il 23 febbraio 1870 quando, falliti tutti i tentativi di evitare la gogna pubblica, Bertie fu costretto dagli avvocati di sir Charles Mordaunt a salire sul banco dei testimoni. Dietro le quinte, il primo ministro William Gladstone aveva lavorato perché il tribunale gli evitasse almeno un imbarazzante controinterrogatorio. Perciò il principe fu costretto a rispondere solo alle «morbide» domande dei legali dell'accusata. Un educato scambio di battute di appena sette minuti, al termine del quale il difensore dottor Deane pose il quesito cruciale: «C'è mai stata un'intimità impropria o un atto delittuoso tra Vostra Altezza e Lady Mordaunt?» «*There has not*», «Non c'è stata», fu la ferma, virile risposta di Bertie, subito salutata dagli applausi dei presenti in aula. Era quello che l'Inghilterra voleva sentire e, come disse al Palazzo il direttore di *The Times*, John Delane, «l'intera nazione britannica fu sollevata e felice per la testimonianza del Principe». Quella sera Bertie e Alix cenarono assieme al premier e alla moglie: «Estremamente grazioso e gentile», annotò Gladstone nel diario. «È un momento critico.»

Ma per l'erede, quel momento era già passato. Il tribunale giudicò che lady Mordaunt non era nello stato mentale per potersi difendere nella causa intentata dal marito. La sua confessione era solo il delirio di una donna malata di mente. Sir Charles si vide negato il divorzio. La povera Harriett finì davvero pazza e concluse i suoi giorni nel 1906 nel manicomio del dottor Tuke a Chiswick. Bertie, invece, se ne andò a festeggiare nella magnifica magione di Louise di Manchester, a Kimbolton, in uno dei party più sfrenati del tempo.

Era una domenica notte, e uno dei partecipanti ci ha lasciato la descrizione della compagnia di ubriachi in marcia dalla sala da pranzo verso la cappella. Lì, l'amante di Louise, l'immancabile lord Hartington, estrasse dalla prima fila di banchi un enorme libro di preghiere, che però gli scivolò di mano finendo sul piede di un gigantesco valletto imparruccato. Stordito dal dolore, il pover'uomo cadde faccia avanti perdendo i sensi, e fu portato via svenuto: «Questo completò il successo della festa, che fu molto grande. Praticamente non andammo a letto per niente».

Spinto dalla regina, il salvatore Gladstone scrisse all'erede al trono per avvertirlo che la sua reputazione «a riguardo di tutto ciò che tocca la santità delle relazioni famigliari è materia di importanza nazionale, cruciale per la sicurezza del trono». Ma Bertie non vedeva ragione per comportarsi diversamente, né per interrompere le visite pomeridiane alle amiche del cuore. Per i successivi vent'anni il rosario delle infedeltà continuò a sgranarsi senza sosta, e quando esplose l'ennesimo scandalo – i tradimenti incrociati di lord e lady Beresford e lord e lady Brooke, e al centro sempre lui, Bertie – perfino la pazienza dell'innamorata Alix rischiò di esaurirsi. Se ne andò in Crimea, per le nozze d'argento dello zar e della zarina, e lì restò anche quando Londra celebrava il cinquantesimo compleanno dell'erede al trono. Ormai invecchiato ma, come accusava il giornale repubblicano *Reynolds's Newspaper*, rimasto «infantile, ignorante e non intelligente». E sempre circondato da pessimi amici.

Un lago in sala da pranzo e un ballo per seicento

La passione per l'azzardo non aveva mai lasciato il principe. Una sera di settembre 1891 si trovò a giocare a baccarat in una magione vicino a Doncaster, ospite controvoglia di un armatore milionario. Al tavolo con lui sedeva un amico molto caro, sir William Gordon-Cumming, un colonnello delle Scots Guards immensamente ricco. L'ufficiale fu scoperto a barare ma, in considerazione della presenza del reale giocatore, gli fu garantito che tutti avrebbero mantenuto il silenzio sulla vicenda purché in futuro lui non toccasse mai più le carte. Sir William firmò un documento di impegno, ma quando – inevitabilmente – il segreto trapelò fino a raggiungere i giornali, denunciò per diffamazione gli ex amici che lo accusavano.

Il caso arrivò in tribunale, e l'attenzione del pubblico finì inevitabilmente per concentrarsi su Bertie. Non solo era coinvolto in un gioco a quel tempo illegale, ma aveva anche violato le Ordinanze Reali che gli imponevano, nella sua qualità di feldmaresciallo, di denunciare un ufficiale colto a barare, come appunto era accaduto con Gordon-Cumming. Quest'ultimo perse la causa, ma la riprovazione dell'opinione pubblica si concentrò sull'erede al trono, apertamente criticato prima di tutto dalla madre (tanto per cambiare...). L'ultimo scandalo, del resto, s'aggiungeva alla lista pressoché infinita di vicende controverse che avevano già scolpito per sempre il profilo di Bertie nell'opinione pubblica. Il principe Hal appunto, il principe della crapula, come già molti anni prima aveva ampiamente illustrato al pubblico la trimalcionesca festa data in suo onore dai conti di Aylesford. Compagni di bisboccia, e non solo.

Nel novembre 1874 Joe e Edith Aylesford ospitarono per cinque giorni l'erede al trono e la consorte Alix nella loro tenuta di Packington Hall, nel Warwickshire. Fu uno degli eventi mondani decisivi nel disegnare la vita del principe di Galles. Sporting Joe, com'era soprannominato il nobile padrone di casa, non poteva certo permetterselo, ma per la circostanza non badò a spese. Il viale d'accesso al castello fu illuminato a giorno da torce e lanterne. Una linea telefonica, la prima fuori Londra, fu appositamente installata in modo che i portinai all'ingresso della tenuta avvertissero la residenza in tempo per schierare la guardia d'onore all'arrivo di Sua Altezza. Un vero e proprio laghetto venne creato al centro dell'enorme tavolo da pranzo (anche se le perdite macchiarono l'abito da sera di molte signore...) e una sala da ballo provvisoria interamente in legno fu costruita sulla terrazza dell'edificio. Una nuova gigantesca serra offriva fiori e piante esotiche particolarmente ammirati dalla principessa Alix, e ogni notte meravigliosi fuochi artificiali polverizzavano in aria un'autentica fortuna.

Il pezzo forte dell'intrattenimento erano le gare di tiro a volo organizzate nel parco della tenuta, che era stato costruito dal mago dei giardini inglesi, il leggendario Capability Brown. Alla fine di ogni manche, ciascun tiratore gridava «Boy!» e appariva una bottiglia di champagne che doveva essere scolata all'istante. Così carburati, questi fanciulloni collocati sui gradini più alti dello Stato raggiungevano le *ladies* nella tenda appositamente allestita per il *luncheon* (come i nobili chiamano il *lunch*), e il pasto era allietato dalle serenate della banda militare della Warwickshire Yeomanry Cavalry.

Il climax della visita fu ovviamente il gran ballo dell'ultima notte. Lo zarevic Aleksandr, cognato di Bertie, fece in tempo ad arrivare per la festa, colossale perfino per gli elevati standard imperiali di Russia. Seicento invitati si lanciarono nelle danze nella sala da ballo provvisoria, ricoperta di tappezzerie color cremisi e corone d'oro appese a ogni angolo. Al centro dell'enorme balera era stata innalzata una grotta alpina fatta interamente di sughero vergine, e una fontana zampillava all'interno lanciando getti d'acqua modellati come le piume nello stemma del principe di Galles. Attorno ai due eredi dei troni d'Inghilterra e di Russia celebrava il proprio trionfo sociale la crema dell'aristocrazia britannica. Compreso lord Blandford, figlio maggiore ed erede del duca di Marlborough. E per quanto appartenesse a una delle più ricche e gloriose casate d'Inghilterra, uno scapestrato amico di vizi di Bertie.

Che ressa in camera di lady Aylesford!

Alle due di notte fiati e legni dell'orchestra si spensero assieme all'ultima danza.

Si spensero anche le luci nella grande magione degli Aylesford, ma il parquet dei pavimenti continuò a crepitare a lungo. Era l'ora del pericoloso sport con cui il «Marlborough House

Set», la cricca di intimi dei Galles, accompagnava la conclusione di ogni festa domestica nelle residenze di campagna. E, per aiutare i movimenti nel buio notturno, le accorte padrone di casa misericordiosamente inserivano i nomi degli ospiti nelle targhette di bronzo sulle porte delle stanze. Ma secondo la storia che ancora oggi si racconta nel Warwickshire, quella notte lungo il passaggio che conduceva alla camera da letto di Edith Aylesford si inoltrarono a tentoni non uno ma due cacciatori.

Stendendo la mano nel buio, uno dei due toccò una barba: e l'unico con la barba nella casa (a parte il solito lord Hartington) era il principe di Galles. «Sir», mormorò il primo uomo, e batté in ritirata lasciando al rivale il letto della contessa Edith. Un atto di deferenza estrema del marito e padrone di casa, lord Aylesford, verso l'erede al trono? No. A ripercorrere incespicando il corridoio non era Sporting Joe ma lord Blandford. Lady Aylesford era l'amante di entrambi, Bertie e il futuro duca di Marlborough.

Quelle che seguirono qualche mese dopo furono scene da vaudeville, degne – come scrisse Louise di Manchester – «di un romanzetto francese di quart'ordine», ma avvenute purtroppo ai piedi del trono. Mentre Bertie, accompagnato da lord Aylesford, era in visita in India, la passione della contessa Edith per lord Blandford divampò a tal punto da spingerla a scrivere al marito confessando l'infedeltà. Lui reagì come lei si aspettava e sperava: con l'annuncio di un'immediata richiesta di divorzio. Abbastanza da gettare nella costernazione le famiglie dei due fedifraghi (anche Blandford era sposato) e da indurle a usare ogni mezzo per impedire lo scandalo. Secondo i laschi costumi sessuali della nobiltà isolana, l'onta non derivava infatti dall'adulterio – che in silenzio non turbava la felicità di molti ménage domestici – ma dalla sua pubblicità. E per il coniuge tradito la vendetta si traduceva appunto in una causa di divorzio, l'arma finale che, trascinando davanti ai giudici colpevole e complice, minacciava la conseguente rovina sociale non solo dei due ma anche delle loro parentele.

Pur di scongiurare l'approdo in tribunale la famiglia di lord Blandford, i potentissimi Churchill, non esitarono a ricattare perfino il principe di Galles. Randolph, fratello minore del «colpevole» (e padre del grande Winston), inviò al principe ancora in India telegrammi minacciosamente allusivi, ingiungendogli di intervenire per fermare Aylesford. Quando Bertie si rifiutò, Randolph Churchill si esibì in una mossa da guappo di sceneggiata napoletana.

Assieme alla contessa Edith, che nel frattempo aveva cambiato idea e voleva tornare dal marito, si presentò addirittura a Marlborough House e si fece ricevere dalla principessa. Alla sbalordita Alix, lady Aylesford offrì da leggere un pacco di missive che provavano, secondo lei, la sua relazione con Bertie. Lettere, aggiunse lord Randolph Churchill, che già mostrate al procuratore generale lo avevano indotto a commentare: «Se diventano pubbliche, il principe di Galles non salirà mai sul trono d'Inghilterra». Era una grossolana esagerazione, ma bastò. Terrorizzata, la povera Alix, che aveva sempre finto di non accorgersi dei tradimenti del marito, corse dalla suocera. E l'intervento della regina rimise tutto a posto, in doveroso silenzio. L'erede evitò il tribunale, ma perfino la moglie che non smetteva di chiamarlo «il mio angelo Bertie» dovette convincersi che angelo proprio non era.

«Una giornata di duro lavoro»

Tra uno stravizio e l'altro, alla fine degli anni Ottanta le finanze del principe di Galles erano arrivate a un punto di totale crisi. Bertie era tormentato dagli usurai, e a Parigi la sempre occhiuta polizia francese riferiva che gli alberghi di Sua Altezza erano costantemente circondati da allibratori e poco di buono. L'indennità annua concessa dal Parlamento all'erede al trono era fissata a 39.000 sterline, da aggiungere alle 64.000 di rendita del ducato di Cornovaglia, tradizionale feudo dei principi di Galles. Ma mentre le spese crescevano, le entrate complessive erano crollate dalle 122.000 sterline del 1881 alle 107.000 del 1890. Il deficit si allargava in maniera paurosa. Non restava che chiedere aiuto alla Camera dei Comuni, ma questo avrebbe comportato uno spiacevole e rischioso scrutinio parlamentare sui conti del reale spendaccione. Tanto il governo quanto la Corte preferivano ovviamente evitare ciò che avrebbe evidenziato «una totale mancanza di sana gestione economica».

Nel 1889, però, la regina Vittoria chiese al Parlamento di concedere reali appannaggi ai figli del principe di Galles in vista della loro maggiore età. Le Camere votarono malvolentieri la concessione a Bertie di 36.000 sterline annue da vincolare in un trust per la sua prole, più un'una tantum di 60.000 sterline. L'elargizione si portò però dietro un prezzo da pagare: il più lungo – e aspro – dibattito parlamentare sulla monarchia mai tenuto nei lunghi decenni di Vittoria. Non solo la discussione alla fine registrò ben 134 voti contrari alle nuove indennità ma, anche più pericolosamente, sollevò la questione delle funzioni della Corona. Visto che il principe percepiva denaro dei contribuenti, osservò il deputato di Glamorgan, Mr Abraham, in che cosa consisteva concretamente il suo lavoro? Seguiva descrizione:

in una giornata tipo, Sua Altezza Reale teneva una *levée* (cioè si alzava), inaugurava una statua, cenava alla Mansion House (residenza del Lord Mayor della City) e ascoltava un atto del *Figaro* – o altra opera – al Covent Garden. «E questa, dunque, è una dura giornata di lavoro!» concludeva Abraham.

Piuttosto che sottoporsi alle strigliate del Parlamento, Bertie preferiva chiedere prestiti ai finanzieri. Tra i suoi amici più stretti c'era anche il banchiere più ricco. «Mio caro Natty», scriveva nel 1883 a lord Nathaniel Rothschild, «non trovo parole troppo esagerate per ringraziarti della tua grande gentilezza e liberalità che, puoi esserne sicuro, non dimenticherò mai.» In effetti i documenti dell'archivio Rothschild provano l'estrema (e interessata?) generosità del barone del tempo: dai suoi fondi privati l'amico «Natty» consegnò al principe 100.000 sterline in contanti nel 1889 e altre 60.000 quattro anni dopo, queste garantite da un'ipoteca sulla reale tenuta di Sandringham. Se i soldi siano mai stati restituiti, non si sa. Ma Sandringham per fortuna è rimasta l'amata casa di campagna della regina Elisabetta.

La costante necessità di denaro spinse Bertie ad aprire la sua corte «privata» a Marlborough House ai nuovi ricchi disprezzati dall'aristocrazia. Uno di questi era un *self-made man* scozzese, James Mackenzie. Anche a lui Sua Altezza Reale diede in pegno Sandringham in cambio di un prestito di 250.000 sterline. L'ipoteca sulla casa fu prontamente stracciata dagli eredi quando Mackenzie morì all'improvviso nel 1890, ma il debito andava pagato. L'intervento della provvidenza stavolta assunse le fattezze di un finanziere ebreo con passaporto austriaco, il barone Maurice Hirsch. Nelle parole di lord Derby, «Hirsch vide l'opportunità di pagare il debito, rendere il principe suo debitore e assicurarsi così una posizione sociale».

Hirsch, per stare ancora alla descrizione del nobile inglese, «è un puzzle per la società, giacché non è un gentiluomo né è reputato onesto». Nel giudizio liquidatorio pesavano tanto la boria aristocratica quanto il diffuso antisemitismo del tempo, ma questo non impedì all'impomatato Hirsch, portatore di un paio di baffi alla Hercule Poirot, di restare per tutto il decennio prima dell'ascesa al trono costantemente al fianco del principe. Infuriato perché la regina si era rifiutata di invitarlo a Buckingham Palace, l'erede ne accettò invece l'ospitalità a St Johann, la vasta tenuta di caccia che il barone possedeva nella pianura ungherese. I «cugini» austriaci, gli antisemiti arciduchi d'Asburgo, inorridirono alla notizia che Bertie era ospite «in casa di un giudeo». Ma lui se la spassò un mondo, perché le battute di caccia furono veramente spettacolari. Fino al limite dell'osceno: in dieci giorni i nobili moschettieri abbatterono qualcosa come 20.000 capi di selvaggina. Tornato a casa, il principe si affrettò a copiare il design della gigantesca dispensa per la cacciagione vista da Hirsch, capace di contenere 7.000 uccelli (cadaveri).

La frequentazione di plutocrati ebrei fu un fatto assolutamente unico nella vita delle corti europee del tempo. In nessun angolo d'Europa gli ebrei erano accettati ai piani alti della società, e l'apertura di Bertie provocò reazioni antitetiche. Se ne rallegrarono gli emancipazionisti, arricciarono il naso i reazionari. Per molti nobili la ragione di risentimento era ancora un'altra, come spiega nelle sue memorie lady Daisy Brooke, una delle ultime amanti di Sua Altezza Reale: «Ci irritava l'introduzione degli ebrei nel *social set* del principe di Galles. Non perché non ci piacessero, ma piuttosto perché avevano cervello e ne capivano di finanza. Come classe non ci piaceva il cervello. E quanto ai soldi, sapevamo solo come spenderli, non come farli». Non si troverebbe epitaffio migliore per l'aristocrazia che aveva governato un impero.

Grande amore o solo compagna di giochi? Il mistero Lillie Langtry

La donna più famosa nella vita di Bertie comparve davanti ai suoi occhi la sera del 24 maggio 1877, a una cena per dieci organizzata in casa, a Stratton Street, dall'esploratore sir Allen Young. Era stato lo stesso principe a chiedere a sir Allen, «Alleno» per gli amici, di favorire l'incontro. Lillie Langtry aveva posato come modella per dipinti esposti anche alla Royal Academy dal pittore più alla moda del momento, J.E. Millais. Questo aveva fatto istantaneamente della giovane donna una celebrità ricercata in tutti i salotti. Era dopotutto la stagione delle cosiddette *professional beauties*, le bellezze professionali, che le gran dame dei salotti abbreviavano in P.B. sui loro cartoncini d'invito: «Venite, ci saranno anche le P.B.», scrivevano per attirare gli ospiti alle loro serate.

Le P.B. venivano esibite alle feste come trofei, e la buona società di Londra ne discuteva i rispettivi meriti né più né meno come se si trattasse di soppesare cavalli. Erano insomma l'equivalente delle pin-up di un secolo dopo. Gli artisti a caccia di soggetti porno-soft – avete presente i nudi dell'epoca vittoriana? – facevano a gara per ritrarle. Le donne nelle passeggiate al parco spiavano le loro mise per poterle subito imitare. Le loro foto diventavano immediatamente cartoline postali vendute a migliaia.

Bertie, che in fatto di *professional beauties* non si faceva certo lasciare indietro da nessuno, aveva già fatto conoscenza con le principali rivali di Lillie in quella stagione, Mrs Luke Wheeler e Mrs Patsy Cornwallis-West. Tutte e due le signore vivevano nell'elegantissimo Eaton Place e si disputavano le attenzioni del principe, che gli abituali pettegolezzi volevano già amante della piccante Patsy. Lillie irruppe sulla scena con la forza del suo profilo greco e una fragrante freschezza da ragazza di campagna. La sua tecnica di seduzione, come narrò un contemporaneo, consisteva nel fissare l'ammiratore con gli occhioni blu spalancati e poi «sembrar quasi svenire, per dare l'idea che il fascino del suo interlocutore le facesse perdere i sensi. Una signora in questo stato va ovviamente sostenuta, adagiata sul sofà, e magari i suoi vestiti vanno slacciati».

Non sappiamo se fu in questo modo che la modella attirò a sé il panciuto corteggiatore reale. Certamente una protratta malattia della principessa Alix la aiutò ad assumere rapidamente il ruolo di favorita in carica. Stando al suo stesso racconto, ogni sera cavalcava accanto al principe per tutto Rotten Row, il lungo viale nei pressi di Hyde Park dove andava a passeggiare la bella società londinese, anche se era decisamente una mediocre cavallerizza. La parata quotidiana di Bertie, puntuale alle sette di sera, in sella al suo cavallo bardato di rosso, era uno dei rituali della *season*, attentamente studiato dai *royal watchers*. Accompagnare HRH, cioè His Royal Highness, equivaleva per Mrs Langtry a una pubblica affermazione del suo status di amante. Né lui faceva niente per tenere segreto l'ennesimo *affaire*.

La lontananza della legittima consorte rendeva le cose più facili. Sempre angosciata dalla salute dei figli, Alix quell'estate fu trattenuta a casa da un accesso di febbre tifoide del primogenito Eddy, che la tenne in uno stato di costante terrore per la vita del ragazzo. Bertie prese con sé il resto della famiglia e se la filò a Cowes, dove la stagione delle regate sotto il reale patronaggio era diventata una specie di perpetuo *garden party*. Lillie Langtry era lì anche lei, ovviamente, ospite dello yacht *Helen* di sir Allen Young. Qualche tempo dopo, Lillie e il compiacente marito Ned, benché notoriamente spiantati, acquistarono un pezzo di terra sul mare a Bornemouth e cominciarono a costruire una villa di mattoni rossi sormontata dal motto: «Dicono – Che cosa dicono? Lasciateli dire».

Fu in questo appartato rifugio che, stando alla leggenda, il rapporto tra il principe e la sua bella si sviluppò in una sorta di clandestina domesticità, favorita anche dagli intimi del circolo di Marlborough House. Uno dei sistemi preferiti per guadagnarsi la riconoscenza di Bertie sembra che sia stato infatti il punteggiare la campagna di graziosi e comodi *cottages* dove lui potesse portare avanti indisturbato le sue tresche amorose. Di questi nidi d'amore ne vengono ancora oggi indicati moltissimi, e nella tradizione orale Lillie figura sempre come la protagonista.

L'esistenza di queste case segrete segnala la speranza del principe di poter condurre una doppia vita risparmiando alla moglie ogni imbarazzo. Ma indica anche che nelle case cosiddette rispettabili la «bellezza professionale» di Lillie non era certo ben accolta, a dispetto dell'esibita amicizia con l'erede al trono. Che, se ne rendesse conto o meno, conduceva un gioco molto rischioso. Bertie era in effetti diventato il primo moderno principe da rubrica di pettegolezzi, spiato attentamente dai giornali sulle *celebrities* spuntati come funghi nel decennio Settanta, da *Truth* a *Vanity Fair* a *The World*. Sulle «indiscrezioni», cioè le infedeltà di Sua Altezza Reale, ci campavano tutti, ma naturalmente non rinunciavano a fargli la morale. *The World*, dopo aver alluso all'adulterio, ammoniva sul «crescente sfavore con il quale la sua vita largamente controversa comincia a essere guardata». Soprattutto gli veniva rimproverato di non trattare correttamente la moglie e, siccome Alix era molto più popolare di lui, ogni infedeltà lo rendeva più odioso.

A questo punto della loro vita matrimoniale, la principessa era tutt'altro che felice, e sembra che abbia trovato una platonica consolazione nell'adorazione che le riservava il suo cavalleresco scudiero* Oliver Montagu. Quanto al marito, pare che l'infatuazione per Mrs Langtry non sia mai davvero sfociata in una grande passione, quanto piuttosto in una relazione consuetudinaria dettata dal bisogno di compagnia, dal desiderio di dividere con una persona intima la mediocre bisboccia delle ore piccole, bevute e gioco. Che lei non lo amasse, lo avrebbe scritto a chiare lettere molti anni dopo nelle sue memorie: ne era anzi un po' spaventata, e poi «lui puzzava sempre *così fortemente* di sigaro»... Ma quando avvertì i primi segni che stava per essere detronizzata dal ruolo di favorita (a vantaggio, pare, di Sarah Bernhardt), fece di tutto per evitarlo.

Quanti passati può avere una donna?

Nella lista degli invitati ai pranzi domenicali a Marlborough House la coppia Langtry appare per la prima volta nell'aprile 1879. Il fatto che il principe invitasse Lillie a tavola con Alix indica che lui non la considerava più la sua amante. E fu chiaro a tutti quando a una vendita di beneficenza nella Albert Hall, a luglio, Bertie acquistò al banchetto dell'attrice una tazza di tè. Prima di passargliela, Lillie se la portò alle labbra. «Ne vorrei una pulita, prego», fu la gelida replica del principe. Dopo il

* Lo scudiero (*Equerry*) è un assistente personale di un membro della famiglia reale. Gli scudieri del sovrano sono tuttora scelti tra ufficiali delle forze armate.

pubblico smacco, a lei non restò che imbarcarsi in una serie di intrallazzi amorosi, spesso con uomini più giovani, come il diciannovenne lord Shrewsbury o il cugino di HRH, il rampante Louis di Battenberg. Proprio lui fu tra i principali sospettati quando nell'autunno del 1880 Lillie scoprì di essere incinta. Ma chi fosse il padre tra i tanti amanti era impossibile da indovinare.

L'unica cosa certa era che non si trattava del marito. Così come pare sicuro che tra le tante paternità «naturali» attribuite a Bertie almeno questa debba essere esclusa. Ma difficilmente ne sarebbe uscito indenne se lo scandalo fosse esploso, perciò avviò le ormai abituali procedure del caso. L'ignaro Ned Langtry fu tenuto costantemente occupato con inviti a pesca e a caccia a destra e a manca: per mesi e mesi non vide la consorte. Il solerte dottor Clayton (così inefficiente nel caso di Harriett Mordaunt) fu nuovamente convocato. Alla fine la soluzione migliore fu la più scontata. Lillie fu spedita in Francia, dove il 18 marzo 1881 diede alla luce una bimba battezzata Jeanne-Marie.

Con la ex amante stavolta il principe fu generoso. L'aiutò a costruirsi un futuro da attrice, sebbene fosse piuttosto mediocre. E così afflitta da una gigantesca coda di paglia da rifiutare l'offerta di Oscar Wilde, che le aveva proposto di interpretare la Mrs Erlynne del suo *Il ventaglio di lady Windermere*, scritto nel 1891. Mrs Erlynne, come si sa, è una «bellezza professionale» dal cuore d'oro, odiata e dileggiata dalla signore della buona società: «Molte donne hanno un passato, ma mi dicono che lei ne abbia almeno undici, e le vanno tutti bene», la sferza alle sue spalle una lady. Wilde ce l'aveva con la morale corrotta dell'alta società e non con la donna leggera che finisce redenta dal suo dolore, ma Lillie questo non l'aveva capito, o almeno così fingeva: «Perché lui abbia mai pensato che questo lavoro fosse adatto a me non posso immaginare», scrisse.

Comunque la presenza del suo ex reale protettore alla prima della commedia *She Stoops to Conquer* ne fece un successo e lanciò la sua carriera. La gente andava a vederla non per la sua bravura sul palcoscenico ma perché era una celebrità vestita dal grande sarto dell'epoca, Worth. E sempre il discreto patronaggio del principe le assicurò negli Stati Uniti un'accoglienza semiregale. Il successo l'aspettava infine sulle piste degli ippodromi. Divenne una nota proprietaria di purosangue da corsa e fu la prima donna a vincere il Cesarewitch, la famosa competizione disputata sul Rowley Mile di Newmarket.

Non più amanti, ma amici sino alla fine. Altre bellezze riempivano il letto di Bertie, da lady Warwick, che fu il grande amore della maturità, a Jennie Churchill, l'irrequieta madre di Winston Churchill, ma HRH non mancava mai una prima teatrale della sua Lillie. Si diede da fare perché la figlia Jeanne fosse presentata alla regina. Le regalò pure un cagnolino che apparteneva a lady Warwick. E le scriveva nostalgico, come nell'estate del 1885 dalle regate di Cowes: «Come vorrei che adesso foste a bordo, veleggiando con me».

Da «padre naturale» a Padre della Nazione

Come l'indulgente principe Hal di una giovinezza fin troppo protratta si sia trasformato, una volta sul trono, nel Padre della Nazione è una di quelle metamorfosi che solo la mistica della regalità riesce a spiegare. O forse è solo l'ennesima dimostrazione che è la funzione a costruire il carattere. Condannato dalla madre tirannica a una vita da fannullone, Bertie era diventato un inutile gaudente. Incoronato dopo sessant'anni d'attesa, non perse certo l'inclinazione alla galanteria e alla *débauche*, questo no, ma rivelò doti insospettate. Fu il più cosmopolita dei sovrani britannici, padroneggiando a tal punto francese e tedesco da parlare perfino l'inglese con lieve accento germanico. In più, le sue frequentazioni di piacere in tutta Europa lo avevano rifornito di un'agenda e una rete di relazioni capace di offrirgli informazioni preziose fuori dai canali ufficiali. La politica estera fu la sua passione, ma il suo successo principale fu proprio sul fronte interno. Con lui la monarchia britannica uscì definitivamente dal gioco politico per assumere un ruolo cerimoniale: pompa e solennità assicuravano al pubblico che essa era la guardiana dell'unità della nazione.

Edoardo VII fu il primo sovrano a non discutere di politica con i suoi premier. A non mettere il veto sulla nomina dei ministri. A non mostrare preferenze di partito. Quando l'ammiraglio Fisher chiese sorpreso perché diavolo Sua Maestà s'interessasse della salute di Keir Hardie, un leader laburista violentemente repubblicano, il monarca reagì con uno dei suoi ben noti scoppi di collera, «come un toro impazzito». «Voi non mi capite», urlava. «Io sono re di *tutto* il popolo!» Non a caso, nella crisi costituzionale del 1910, tutte e due le parti antagoniste si rivolsero a lui come mediatore (curioso parallelo con l'Italia 2013...). E, come osservò il saggista Lytton Strachey, il culmine del suo regno coincise con «il dramma irrisolto della sua tragica fine».

Quando la morte lo colse improvvisa nel maggio 1910, ucciso dai sigari e dall'enfisema, il *suo* popolo lo pianse come non aveva mai fatto prima con nessun altro. Dopo una vita di satrapica mollezza, Bertie affrontò la fine con coraggio. Nonostante respirasse ormai a fatica – il volto bluastro, la tosse incontrollabile – pretese di vestirsi di tutto punto anche l'ultimo mattino della sua esistenza: era un abito Oxford grigio, e nel 1937 andò all'asta a New York per 20 sterline, tagliato sulla schiena perché avevano dovuto strapparglielo di dosso per metterlo a letto. All'ultima amante, Alice Keppel, la regina Alexandra concesse generosamente di vederlo prima che cadesse in coma. Bertie lo chiedeva esplicitamente in una lettera scritta nel 1901, e va a grande credito della sua Alix che lei gli abbia obbedito. Poi le porte della reggia si chiusero per la Keppel come per tutte le etére di alto bordo che le avevano conteso il marito per decenni.

In morte Bertie ridiventava infine suo e soltanto suo, il principe azzurro sposato a nemmeno vent'anni e incredibilmente amato, a dispetto di tutto, per mezzo secolo. Per otto giorni la regina si rifiutò di far uscire il corpo del consorte dal suo appartamento a Buckingham Palace: «È così meravigliosamente preservato», diceva, «dev'essere stato l'ossigeno che gli hanno dato prima di morire». Vestito nella sua camicia da notte di seta rosa il re rimase nel suo semplice letto di mogano dov'era morto, prima che Alix desse infine il permesso di rivestirlo nella tunica militare e deporlo nella bara.

Esclusa, com'era inevitabile, dal cordoglio ufficiale, Alice Keppel montò un paio di scene isteriche. Ma non le mancavano i mezzi di consolazione. Bertie le era stato grato del calore famigliare surrogato che lei gli aveva offerto nell'ultimo decennio, dei suoi consigli politici e della sua abilità a bridge. Così si era preoccupato di garantirle, anche post mortem, un'esistenza molto agiata. Quando il cerimoniale di Corte le chiuse in faccia le porte della camera ardente a Westminster, Alice reagì in maniera teatrale: «La mia vita è finita», gridava. Ma questo non le impediva pochi mesi dopo, in estate, di trasferirsi con la famiglia nella nuova casa a Mayfair, al 16 dell'elegantissima Grosvenor Street, un immenso palazzo georgiano arredato magnificamente con i regali del re. Che aveva pure affidato al suo banchiere di fiducia, il barone ebreo Ernest Cassel, il compito di dotarla di una vera fortuna, stimata dai pettegoli attorno alle 400.000 sterline.

Che Mrs Keppel piangesse un simile generoso benefattore si capisce. Quel che appare invece incomprensibile è l'ondata di dolore e di lacrime che sommerse l'intero regno. Una folla immensa sfilò per giorni e notti davanti al catafalco eretto a Westminster Hall. Sono stato testimone di un evento simile quando è morta Queen Elizabeth, la Regina Madre. Il suo decesso, a centouno anni, non poteva certo essere definito una sorpresa, ma ho visto gente di ogni età con gli occhi lucidi e il fazzoletto al naso davanti alla bara di una donna che aveva condotto una vita sideralmente lontana da quanti la piangevano. Tanto più remota era stata certamente l'esistenza di Edoardo VII da quella dei suoi sudditi più umili a inizio Novecento. Eppure, oltre quattrocentomila persone sfilarono davanti al suo feretro nell'enorme sala medievale di Westminster, al ritmo di diecimila all'ora. Ed era niente rispetto al corteo funebre che Londra stava per vedere.

Per tutta la notte del 19 maggio, alla vigilia della cerimonia, la gente correva per le strade della capitale. Una folla incalcolabile attese per dodici ore, sotto una pioggia torrenziale, che la salma reale uscisse dal palazzo di Westminster diretta alla stazione di Paddington, e da lì a Windsor, per la sepoltura nella cappella di San Giorgio. Otto re e un imperatore, l'odiato Kaiser nipote dello scomparso, cavalcavano dietro il feretro di Edoardo, deposto su un affusto di cannone. Theodore Roosevelt, ex presidente degli Stati Uniti, seguiva in carrozza in abito nero da cerimonia. La folla piangeva senza ritegno, come sarebbe accaduto novant'anni dopo al funerale di Diana. La vista più straziante era quella del piccolo terrier bianco, Caesar, che trotterellava al guinzaglio di un *highlander* in kilt dietro la bara del suo padrone, accanto al cavallo del re con gli stivali rovesciati nelle staffe. Così aveva voluto Alexandra.

Lungo il viale maestoso di Whitehall i marciapiedi erano neri di gente, tanto strettamente assiepata che era impossibile muoversi. A Hyde Park, dove si erano radunate fra le duecento e le trecentomila persone, per riuscire a vedere il passaggio del corteo gli uomini si arrampicavano sugli alberi, a dispetto del filo spinato steso dalla polizia attorno ai tronchi. Molti non dormivano e non mangiavano dal giorno prima, e i sanitari ebbero il loro da fare, con almeno milleseicento persone bisognose di cure mediche. La paura di disordini o di attentati anarchici, con una tale riunione di teste coronate, aveva fatto schierare seimila poliziotti oltre a un buon numero di agenti segreti, e interi reparti dell'Esercito erano allineati lungo il percorso. Non successe niente. Come scrisse orgogliosamente *The Times*: «Il comportamento della folla fu degno di una democrazia: essa governava se stessa».

È il grande mistero inglese: una democrazia che accetta di essere, non dico governata, ma rappresentata dalla più arcaica e classista delle istituzioni. L'immagine plastica di questo paradosso era la povera gente, vestita male, le facce pallide e stanche, che stava lì a capo scoperto a piangere il suo re. E ciò che colpì gli osservatori più intelligenti non fu la pompa né la solennità del funerale, ma la corona di fiori portata dalle ricamatrici di Bethnal Green o la manciata di gigli di campo raccolti in una misera scatola di cartone. E ancora, le migliaia di semplici serti d'alloro che decoravano l'intero percorso del corteo funebre.

L'ex principe Hal, trasformatosi in Edoardo VII, fu riconosciuto in morte come il sovrano più «popolare», in senso proprio, che l'Inghilterra avesse mai avuto. Ed era riuscito nel miracolo rovesciando il paradigma che i genitori avevano calato sulla monarchia. Vittoria e Albert avevano cercato di proiettare un'immagine di «famiglia reale» come incarnazione dei valori domestici borghesi. Bertie, al contrario, una volta sul trono cancellò la famiglia anche dai ritratti ufficiali e mostrò al Paese un'immagine solitaria e semi-ieratica del monarca, superiore a tutto, pure all'obbligo della virtù. Anche volendo, non avrebbe certo potuto fare altrimenti, visto che le storie d'adulterio e di gioco d'azzardo lo accompagnarono sino alla fine. Ma piuttosto che alienargli le simpatie delle classi popolari, la sua sfida alla moralità convenzionale della *middle class* lo rese più caro alla gran massa degli inglesi. Perché – ironizzò lo scrittore Logan Pearsall Smith – «un re virtuoso è un re che si sottrae alla sua precipua funzione: di incarnare per i suoi sudditi un ideale di illustre dissipazione assolutamente al di là della loro portata».

4

Casta diva (un po' tirchia)

Il funerale di Edoardo VII segnò l'apoteosi della monarchia a inizio Novecento, il funerale di Diana minacciò di rovesciarla a fine secolo. È un altro paradosso inglese che a correre questo pericolo sia stata proprio la sovrana più irreprensibile dopo Vittoria. Sulla scia del padre, Elisabetta II ha rimesso più di ogni altro la «virtù» sullo stendardo dei Windsor. Ma la tragedia di Lady Di rende giustizia, sia pure postuma, alla saggezza politica di Edoardo VII nel lasciare la famiglia sullo sfondo. La rappresentazione della Corona come una «ditta famigliare» può essere estremamente rischiosa: esercita sui suoi membri una pressione del tutto irragionevole a condurre vite esemplari, e in caso (più che probabile) di umano *défault*, le conseguenze possono produrre una catastrofe. Elisabetta, che nel Giubileo del 2012 ha celebrato la sua personale apoteosi, tre lustri prima aveva rasentato l'abisso.

Cronisti, storici e sudditi hanno potuto facilmente misurare nella festa per i sessant'anni di regno l'enorme recupero di popolarità della sovrana dal terribile agosto della morte di Diana, nel 1997. I sei giorni di sfilate e celebrazioni hanno confermato, se ce ne fosse bisogno, la verità della shakespeariana battuta dell'*Enrico V*: «E che cos'hanno i re che i sudditi anche non hanno, a parte le cerimonie?» Ma proprio queste cerimonie formano una parte essenziale del vincolo che lega gli inglesi alla monarchia e riflette un'immutabile passione per le tradizioni.

Nel 1953, per l'incoronazione della giovanissima Elisabetta II, il Gran Falconiere Ereditario del regno, nella persona di Osborne Beauclerk, duca di St Albans, pretendeva nientemeno di esercitare il suo storico diritto di accompagnare la sovrana a Westminster Abbey con un falcone ammaestrato al braccio. Il duca, che discendeva da uno dei figli illegittimi di Carlo II, era – diciamo – un eccentrico, e gli fu proposto di usare al più un uccello impagliato. Lui rifiutò sdegnato e così Elisabetta inaugurò il suo regno senza Gran Falconiere. Ma un'altra singolare figura mantenne invece il suo posto nella cerimonia: *the King's Champion*, il Campione del Re (in questo caso, della Regina).

È una delle cariche che sopravvivono nella moderna vita britannica come arcaismi gelosamente preservati, alla pari di titoli come Lord Alto Ammiraglio del Wash, sulla costa orientale dell'isola, o Capitano di Dunstaffnage Castle, sul litorale scozzese. La posizione di Campione del Re fu assegnata in perenne da Guglielmo I il Conquistatore agli abitanti del maniero di Scrivelsby, nella contea di Lincoln. Il dovere del *King's Champion* è di combattere chiunque osi sfidare il re per il trono d'Inghilterra. Ed è quello che i signori di Scrivelsby hanno fatto per mille anni, sebbene il corrente detentore del titolo sia comprensibilmente alquanto disoccupato. Ma in qualità di Campione Ereditario il tenente colonnello John Dymoke, oggi arzillo ultraottantenne, ha preso parte, come tutti i suoi antenati prima di lui, all'intronizzazione di Elisabetta.

Certo, il cerimoniale nel frattempo era un po' cambiato. In passato ai suoi antenati era richiesto di entrare a cavallo nella sala del banchetto, gettare tre volte per terra il loro guanto d'acciaio e offrirsi di combattere chiunque osasse sfidare il diritto del monarca a regnare. Seguiva il brindisi del re alla salute del suo Campione, al quale in conclusione veniva donato il boccale d'oro massiccio: in questo modo, generazione dopo generazione, i Dymoke hanno accumulato un'impressionante collezione di preziosi calici, fino a quando nel 1821 i sovrani hanno deciso di risparmiare tempo e denaro abolendo il brindisi. Da allora il Campione del Re ha solo il compito di portare il suo stendardo nella processione dell'incoronazione. Ma al giovane (allora) John Dymoke, nel '53, toccò se non altro la soddisfazione di precedere nel corteo il feldmaresciallo visconte Montgomery di Alamein, il più celebrato stratega britannico della seconda guerra mondiale.

La rappresentazione regale incarnata da Elisabetta II è fatta di queste storie non meno che del DNA inscritto nelle tradizioni dei Windsor. Nel caso suo, soprattutto dei due predecessori, il nonno Giorgio V e il padre Giorgio VI, con le rispettive mogli. L'eredità della regina Vittoria continua naturalmente a proiettare la sua ombra, anche fisicamente, nella mole massiccia di Buckingham Palace, che lei trasformò nella sua reggia. Ma a soffondere le stanze del palazzo, come la stessa monarchia in quanto istituzione, è in particolare il suo senso di moralità. Rigettato dal figlio, fu invece ripescato dal nipote e dai suoi discendenti. E se è facile dividere la dinastia in due campi – da una parte sovrani poco coscienziosi o francamente dissoluti, dall'altra monarchi irreprensibili, pii e assorbiti dal dovere –, è chiaro che Elisabetta appartiene alla seconda schiera.

Perfino le sue prime foto da piccola mostrano una bimba seria e sicura di sé, anche se niente all'epoca lasciava ancora presagire il trono per lei. All'*imprinting* dei cromosomi si aggiunse presto l'influenza decisiva delle personalità più vicine. A cominciare dal nonno re Giorgio V, che per la piccola era semplicemente *Grandpa England*. Nonnino Inghilterra. Nel linguaggio infantile di Lilibet prendeva forma quello che i Windsor sognavano: l'identificazione della famiglia con la Nazione.

Il pane imburrato del principe Filippo

Il guaio, come aveva capito Edoardo VII, è che capitalizzare sui parenti può essere molto rischioso per la monarchia. Elisabetta lo avrebbe scoperto a sue spese nella terribile saga di Diana, il punto più vicino al naufragio per la dinastia. Purtroppo per lei, era semplicemente impossibile rappresentare la famiglia reale come esemplare quando in tre casi su quattro i matrimoni dei figli erano finiti in divorzio. Sembrerebbe ingiusto, peraltro, accusare dei fallimenti solo le debolezze di carattere. O magari l'antica consuetudine regale delle nozze combinate. A parte Carlo, spinto verso Diana da convenienze dinastiche, tutti gli altri rampolli Windsor hanno liberamente scelto i loro coniugi. E altrettanto liberamente deciso di tradirli. La differenza rispetto al passato sta nel fatto che prima i ficcanasi della stampa si fermavano di fronte alle lenzuola reali, mentre da trent'anni in qua niente li frena pur di vendere più copie. Anche se demoliscono la sacralità del trono, o forse proprio per questo.

Elisabetta ha tardato a rendersi conto del pericolo, forse anche perché ha goduto di un matrimonio felice. Non rose e fiori, si capisce, ma all'apparenza basato su uno scambio equo: la regina chiudeva un occhio, anzi tutt'e due, e il principe consorte stava sempre un passo indietro. Non dev'essere stato facile il ruolo di eterno secondo per un uomo affascinante, capace e ambizioso come Filippo duca d'Edimburgo. E le tensioni dei primi tempi sono spesso affiorate in superficie.

Nella Corte tradizionalista degli anni Cinquanta, il riformatore Filippo «veniva trattato come un'ameba», secondo quanto ha confessato lui stesso a uno dei suoi biografi. Cacciato dallo studio della reale coniuge (il suo posto era solo in camera da letto...), espulso perfino dalle cucine di Buckingham Palace che aveva cercato di rendere più igieniche. L'unico cambiamento che gli fu permesso di introdurre a palazzo si ridusse al citofono interno, al posto dei bigliettini sino ad allora recapitati a mano dai valletti da una stanza all'altra. C'è poco da stupirsi se anche lui cercò sollazzo nell'antico passatempo dei principi, ovvero la caccia alle gonnelle. Ogni tanto richiamato al dovere da una delle figure più influenti a corte nella prima parte del regno di Elisabetta: lord Louis Mountbatten, che da bimbo era stato in grembo alla bisnonna regina Vittoria, e da adulto aveva giocato un ruolo cruciale nel matrimonio del nipote Filippo con la giovane principessa ereditaria.

Almeno così lui lasciava intendere a tutti, forse anche esagerando, al punto da suscitare una risentita reazione dello stesso duca: era stato lui, non lo «zio Dickie», a decidere di sposare la futura regina. L'irritazione traspare in una lettera a Mountbatten in cui il nobile parente viene, sia pure scherzosamente, messo in guardia: «Non voglio essere maleducato ma è chiaro che ti piace apparire come il General Manager di questo piccolo show, e ho paura che lei [Elisabetta, *N.d.A.*] potrebbe non gradire l'idea così docilmente come me...»

A Filippo non piaceva nemmeno che Mountbatten s'atteggiasse troppo a mentore della sua formazione, in qualche modo oscurando il ruolo dei suoi genitori. Ma non c'è dubbio che a lui dovesse la straordinaria piega presa dalla sua giovinezza di esule squattrinato.

Anzitutto fu Mountbatten ad agire come una specie di semitutore del principe dai primi anni Trenta in avanti, lui a spingerlo verso la carriera navale, lui ancora a darsi da fare – *pulling the strings*, come dicono qui, usando la sua influenza – per farlo naturalizzare suddito britannico al posto dell'originaria cittadinanza greca (sebbene la famiglia reale ellenica, cui apparteneva, fosse di origine tedesca). Riuscì nell'impresa soltanto nel febbraio 1947, quando a Filippo fu consentito di assumere il nome della madre, Battenberg, anglicizzato in Mountbatten, circostanza che gli rese più facile il matrimonio con l'erede al trono. E a chi si rivolgeva per consiglio Elisabetta ormai regina, e stanca delle continue infedeltà del bel marito? Sempre a zio Dickie, ovviamente, che se ne intendeva: «Che faccia quel che gli pare. Dopotutto sa da quale parte trova il pane imburrato. Non ti preoccupare, tornerà sempre».

In un caso almeno, però, il rischio che non tornasse c'è stato. E per la regina dev'essere stato particolarmente doloroso, perché l'oggetto delle maritali attenzioni altra non era che la principessa Alexandra, la sua cugina più giovane di dieci anni. Abbia prevalso l'interesse per il «pane imburrato» o una devozione alla consorte che gli anni rendono sempre più evidente, di certo Filippo si rimise sulla retta strada. Che non voleva dire evitare i flirt ma solo mantenerli riservati. Gli anni Sessanta furono punteggiati di principesche incursioni verso una certa isola dei Caraibi o nella Roma della «dolce vita», anche se non era nemmeno necessario andare troppo lontano per trovare i divertimenti ai quali Sua Altezza Reale gradiva indulgere. Si dice che non mancasse di visitare anche con una certa frequenza l'(allora) famigerato Directors Club, a Duke's Yard, vicino a

Piccadilly, dove andava a bere e gozzovigliare metà del governo. E non solo. Lord, banchieri, capitani d'industria.

La notte arrivavano le ragazze. E uno che c'era narra di «orge peggiori che nei bordelli di Marsiglia». La sera che vi fece irruzione la polizia, Filippo per fortuna non c'era. Del centinaio di persone che furono fermate e identificate, metà dissero di chiamarsi Smith e l'altra metà di parlare solo tedesco. Secondo il racconto di un testimone oculare, «se quella notte avessero arrestato tutti, il giorno dopo difficilmente ci sarebbe stato qualcuno alla riunione del governo, perché metà dei ministri era lì».

Fino a che punto Elisabetta sapeva e taceva? E avrà mai ceduto alla tentazione di rendere la pariglia?

«Principessa delle favole» sposa bell'ufficiale senza pigiama

Perfino un tipo tosto come il presidente americano Harry Truman, ex commesso viaggiatore, ne rimase abbagliato al punto da commentare: «Quand'ero ragazzino adoravo la principessa delle fiabe, ed eccola qui». Elisabetta, fresca sposa e madre, arrivò a Washington assieme al marito nel 1951, a conclusione di un lungo tour, principalmente in treno, nel confinante Canada. Le sue nozze erano state un vero raggio di luce, e di speranza, nel cupo clima di penuria del dopoguerra inglese. E del resto a cosa servirebbe una monarchia se non fosse capace di allestire un reale matrimonio da favola nel buio di una crisi? La risposta la conoscono benissimo i tre miliardi di esseri umani che si sono deliziati e commossi di fronte alle nozze in mondovisione di William e Kate. Nel '47 la tv non c'era, ma il matrimonio fu tanto più memorabile.

A cominciare dai regali, che arrivarono a migliaia da ogni parte del mondo. Sceicchi e raja rovesciarono sulla sposa una pioggia di pietre preziose, ma a Buckingham Palace fu pure recapitata dall'India una pezza di lino che la nonna regina Mary, scandalizzata, ritenne fosse quella che Gandhi si avvolgeva intorno ai fianchi (in realtà il Mahatma si era solo limitato a tesserla). Molto più significative del clima erano le scatolette di latte condensato e di frutta spedite dall'America e dall'Australia, che furono in seguito distribuite a inglesi non proprio sull'orlo della morte per inedia ma certo abbastanza affamati. Dai semplici sudditi isolani arrivarono portasigarette e calze di nylon, golfini sferruzzati a mano e fotografie: tutti, i doni dei grandi come quelli dei più umili entusiasti, furono esposti in lunghe file all'interno di St James's Palace, visibili per chiunque volesse acquistare il biglietto.

Bisogna sempre tenere a mente quest'atmosfera per capire quello che secondo i più anziani è un pregio e per i più giovani un difetto della regina: la parsimonia. L'Inghilterra in cui Elisabetta si sposò era quella in cui il premier Clement Attlee negò un giorno di vacanza nazionale per le nozze perché – spiegò – «non possiamo certo permettercelo quando le patate sono ancora razionate». Perciò la frugalità ha sempre accompagnato la radiosa ventunenne di allora come la quasi novantenne di oggi. Sbalorditi gli osservatori stranieri di fronte alla foto che ritrae la sovrana mentre riceve l'attuale premier David Cameron a Balmoral in un gelido settembre scozzese: nel caminetto spento fa bella figura di sé una stufetta elettrica, che aiuta a scaldarsi una regina infagottata in un gonnone di tweed e un pesante cardigan di lana. E si sa che nel castello di Windsor gli interruttori sono sormontati dalla targhetta: PER PIACERE SPEGNERE LE LUCI QUANDO SI ESCE DALLA STANZA.

È anche noto che biancheria e tappeti a Buckingham Palace si rammendano finché diventano troppo sottili perfino per l'ago. E gli schifiltosi faranno bene a non accettare un invito a pranzo a Palazzo, dove gli avanzi vengono – se possibile – riciclati. Se resta dell'arrosto, la carne, su reale disposizione, viene macinata per un altro pasto, e il pesce affumicato lasciato nel piatto dagli ospiti a cena finisce regolarmente il mattino dopo nel *kedgeree*, la pietanza di riso, pesce e uova del breakfast. Ma stando a chi conosce più da vicino la regina, c'è in lei un lieve tratto di taccagneria che ha a che fare più con una piega del carattere che con l'abitudine all'economia appresa in una giovinezza di guerra.

Lord Charteris, fedelissimo e devoto segretario privato dal '49 al '78, poco prima della sua scomparsa lasciò uno schietto ritratto della sua ex datrice di lavoro: «Sua Maestà è coraggiosa, onesta, umile e sincera. Ma avara. Non dona volentieri e non ama dire grazie. Non so perché. Può essere timidezza, ma non ricava alcun piacere dal dire grazie». A dispetto del braccino corto, tuttavia, lo stesso Charteris racconta che al momento del congedo non solo Elisabetta disse il famoso «grazie», ma lo accompagnò pure, in segno tangibile di gratitudine, con un vassoio e due cornici firmate d'argento.

Non ci furono invece economie, comprensibilmente, nell'abito da sposa, pezzo forte di ogni matrimonio, soprattutto di quelli reali. E in questo caso si trattava davvero di una creazione eccezionale, seta, avorio e tulle, gocce di cristallo e ricami di stelle e boccioli d'arancio. Il sarto era lo stesso che sarebbe diventato così influente per l'immagine della regina negli anni a venire: Norman Hartnell, i cui genitori – guarda caso – erano stati i proprietari di un pub londinese chiamato *Crown and Sceptre*, la corona e lo scettro. Sua anche la migliore battuta quando in una delle abituali «botte» di sciovinismo che ogni tanto affliggono gli inglesi, qualcuno sollevò la spinosa questione: ma la seta dell'abito nuziale veniva forse da bachi cinesi? «Sì», replicò Hartnell imperturbabile, «ma bachi nazionalisti, non comunisti.»

Il matrimonio, tra vestito da sposa e dolci, gioielli e danze, mostrava agli inglesi dell'epoca non solo l'affascinante ritorno della regalità ma anche la terra promessa dei loro desideri. In più offrì un'occasione ideale all'abbraccio di patriottismo e lealismo monarchico. E, in nome del primo, molti dei cugini europei dei Windsor stavolta non ricevettero alcun cartoncino d'invito. Innanzitutto ovviamente i parenti tedeschi, aggettivo che i britannici del tempo identificavano immediatamente con «nazisti». Perfino le tre sorelle sopravvissute del principe Filippo non vennero invitate alla cerimonia. Ma tutto il mondo poté ammirarla nelle versioni locali del nostro cinegiornale, e sarebbe curioso sapere quanti presero sul serio l'impegno di Elisabetta «di onorare e obbedire» il marito.

Il trono, del resto, sembrava ancora lontano per la ventunenne principessa, ed era risaputo che il suo era davvero un matrimonio d'amore. Aveva perso la testa per Filippo quando era ancora una ragazzina di tredici anni, e lui diciottenne cadetto navale aveva fatto da chaperon alle giovanissime parenti in visita con i reali genitori alla flotta a Dartmouth. Lilibet aveva caparbiamente aspettato sei anni prima di comunicare al padre che quello era l'uomo che voleva sposare. Giorgio VI aveva arricciato il naso davanti all'erede spiantato di una dinastia mezza tedesca e mezza danese scacciata dal trono greco. Ma amava troppo sua figlia per non accontentarla. E fu una decisione saggia.

La lettera che il re le fece arrivare in viaggio di nozze è straordinaria per la profondità del suo affetto paterno e per il modo diretto e candido in cui quest'uomo timido lo manifesta.

Scrive che mentre la consegnava all'arcivescovo di Canterbury e alla vita matrimoniale «sentivo di aver perso qualcosa di molto prezioso [...]. Posso, lo so, sempre contare su di te, e ora su Filippo, per aiutarci nel nostro lavoro. La tua partenza ha lasciato un grande vuoto nelle nostre vite, ma ricorda che la tua vecchia casa è sempre tua...» Sarebbe tornata a esserlo prima di quanto la giovane coppia pensasse, perché i lavori a Carlton House (la residenza loro assegnata) si protraevano più a lungo del previsto e gli sposi furono costretti a sistemarsi a Buckingham Palace. Il bel Filippo, ufficiale di Marina, andava a lavorare a piedi all'Ammiragliato attraversando St James's Park, qualcosa oggi inconcepibile. In quell'inverno, che fu molto freddo, il principe – giuravano i cortigiani bene informati – dormiva senza pigiama. Fosse o meno questione d'abbigliamento, tre mesi dopo la reale sposa era già incinta di Carlo.

In un idillio in realtà sempre più gravato, per la cattiva salute di Giorgio VI, dagli impegni ufficiali di Elisabetta, la prima vera crepa sembra essersi verificata all'improvvisa e inattesa morte del re per infarto, nel 1952. La nuova regina, appena ventiseienne, sentì talmente il peso del dovere verso la nazione – racconta la vulgata – da bandire Filippo dal talamo coniugale per un bel pezzo. Nell'evidente impossibilità di verificare la storia, l'anagrafe conferma che il principe Andrea nacque parecchi anni dopo i primi due fratelli, nel 1960. Non c'è alcuna prova, nel frattempo, delle presunte infedeltà di Filippo, ma i pettegolezzi londinesi potrebbero riempire parecchi volumi. E lo scambio di opinioni di Elisabetta con zio Dickie Mountbatten, che abbiamo già riportato, sembra dare fondamento alle chiacchiere.

Ma qualche chiacchiera non risparmiò nemmeno l'augusta persona della sovrana. Almeno a dar credito alla lettera con cui ancora Mountbatten, sul finire degli anni Sessanta, esortava la «cara Lilibet» a mostrare «più discrezione nel rapporto con Porchy». Il buffo nomignolo indicava il settimo conte di Carnarvon, e glielo aveva affibbiato la stessa regina quando lui, prima di ereditare la Contea, portava solo il titolo di lord Porchester. Si conoscevano da ragazzi, accomunati dalla passione per i cavalli, e il giovane aristocratico si era fatto forse qualche idea se un giorno re Giorgio fu sentito sbottare: «Si tolga dalla testa che do mia figlia in moglie al figlio di un maggiordomo».

Nella buona società girava infatti voce che il padre naturale fosse il valletto del conte, ma questo non impedì a Elisabetta di concedere a «Porchy» la sua amicizia per tutta la vita. Ci fu mai qualcosa di più? In pubblico la deferenza di lui era massima, solo «Ma'am» e «Vostra Maestà», ma in privato era tutto un «Harry» e «Lilibet», e secondo i maligni soltanto l'affetto della sovrana conservò al nobile il posto di manager delle stalle reali a dispetto dell'assoluta mancanza di successi. Corse e appuntamenti ippici consentivano frequentemente a entrambi di passare un weekend insieme lontano da casa, e in incognito.

Di certo, c'è solo che la regina ha sempre apprezzato le persone capaci di farla ridere, cogliendo il lato buffo delle cose. Per questo amava la compagnia del barone Plunkett, anche lui oggetto di pettegolezzi sebbene fosse del tutto asessuato. O di sir John Miller, scudiero di corte che sapeva divertire Sua Maestà come nessun altro. Dietro la maschera della regalità, la solitudine della Corona deve esserle pesata parecchio. Ma resta un mistero se sia mai stata tentata di dividerla con nessun altro che l'amato Filippo.

Di qualche analogia tra principi e anatre

Ho passato quasi due decenni della mia vita scorgendo dalla finestra dell'ufficio, sull'altro lato della strada, una targa di marmo grigio che reca una data, 1977, e una scritta: QUESTA TARGA È DEDICATA NELL'ANNO DEL SUO GIUBILEO D'ARGENTO A SUA MAESTÀ LA REGINA CHE QUI NACQUE IL 21 APRILE 1926. Dal giugno 2012, sotto se n'è aggiunta un'altra, più piccola e tonda, in commemorazione del Giubileo di Diamante: SU QUESTO LUOGO AL 17 DI BRUTON STREET SI ERGEVA LA CASA DEL CONTE DI STRATHMORE E KINGHORNE DOVE ELIZABETH ALEXANDRA MARY WINDSOR, DIVENUTA IN SEGUITO SUA MAESTÀ LA REGINA ELIZABETH II, NACQUE IL 21 APRILE 1926.

La regina è venuta al mondo – un mondo quieto, di ordine e privilegio – nella casa londinese dei nonni materni, in quel quartiere di Mayfair che era il palcoscenico della vita di Corte. I genitori, all'epoca duchi di York, avevano deciso di andare a vivere lì dopo aver rifiutato l'ospitalità offerta dal re in una bella ma antiquata dimora di campagna nel reale parco di Richmond. La casa non esiste più, buttata giù dopo la guerra per far posto a un grande palazzo d'uffici in mattoni rossi. Solo la lapide sul muro laterale ricorda che lì nacque la principessina Elizabeth. Ma la casa è importante, e lo resterà nel ricordo della bambina. Perché testimonia che non vide la luce nella porpora, come si diceva a Bisanzio per i neonati destinati al trono. E che se il DNA del padre la ancorava saldamente alla regalità, l'origine della madre la collocava qualche gradino più giù: nobili sì, ma *commoner*, senza una goccia di sangue principesco (sebbene gli Strathmore si vantino di discendere da mitologici monarchi scozzesi).

La duchessa Elizabeth, moglie del secondogenito reale

Albert, fu costretta a sottoporsi a taglio cesareo e la nascita della bimba venne registrata alle 2.40 del mattino, il 21 aprile 1926. L'Inghilterra era in tumulto. Pochi giorni dopo, il 3 maggio, sarebbe cominciato un grande sciopero generale. Per molti era il prodromo di una rivoluzione come quelle che nove anni prima avevano spazzato via i parenti europei della bimba. Di fatto, gli inglesi rimasero fedeli alla loro casa regnante, e pure in quei giorni di grande fermento un piccolo gruppo di ardenti monarchici si radunò sul marciapiede di Bruton Street per salutare l'arrivo della prima rappresentante di una nuova generazione di Windsor.

Ma non ci fu molto chiasso, sebbene i giornali affamati di notizie leggere in giorni drammatici si buttassero sulla lieta novella. Uno solo speculò sull'eventualità che la neonata diventasse un giorno Queen Elizabeth. In effetti, al momento si trovava terza in linea di successione al trono, ma lo zio e il padre erano ancora giovani, e un eventuale fratello minore maschio l'avrebbe comunque scavalcata nella precedenza dinastica. Così quattro ginecologi di chiara fama seguirono da vicino il difficile parto, ma i reali nonni della neonata furono informati solo la mattina dopo.

Accanto ai medici fu doverosamente registrata una presenza all'apparenza incongrua: il ministro dell'Interno sir Will Joynson-Hicks, che pure aveva certamente parecchie cose urgenti da fare in quei giorni di crisi politica. Ma la consuetudine istituzionale esigeva che fungesse da testimone alla nascita della principessa. Per stupida che apparisse, anche questa era una secolare tradizione che risaliva ai tempi di Giacomo II Stuart: i nemici del monarca convertitosi al cattolicesimo, pur di liberarsi di lui e dei suoi eredi, lanciarono il sospetto che la moglie Maria Beatrice di Modena avesse contrabbandato un bimbo nella culla dopo una falsa gravidanza. Finì con la cacciata degli Stuart dal trono ma rimase l'abitudine di controllare i parti, come del resto i cortigiani erano abituati a fare in tutte le regge d'Europa. La presenza ministeriale fu ritenuta finalmente inutile alla nascita di Carlo, nel 1948, e da allora cancellata (anche perché diventata troppo imbarazzante per i costumi attuali).

In linea con la tradizione sembrò anche il modo in cui la bimba venne allevata. Aveva appena nove mesi quando i genitori la lasciarono per un viaggio di Stato di 50.000 chilometri, sei mesi di traversata per mare fino all'Australia e alla Nuova Zelanda e ritorno. La giovane duchessa di York non voleva saperne di staccarsi dalla piccola, ma l'Impero chiamava. È il caso di dire che Elisabetta assorbì il senso del dovere con le prime poppate. Anche se – o forse proprio per questo – non era latte materno. In ogni caso, lei stessa avrebbe fatto lo stesso appena salita al trono, ventisei anni dopo. I suoi figli erano un po' più grandicelli, ma li affidò a mammà per un'assenza di sei mesi che nel 1954 la portò anche in Australia, prima storica visita di un regnante britannico nel continente *Down Under*. Questa lontananza dalla prole anche per lunghi periodi ha spinto uno storico reale a osservare che «la Casa di Hannover, come le anatre, produce cattivi genitori: calpestano i loro piccoli».

Sotto l'ermellino batte un cuore di mamma?

La critica è certamente esatta per i primi Hannover, che esibiscono disastrose relazioni parentali. Ma pare ingenerosa per i successori del ventesimo secolo. In realtà, nell'Inghilterra degli anni Venti era considerato normale nelle classi alte un rapporto distaccato con i figli, affidati prima alle balie e alle governanti e poi alle *boarding schools*. Anzi, la regina ha goduto di un'infanzia molto più scaldata dall'affetto parentale di tante altre grandi dinastie aristocratiche tra le due guerre. «*We Four*», «Noi quattro», era il modo in cui gli York si definivano quando alla primogenita si aggiunse anche la principessa Margaret: era la testimonianza di un nucleo famigliare molto unito, tenuto insieme da una tenerezza che certamente nessuno dei due giovani duchi aveva sperimentato nella propria infanzia.

In seguito l'accusa di freddezza o indifferenza verso la prole è stata ripetuta contro la stessa regina. Si è anzi molto speculato sulla sua pretesa mancanza di senso materno, che stando alla satira sarebbe meno sviluppato del suo amore per cavalli e cani. Il fatto è che Elisabetta considera un dovere istituzionale nascondere in pubblico i suoi sentimenti, di qualsiasi natura, dietro una maschera di imperturbabilità. Il rispetto rigido dell'etichetta, che tutti i Windsor sembrano in pari modo venerare, fa il resto. In questo la sovrana entrata nel ventunesimo secolo sembra poco diversa dal bisnonno d'inizio Novecento.

Guai, con Edoardo, a venir meno alle formalità, anche in campagna a Sandringham. Il re, come racconta l'ammiraglio Fisher, poteva pure presentarsi non annunciato, sigaro in bocca, in camera degli ospiti sorprendendoli in maniche di camicia, per fermarsi a chiacchierare accanto al caminetto. Ma a cena, al tavolo della *Big House*, il gentiluomo di campagna tornava monarca ed esigeva il più rigido codice d'abbigliamento: cravatta bianca per i signori, abiti da sera e tiare per le gentildonne. Elisabetta s'accontenta di *dinner jacket* e cravatta nera ma resta per tutti, figli compresi, l'obbligo di alzarsi quando entra ed esce da una stanza.

La testimonianza di Timothy Knatchbull racconta invece la donna affettuosa e materna che i sudditi scorgono molto raramente, celata com'è dall'ermellino reale. Nell'estate 1979 Timothy, appena quattordicenne, era con il gemello Nicky, la nonna paterna e i genitori sulla barca del nonno materno Louis Mountbatten quando i terroristi irlandesi dell'IRA la fecero saltare in aria. Lord Mountbatten fu ridotto in pezzi, come il nipotino Nicky, un altro ragazzo della zona e la consuocera lady Brabourne. I genitori di Timothy finirono in ospedale con ferite orrende: la madre Patricia 117 punti in faccia, il padre una gamba squarciata.

Il ragazzino, miracolosamente scampato con qualche graffio, fu invitato con la sorella Amanda dalla regina a Balmoral. Arrivarono al castello scozzese fra le due e le tre di notte, aspettandosi di trovare tutti a letto. Invece, varcata la porta, dal capo opposto del lungo corridoio videro la sovrana affrettarsi verso di loro, con Carlo – legatissimo al vecchio Mountbatten – accanto: «È difficile da descrivere», ha raccontato Timothy molti anni dopo al giornalista Andrew Marr, «ma dava la sensazione di una mamma chioccia che si affannasse a raccogliere attorno a sé i suoi piccoli smarriti. In faccia aveva stampata un'espressione di totale cura e preoccupazione, come il principe Carlo, del resto. Fu un momento magnifico, di totale sorpresa. Ci portarono sul retro della casa dove ci aspettavano zuppa e sandwich. Nessun altro in giro... Solo loro due... E davvero desideravano solo mostrarci affetto e cura, avvolgendoci in una specie di amore materno che emanava dalla regina».

Andrew Marr ha raccolto anche confidenze più preziose che confutano l'opinione corrente sulla regina come una madre distante o fredda. La figlia Anna dice di aver imparato presto che le assenze di mamma da casa facevano parte di «una vita di servizio» non esclusiva di Sua Maestà, ma condivisa per esempio dai soldati. L'assenza insomma – le veniva spiegato – «non era un fatto personale, lei non andava via perché tu non le piacevi ma perché c'erano priorità, e anche tu avrai il tuo tempo». E, quando arrivava, era «tempo di qualità», che sopperiva alla scarsa quantità. Ma nel complesso la principessa reale è felice di aver avuto «una buona madre».

Chissà se, a parte le continue baruffe, anche Carlo la pensa così. Di certo, quello che i sudditi ricordano è che l'erede al trono dovette aspettare la festa per il suo cinquantesimo compleanno prima di potersi rivolgere in pubblico a Sua Maestà chiamandola *mommie*. Mammina.

5
Il ritorno di Gloriana

In più di sessant'anni sul trono Elisabetta è stata una giovane donna bella e affascinante, una moglie innamorata, una madre molto impegnata, una nonna attenta, e oggi infine una bisnonna felice. Ma tutte queste sono state le facce temporanee di un unico ruolo fisso per la vita. Regina. Gli applausi del Giubileo sembrerebbero dimostrare che il pubblico dell'isola ha gradito la rappresentazione. Se chiedete agli inglesi di oggi: È stata una buona sovrana? più di due terzi vi risponderà «sì» senza esitazioni. Se aveste fatto la stessa domanda nei giorni dell'uragano, a fine agosto '97, la risposta sarebbe stata molto più incerta.

Cos'è che decide il successo di un monarca in un'epoca in cui nessun re più governa? Cosa ne fa oggi un sovrano esemplare? Il numero di mani che stringe, di nastri che taglia, di ospedali che visita? Per tutti e tre questi parametri, e non solo, Elisabetta è una primatista: ha stretto più mani, visitato più Paesi e posseduto più *corgis* – gli amati cani – di chiunque altro al mondo. Dal giorno in cui è salita al trono, il 6 febbraio 1952, ha ricevuto 3 milioni e 300.000 lettere e cartoline dai suoi sudditi, ha ospitato 102 banchetti di Stato e visitato 116 Paesi in ben 78 tour ufficiali. Le statistiche reali fanno impressione. Più seriamente, il merito di un re dei giorni nostri sembra consistere nella sua capacità di convincere i sudditi che, sebbene apparentemente anacronistica, la Corona serve al benessere del Paese.

La morte di Diana proiettò l'immagine opposta, di una regina troppo lontana dalla vita dell'inglese medio: non tanto, come ovvio, nei privilegi materiali, ma nelle emozioni e nelle aspettative. Di fatto, ciò che impediva il passaggio di qualsiasi corrente di simpatia tra l'opinione pubblica affranta e la sovrana era proprio il suo tenace (e fino allora, sempre lodato) attaccamento al protocollo e alla tradizione. La gente s'indignò perché sul tetto di Buckingham Palace non apparve subito la bandiera a mezz'asta in segno di lutto: la prese per un'evidente prova di insensibilità. Ma la maggioranza degli inglesi, ormai disabituata al cerimoniale, ignorava che solo il vessillo reale – il Royal Standard – poteva sventolare sulla reggia, e soltanto quando la regina si trovava lì. In sua assenza, nessuna bandiera veniva mai innalzata sul palazzo.

Ma in quei giorni di vera e propria isteria nazionale non c'era cerimoniale che tenesse. «Strappate il protocollo ammuffito», ordinò *The Sun* per conto dei suoi quattro milioni di lettori, in massima parte classe operaia. E alla fine la sovrana ordinò che la bandiera fosse issata, e a mezz'asta: così una nuova tradizione si è aggiunta al canone, giacché oggi, quando Sua Maestà è assente, su Buckingham ondeggia una gigantesca Union Jack. E di solito a mezz'asta in caso di lutto, come accadde, per esempio, per la tragedia delle Torri Gemelle. Del resto, a Elisabetta bastò rientrare con i nipotini da Balmoral a Londra perché l'umore nazionale cambiasse. Quando la macchina con lei e Filippo scese lungo il Mall assediato dalla folla in lutto, partì prima qualche timido battimani, che si trasformò presto in un caldo applauso. E a Kensington Palace, mentre Sua Maestà si fermava a guardare il mare di fiori steso attorno al palazzo, una ragazza si fece avanti con un piccolo bouquet. Lei lo prese chiedendo: «È per Diana?» «No, *Ma'am*, per Voi.»

La «regina nonna» alla riconquista dell'isola

Fu il segno che l'istinto monarchico del Paese stava riprendendo il sopravvento. Saggiamente Elisabetta diede ascolto a Tony Blair e alla vigilia del funerale di Diana andò in tv a pronunciare un discorso spoglio, calmo, all'apparenza freddo. Si sa che la regina non si commuove. Ma ai milioni di ascoltatori cercò di *spiegarsi* come non aveva mai fatto prima. Ognuno, disse, sta cercando di far fronte alla tragedia a modo suo. Ma tra la rabbia, lo choc, l'incredulità c'è soprattutto la preoccupazione «per coloro che rimangono». Poi fissando dritta la camera, aggiunse: «Quello che vi dico ora, come vostra regina e come una nonna, viene dal mio cuore».

Era rimasta a Balmoral, spiegò, per aiutare William e Harry a rassegnarsi a una perdita devastante. E il riconoscimento che tributò alla memoria dell'ex nuora conteneva anche un messaggio al suo popolo: «Io per prima credo che ci siano lezioni da trarre dalla sua vita e dalla straordinaria e commovente reazione alla sua morte». Mezza isola aveva un groppo in gola quando concluse con l'appello a mostrare al mondo, in occasione del funerale, che «la Nazione britannica è unita nel dolore e nel rispetto». Unita, ovviamente, sotto le insegne reali.

Poteva essere diversamente quando a rappresentare la Corona dietro la bara di Diana erano i suoi stessi figli, cioè l'eredità in carne e ossa che la *People's Princess* – come l'aveva chiamata Blair – lasciava al suo popolo? Il sinistro fruscio similrivoluzionario che aveva scosso i cortigiani nella reggia assediata dalla folla in lutto si sciolse nelle lacrime del funerale.

Non ci sarebbe stata probabilmente nessuna rivoluzione nemmeno se la regina avesse reagito con minor saggezza e prontezza, ma certo la popolarità della monarchia avrebbe sofferto un colpo devastante. Fu Blair a suggerire alla sovrana quell'endiade – «regina e nonna» – che parve agli ascoltatori l'accento più sincero dell'appello televisivo? Molti anni più tardi l'ex premier ha chiarito in modo adamantino: «No, quelle parole non furono assolutamente scritte dal New Labour. E il tocco molto personale del discorso fu suo».

Nessuno può dubitare dell'intelligenza politica di Elisabetta nella crisi più grave della monarchia dopo l'abdicazione di Edoardo VIII (ne parleremo diffusamente nel Capitolo 11). Ciò non sminuisce «l'aiutino» del governo laburista, che non emise nemmeno uno spiffero di repubblicanesimo. Anzi, si diede molto da fare per difendere la famiglia reale, ben più di quanto ci si aspetterebbe dai pur lontani eredi del feroce antimonarchico Keir Hardie. È un debito di gratitudine che Sua Maestà è parsa molto riluttante a riconoscere. In linea con quanto diceva di lei l'ex segretario Charteris. Come spesso accade, e non solo ai reali, il ricordo dell'aiuto in qualche modo «subìto» nel momento di difficoltà sembra suscitare risentimento.

Non si spiega altrimenti il mancato invito di Blair (e anche del suo successore Gordon Brown) alle nozze di William e Kate, nel 2011, quando tutti gli altri premier viventi erano invece riuniti sotto le volte di Westminster Abbey. La verità è che la *cool Britannia* blairiana non è mai andata giù alla regina. Non lo ammetterebbe nemmeno sotto tortura, ma temeva forse che questo «Paese dei balocchi» della modernità – tutto moda, Internet e soldi – oscurasse il fascino vecchiotto della monarchia. Si sbagliava. Sono i Windsor, sono *all things royal*, da Buckingham alla Torre al cambio della Guardia, ad attirare a Londra le masse di visitatori. E il contributo diretto della famiglia reale al turismo sull'isola è facilmente valutabile attorno al miliardo di sterline l'anno. Un affare per i britannici. Blair, invece, scivola verso l'oblio.

Il New Labour non gradisce il barbecue di Filippo

Alla regina di sicuro non piacevano certe libertà che l'inventore del New Labour – così è definito il Labour Party dell'epoca blairiana – si prendeva. Né le memorie insolitamente franche del premier devono aver fatto una buona impressione a Buckingham Palace. Ricordo la grande festa allo scoccare del nuovo millennio, sotto la colossale e inutile cupola voluta dal «faraone» Blair sulla penisola di Greenwich: a mezzanotte tutti sulle gradinate si presero per mano in un ideale girotondo, e il primo ministro con la moglie, seduti accanto alla coppia reale, provarono a fare altrettanto. Dopo un attimo di esitazione Elisabetta cedette e incrociò le mani con evidente malavoglia, giusto il tempo minimo necessario. Blair se ne accorse chiaramente, come ha scritto: «Non so cosa ne pensasse il principe Filippo, ma immagino che non sia pubblicabile. Sospetto che Sua Maestà avrebbe usato un linguaggio diverso, ma con gli stessi sentimenti».

In effetti il duca di Edimburgo puntò il dito verso gli acrobati che volteggiavano sotto la cuspide del Millennium Dome e osservò che non c'era rete di sicurezza. Blair ebbe la terrorizzante visione di un acrobata che precipitava addosso a loro ammazzando la regina: «Potevo già vedere i titoli: 'La regina uccisa da trapezista al Dome'... 'Blair ammette, non tutto è andato secondo i piani'...»

Ancor di più, e si capisce, Elisabetta detestava l'evidente stile presidenziale del primo ministro. Buckingham Palace fu costretto a ricordargli che il premier non ha il potere di sciogliere il Parlamento ma deve andare dal monarca a chiedere di farlo. E Sua Maestà lo rimproverò gelidamente quando una volta, causa i molti impegni, mancò di farsi vedere in tempo a una riunione del Commonwealth, creatura prediletta della sovrana. «Quando vuole la regina sa essere una donna formidabile», commentò ancora scosso il leader laburista. Lui d'altro canto non mostrava affatto l'entusiasmo dei suoi predecessori per i detestabili inviti al castello di Balmoral, sebbene proprio in una di quelle occasioni la moglie Cherie sia rimasta incinta dell'ultimo figlio, Leo.

Per quanto i reali si mostrassero accoglienti, ai Blair tutta la sciarada sembrava surreale, ai limiti del bizzarro. Compreso il famoso barbecue del principe Filippo che il premier descrive così: «Perfino questo è governato dalle convenzioni e dalle tradizioni. I reali cuociono e servono gli ospiti. Poi lavano i piatti e rigovernano. Non sto scherzando. S'infilano i guanti e affondano le mani nel lavello. Tu sei lì che hai mangiato, la regina ti chiede se hai finito, impila i piatti uno sopra l'altro e va dritta al lavandino».

La scena appare effettivamente singolare, e per fortuna il duca di Edimburgo ignorava l'ironico racconto delle sue gesta quando gli fu chiesto se si sentiva un modernizzatore: «No davvero. Certo non per il piacere di modernizzare, come qualche dannato blairiano, non per il piacere di pasticciare con le cose». Si capisce che non deve aver molto apprezzato le innovazioni del New Labour. Una soprattutto: il disarmo del panfilo reale.

E il tradimento di Blair affondò il «Britannia»

I Windsor, dopotutto, hanno inghiottito senza batter ciglio i molti cambiamenti di profilo costituzionale introdotti dal gabinetto blairiano. La riforma imposta dal New Labour nel 1999 ha cacciato dalla Camera dei Lord tutti i Pari ereditari a eccezione di novantadue, e anche questi solo per un periodo transitorio. Ha garantito la «devolution» a un Parlamento scozzese e a un'Assemblea gallese, e soprattutto ha spalancato le porte dell'autogoverno dell'Ulster ai dirigenti di quell'IRA che massacrando Mountbatten aveva colpito gli stessi reali. D'accordo, il divieto della caccia alla volpe voluto da Blair nel 1998 non presenta un carattere prettamente istituzionale, ma come negare che abbia ferito le passioni sportive di parecchi famigliari della sovrana? Eppure, mai, nemmeno una volta, c'è stato un cenno di insofferenza della regina verso le decisioni di un governo democraticamente eletto.

La fine del *Britannia*, invece, non l'ha mandata giù. E se la donna che sa come non piangere ha mostrato a tutto il Paese le sue lacrime quando ha dovuto dare l'addio al suo panfilo, certamente non è stato un caso. Elisabetta II ha usato il *royal yacht* per gran parte del suo regno e un buon numero di visite all'estero. Lo ricordo ancora ormeggiato alla banchina di San Pietroburgo nel 1994, per una storica missione di riconciliazione con gli eredi della Russia sovietica che aveva massacrato i parenti Romanov. Boris Eltsin, invitato a bordo per il banchetto ufficiale, scese dalla passerella barcollando come d'abitudine, zavorrato dai brindisi alla vodka. L'equipaggio della Royal Navy appariva invece impeccabile secondo le aspettative. I trecento uomini di servizio si muovevano a bordo felpati sulle scarpe dalle suole appositamente silenziose, e per non turbare la quiete dell'augusta proprietaria erano addestrati a comunicare tra loro solo con cenni delle mani.

La barca era vecchiotta, non c'è dubbio, ma manteneva un aspetto immacolato. Ogni superficie, di legno o di acciaio, era lucidata sino a brillare, un po' come i marinai, che perfino fuori servizio potevano scendere a terra solo con camicia a collo rigido e cravatta.

Per la sua fine Filippo se la prendeva con Blair, ma in qualche modo il vero colpevole fu John Major, il predecessore conservatore. Fu lui che nel 1995 dichiarò pubblicamente di voler costruire un nuovo yacht per la regina, al posto di quello ormai obsoleto, senza però riuscire a concludere niente per due anni. Arrivate le elezioni del '97, ebbe la pessima trovata di usare il panfilo reale come argomento per raccogliere nelle urne il consenso degli elettori monarchici. Inevitabilmente, alla vittoria degli avversari laburisti, di barca reale non se ne parlò più. E per la prima volta dai tempi di Carlo II, ossia dal 1660, i suoi eredi non dispongono più di uno yacht ufficiale. Un paio d'estati hanno dovuto affittarne uno per veleggiare indisturbati lungo le coste scozzesi.

In un empito di lealismo monarchico, le celebrazioni del Giubileo di Diamante, nel 2012, hanno rilanciato l'idea di donare alla sovrana un successore del *Britannia*. La fantasia si è spinta tanto avanti da promuovere una colletta dalle colonne del tradizionalista *Mail* mentre un paio di designer navali si sbizzarrivano nello schizzo di un vascello da cento metri con quattro giganteschi alberi a vela, oltre ai motori. Tutto per il modico costo di 80 milioni di sterline. Chi ce li mette? Dell'entusiasta comitato di industriali e politici affacciatosi sulla scena del Giubileo non c'è più traccia. Di nuove imbarcazioni reali la grande festa dei sessant'anni di regno ne ha prodotto solo una molto più piccola, e teoricamente a remi: la *royal barge*, o chiatta reale, *Gloriana.*

Era il nome che i sudditi della prima grande Elisabetta avevano dato alla loro sovrana, la creatrice dell'impero marittimo dell'isola. Ed è un segno della riconosciuta grandezza della seconda Elisabetta che gli inglesi del suo tempo le offrano un simile omaggio. Anche se di yacht reale non si parla più.

«Un indovinello avvolto in un mistero all'interno di un enigma»

Ero lì, sulla riva del Tamigi, proprio sotto il ponte di Londra, quando *the royal barge* ha gettato l'ancora dopo cinque ore di lenta discesa lungo il fiume, tra migliaia di altre imbarcazioni. La scena era stata volutamente concepita per richiamare quella dipinta dal Canaletto nel 1746. Mai visto un simile tripudio popolare, i colori, la musica, i colpi di cannone e i fuochi d'artificio. Ma io sinceramente non riuscivo a staccare gli occhi dalla vecchia coppia ritta da ore sul ponte, più piccoli e più curvi tra il figlio maggiore e i nipoti. Il calendario diceva domenica 3 giugno, ma pioveva fitto come a marzo, sotto gelide raffiche di tramontana.

Ho trovato commovente il loro eroismo. Elisabetta a ottantasei anni, Filippo a novantuno. Lui, il giorno dopo, avrebbe pagato l'impresa con il ricovero in ospedale per un'inevitabile infezione urinaria. Lei, addolorata per l'assenza del consorte, avrebbe però continuato a presenziare a ogni momento delle celebrazioni in suo onore, sino all'apoteosi sul balcone di Buckingham Palace. E stavolta sul primo palcoscenico reale niente più famiglia allargata, come usava in passato, ma solo

Carlo e i suoi due figli, più Camilla e Kate. Il resto della prole di Elisabetta, sparito. Attorno a lei sorridente, e davvero augusta nel lieve cenno di saluto, soltanto il primogenito e gli eredi diretti. Come a dire agli inglesi: ho capito, anche stavolta. Non è più tempo di spendere milioni per mantenere grappoli di reali parenti. Ho capito, e come sempre cerco di stare al passo dei tempi. Dopotutto, ha osservato qualcuno, la monarchia moderna può essere un sistema che piazza una famiglia al vertice della piramide sociale come una specie di valvola di sfogo. Se fanno bene il loro lavoro, questo fa felice molta gente perché non umilia e nemmeno diminuisce nessun altro. La casualità del successo suscita meno invidia sociale.

E nessuno dubita che Elisabetta e Filippo abbiano fatto, e facciano, magnificamente il loro lavoro. Certo, ai superstiti repubblicani dell'isola appare intollerabile che l'accidentale privilegio della nascita offra senza merito a qualcuno una vita che per tutti è oltre ogni immaginazione. Il tarlo di questa riserva radicale a un certo punto ha scavato perfino nella famiglia reale. Il mattino del servizio religioso di ringraziamento per la fine della guerra del Golfo, nel 1991, il segretario privato del principe di Galles si presentò in chiesa, a St Paul, nella sua splendida uniforme di gala della Marina. Sul petto aveva appuntate le medaglie della campagna delle Falklands, distribuite a tutti i membri della forza di spedizione che aveva riconquistato le isole occupate dagli argentini. Il principe si complimentò: «Bello vedere indossate le medaglie». «Oh sì», intervenne Diana, facendo scorrere il dito lungo la fila di decorazioni sulla tunica militare del marito, «lui almeno le sue se le è guadagnate.»

Non è il genere di osservazioni che ci si aspetta da una moglie, e probabilmente il sarcasmo di Diana nasceva dall'amarezza di un rapporto finito. Ma certo la principessa toccava un punto debole. Carlo aveva concluso la carriera militare attiva nel 1976, e da allora non faceva che accumulare promozioni, fino a raggiungere i gradi più alti in tutte le armi, come ci si aspetta per il futuro comandante in capo. Un alto dignitario di Corte ha anche raccontato del «grande orgoglio» con cui la regina firma ogni volta il decreto di nomina che semplicemente aggiunge una greca all'uniforme del figlio, senza che lui abbia fatto nulla per guadagnarsi o meritare il nuovo rango. Ma è l'ultima eredità che i tempi moderni consentano ai sovrani dall'epoca lontana in cui erano davvero i primi guerrieri. Come per gli inchini e i titoli altisonanti, loro per primi sanno che questi non sono più segni di devozione e obbedienza al più potente, ma solo gesti di cortesia e buone maniere.

Un dignitario che ha lavorato a lungo con Elisabetta e il duca di Edimburgo parla di «umiltà del principio ereditario. Proprio perché sanno che non hanno fatto niente per meritare la loro posizione, sentono di avere uno speciale obbligo di dovere sulle loro spalle, per giustificare la cosa straordinaria che gli è accaduta. Questo li rende curiosamente devoti al servizio, quasi umili». Diciamo la verità, l'ultima cosa che la sovrana suggerisce è un atteggiamento francescano. Ma la sua regalità non è mai l'arroganza di un individuo che si sente superiore, al contrario è in ogni momento l'espressione del suo sforzo di rappresentare con dignità il suo Paese. E gli inglesi sono ormai profondamente convinti che nessuno lo faccia, né potrebbe farlo, meglio di lei.

A ottantasette anni, non ci sono «professionisti» del ramo che possano tenerle testa. Lei sa sempre dove trovare l'occhio delle telecamere. Sa quello che deve indossare per essere subito vista. Sa quando deve «accendere» il sorriso di fronte ai cameraman in attesa. Sa che la puntualità è essenziale, e ne detesta la mancanza, anche per assicurarsi di ottenere la più vasta accoglienza possibile. E senza bisogno che nessun addetto stampa glielo suggerisca, è perfettamente consapevole dei rischi che certe fotografie possono determinare. Una volta, in visita in Norvegia per l'inaugurazione di una mostra di nudi di Lucian Freud, pittore di esagerata carnalità, Elisabetta confessò agli organizzatori di essere stata ben attenta «a non farsi fotografare tra un paio di quelle grosse cosce».

In mezzo alle cerimonie, alla pompa, ai regali cortei, agli inchini e agli ermellini, chi è davvero in definitiva Elisabetta? Viene la tentazione di applicare a lei la definizione che il suo primo capo del governo, Winston Churchill, diede della Russia sovietica: «Un indovinello avvolto in un mistero all'interno di un enigma». Ma già ricordare Churchill come suo primo suggeritore politico – lui rieletto nel '51, lei giovanissima sovrana nel '52 – fornisce una traccia della speciale alchimia conservata dalla monarchia. Ecco qui un politico già su piazza a fine Ottocento, un ministro dell'Interno detestato da Edoardo VII, diventare il mentore della reale pronipote destinata a condurre la dinastia ben dentro il ventunesimo secolo. Dietro questo intreccio di vicende umane c'è un accumulo di conoscenze, esperienza, tradizioni che fanno arrossire noi testardi repubblicani. E spiegano forse perché ce ne sono così pochi in Inghilterra.

Com'è volgare un «golpe» all'ora del tè

Tra i più tenaci antimonarchici è sempre stato, certamente, Tony Benn, il patriarca della sinistra laburista: che all'epoca in cui Harold Wilson vinse le sue prime elezioni, nel 1964, aveva già rinunciato al proprio titolo ereditario di visconte Anthony

Wedgwood-Benn. Ed era altrettanto determinato a far avanzare il repubblicanesimo nell'isola a passi piccoli ma altamente simbolici, tipo – annota nel suo diario – «niente giacca da sera per i ministri laburisti invitati a Buckingham Palace, mini-car per gli impegni ufficiali e francobolli senza più la testa della regina». L'ultimo suggerimento, pare, risultava molto popolare nei comizi, così, appena nominato ministro delle Poste e telecomunicazioni, il «sinistro» Benn si mise all'opera.

A differenza dei francobolli del resto del mondo, o quasi, quelli britannici non riportano da nessuna parte il nome del Paese. C'è solo la testa della regina, basta e avanza. Come farla cadere con il suo consenso? Astutamente Tony Benn scelse un terreno di confronto su cui pensava di trovarsi in vantaggio. La commemorazione della Battaglia d'Inghilterra. Nel venticinquennale dell'epico scontro con l'aviazione nazista commissionò al famoso artista David Gentleman sei bozzetti per altrettanti francobolli, di cui cinque senza testa reale, e il 10 marzo 1965 si presentò direttamente dalla sovrana, convinto di metterla nel sacco: come avrebbe potuto dire di no a soggetti altamente patriottici, anche a costo di subire la propria «decapitazione»? Per quaranta minuti Benn perorò, mostrò, esaltò, ed Elisabetta a sorridere, aggrottare la fronte, mostrare imbarazzo, ma senza mai dire né sì né no. Alla fine il ministro repubblicano lasciò la reggia convinto che Sua Maestà non si sarebbe opposta. Non sapeva che l'ufficio privato della sovrana si era già lavorato il premier Wilson, e i piani filatelici di Benn finirono silenziosamente nel nulla.

Il lealismo di Harold Wilson rispecchiava del resto i sentimenti monarchici della stragrande maggioranza di attivisti ed elettori laburisti. C'è da chiedersi che cosa sapesse, il primo ministro, dei complotti che invece la destra monarchico-reazionaria ordiva contro di lui all'ombra del trono. Il primo a farne menzione è un agente del controspionaggio, Peter Wright, che ha ammesso di aver lavorato con altri «colleghi» infedeli a un rovesciamento del governo Wilson: nel 1967, racconta lui stesso, i congiurati dell'MI5 incontrarono non altri che zio Dickie, cioè lord Mountbatten, sollecitandolo a mettersi alla testa di un governo di salvezza nazionale. Uno dei presenti all'incontro sottolineò spaventato che si trattava di tradimento, e il piano evaporò per la riluttanza del presunto caudillo reale. Che torna però in scena un'altra volta, durante il secondo governo Wilson, tra il '74 e il '76. E a lanciare le accuse, stavolta, è addirittura la BBC.

Nel 2006, un documentario di «zietta Beeb» – così gli inglesi chiamano affettuosamente l'emittente – ha puntato di nuovo il dito contro lo zio del duca di Edimburgo. Il complotto contro Wilson, secondo la tv pubblica, ruotava attorno a figure militari di estrema destra che avrebbero formato milizie clandestine (sul modello dell'italiana Gladio) per contrastare una presunta minaccia congiunta di sindacati e Unione Sovietica. Per la Gran Bretagna erano tempi torbidi, tra alta inflazione, disoccupazione crescente e scioperi selvaggi. I congiurati ritenevano il Labour inaffidabile, e lo stesso Wilson un agente sovietico o quanto meno un simpatizzante comunista. Il compito di rovesciarlo sarebbe stato eseguito, *manu militari*, dalle milizie private e dai complici nell'Esercito e nel servizio di controspionaggio. Al suo posto, nuovamente, appare designato il conte Mountbatten di Burma. Ma lui ne era al corrente? Sì, afferma la BBC: era coinvolto nei piani, e non era il solo membro della famiglia reale ad appoggiare il colpo di Stato.

La storia ufficiale dell'MI5, pubblicata nel 2009, lascia intendere che un complotto contro Wilson c'è stato, ma avrebbe interessato solo un ridottissimo numero di agenti insoddisfatti con simpatie di estrema destra. È anche la convinzione dichiarata dell'ex ministro lord Hunt, a conclusione di un'inchiesta segreta condotta nel 1996: poche spie scontente che ce l'avevano con il governo laburista anche per ragioni personali. Niente ombre reali. Niente tintinnio di sciabole ai gradini del trono. Sarà certamente la verità. E comunque conviene crederci.

«Due abdicazioni? Troppe per una sola vita»

Almeno finché Elisabetta resterà al suo posto, il trono appare saldo. Fino a quando, nessuno in Inghilterra osa chiederselo. La Provvidenza ha dotato la sovrana di un fisico robusto e i cromosomi materni fanno ben sperare nel traguardo del secolo. Si terrà davvero la corona sul capo sino all'ultimo, fedele al principio che il suo «è un lavoro per la vita»? Anche a costo di condannare Carlo a un'intera esistenza di attesa del nulla, patetico tenente Drogo di quella fortezza dei tartari che è la sua residenza di Carlton House? Abdicazione, dopo quella terribile di Edoardo VIII, è notoriamente parola vietata a Corte. Anche se il principe di Galles suscitava un po' di compassione, unico sessantenne fra tanti eredi al trono trenta-quarantenni, il giorno in cui Beatrice d'Olanda ha passato lo scettro al figlio.

Perfino il saggio consorte Filippo, già vent'anni fa, aveva osservato pubblicamente: «Meglio uscire di scena finché uno è ancora lucido piuttosto che essere cacciato a calci perché non capisci più niente». La battuta irriverente era stata liquidata come una delle solite gaffe del Duca, ma alcuni recenti commenti del nipote Harry presentano sotto una luce più umana l'ultraterrena resistenza della nonna quasi novantenne.

«È straordinaria», dice il principe con insolita franchezza:

tutte queste visite e le strette di mano e i sorrisi e le formalità del dovere... Tutte cose che «alla sua età lei non dovrebbe più fare, e invece continua a farle», quando tutto ciò che vogliono i suoi coetanei «è sedersi davanti alla televisione sgranocchiando qualcosa – quelle coppie che si mettono lì sul sofà e sono molto felici di passare ancora un po' di tempo insieme». È vero che, come dicono a Corte, il punto di vista della regina «è che uno non possa avere due abdicazioni nella sua vita», ma Elisabetta è anche pragmatica: il marito ha già lasciato gran parte del suo lavoro e più invecchia, più lei desidera stargli vicina, passando a figli e nipoti i suoi impegni di Stato. Anche se Filippo continua come sempre a farsi i fatti suoi, «come un pesce a spasso lungo il fiume», commenta divertito Harry, resta il fatto che lui c'è, un'àncora per la regina. Ma il giorno che scomparirà? Predice il giovane principe: «Io personalmente non credo che lei potrebbe farcela senza di lui, specie ora che sono tutti e due di questa età».

È una possibilità che, come la Queen Mom, anche Elisabetta si inoltri molto avanti nella vecchiaia. Magari sino a un punto in cui, anche arzilla come la mamma (gin e Dubonnet fanno miracoli...), non potrebbe comunque più regnare. Ma in questo caso, ricordano i costituzionalisti, esiste un *Regency Act*, un Atto di Reggenza, che potrebbe magari richiedere qualche ritocco ma consentirebbe al principe di Galles di esercitare pienamente le funzioni reali: sciogliere il Parlamento per le elezioni generali, promulgare la legislazione e leggere i messaggi e i discorsi della regina. Dovesse mai accadere, il parallelo tra i due principi di Galles, il figlio del «Re Pazzo» Giorgio III e il nostro contemporaneo, sarebbe perfetto: tutti e due consorti separati di principesse ribelli, tutti e due sopravvissuti a divorzi disastrosi, tutti e due reggenti. Ci si arriverà davvero mai?

L'abdicazione, ufficialmente esclusa, nei consigli di famiglia pare sia invece esaminata. E i bene informati lasciano filtrare che non viene scartata: «Se lei arrivasse al punto di essere molto vecchia, e molto stanca, potrebbe anche essere la cosa più ragionevole da fare. Molto dipenderà dall'opinione pubblica». Che è notoriamente un mostro assai crudele. E incostante. Ieri nella polvere, oggi di nuovo sugli scudi, Elisabetta appare ai suoi sudditi la sovrana perfetta. Per la maggior parte di loro sta lì da sempre, rassicurante come la Torre o il Big Ben. Lei è rimasta anche più salda sul suo trono, immagine un tempo leggiadra, oggi affaticata, di un'Inghilterra che cambia ma resta sempre se stessa. Anche grazie alla sua regina. Sarebbe fiero di lei *Grandpa England*, il nonno Giorgio V: fu lui, un secolo fa, a plasmare – e salvare – la dinastia.

6
L'invenzione dei Windsor

La Casa dei Windsor è nata precisamente il 17 luglio 1917. Di solito le casate reali non somigliano alle bottiglie di latte, con una data di produzione e una di scadenza. Ma proprio per evitare quest'ultima deprecabile evenienza Sua Maestà Giorgio V, re e imperatore, si trovò costretto nel bel mezzo della prima guerra mondiale contro i tedeschi a dichiarare al suo popolo che lui con gli *Unns* – Unni, popolare spregiativo bellico – non aveva niente a che fare. In quel giorno di un luglio non tanto fausto, tra le fiamme della rivoluzione bolscevica che inghiottivano il cugino zar di tutte le Russie e le cattive notizie dai fronti di guerra, re Giorgio annunciò ai britannici «che Noi per Noi stessi e in nome e per conto dei Nostri discendenti [...] abbandoniamo e ingiungiamo la cessazione dell'uso dei gradi, denominazioni, dignità, titoli e onorificenze di Duchi e Duchesse di Sassonia e Principi e Principesse di Sassonia-Coburgo-Gotha, e ogni altro titolo tedesco».

Si sarà certo rivoltato nella tomba il nonno Albert, il venerato principe consorte della regina Vittoria, che aveva appunto dato alla dinastia il suo germanicissimo nome di Sassonia-Coburgo-Gotha: come se già non bastasse la discendenza della moglie dalla tedesca schiatta degli Hannover. I buoni sudditi britannici dell'Ottocento ci passavano sopra, grati a una Corona che offriva il suo manto all'espansionismo imperiale della piccola isola. Ma nel 1917 i giorni spensierati della Belle Époque erano stati ormai lavati via dal fiume di sangue – tanto del quale inglese – tracimato sui campi di battaglia delle Fiandre. I *Tommies*, i malnutriti fantaccini di Sua Maestà, erano stati falciati nelle trincee numerosi come i papaveri nella campagna di Verdun, che ancora oggi li ricordano ogni novembre al bavero dei loro pronipoti. Quattrocentomila caduti, un'intera generazione. Per colpa dei dannatissimi «crauti». E da dove veniva la famiglia ormai da due secoli sul trono, se non proprio dalla Germania? Sul giornale marxista *Justice* l'eccentrico ex direttore Henry Hyndman, un tipo che se ne andava sempre in giro in cilindro, sosteneva che la famiglia reale era «essenzialmente tedesca», e invocava l'avvento di una Repubblica Britannica.

Nella primavera del 1917 la guerra andava male, gli scioperi sull'isola si moltiplicavano e la gente mormorava sempre più spesso che il re sembrava più vicino al suo cugino di Berlino, l'odiato Kaiser Guglielmo II, che non al suo popolo. Non era affatto vero. Ma Giorgio V aveva accumulato errori che facevano distintamente avvertire rintocchi di campane a morto anche per la sua dinastia. La guerra aveva esacerbato i sospetti generati dagli eccessivi entusiasmi del re verso i parenti continentali sin dalla sua ascesa al trono nel 1910. Il fatto è che la Corona inglese era al centro di una dorata ragnatela di regalità che si stendeva attraverso l'Europa e la Russia. La monarchia era un club famigliare, precluso agli estranei. E il ramo isolano aveva connessioni particolarmente strette con le case reali tedesche, per l'ovvia ragione che proprio al Principe Elettore di Hannover (in quanto più vicino parente protestante della regina Anna) gli inglesi avevano offerto, nel 1714, il trono di San Giacomo. Da allora, tra le due sponde del Mare del Nord era stato tutto un viavai di teste coronate, più intenso che mai proprio a inizio Novecento.

Il Kaiser che avrebbe scatenato la guerra fratricida tra le monarchie europee arrivava felice in Gran Bretagna per sorseggiare il tè con i parenti hannoveriani e amava prendere parte alle parate militari indossando l'uniforme militare britannica. Da appassionato di vela non perdeva una delle esclusive regate a Cowes, sebbene la sua imperiale arroganza lo rendesse intollerabile anche agli aristocratici dell'isola. In occasione delle gare era spesso ospite, assieme al reale cugino inglese, nel vicino maniero di Beaulieu, di proprietà del barone Douglas-Scott-Montagu, un intimo di re Edoardo VII. E proprio il figlio di costui, Edward, terzo barone Beaulieu, mi ha raccontato che una volta il Kaiser si rivolse altezzosamente al padrone di casa rimproverandolo per un abbigliamento non abbastanza formale al cospetto di due porpore regali. Il secondo Barone – uno che, pure lui, discendeva dai sovrani Stuart – non si lasciò smontare, e lanciando un'occhiata al suo monarca scandì con pari alterigia: «Ciò che va bene al re d'Inghilterra va bene per qualsiasi altro re della terra». Sembra già quasi di sentire il tuono dei cannoni.

In ogni caso al conflitto mancava ancora qualche anno, e nel maggio 1913 fu Giorgio V con la moglie Mary a compiere una visita – l'ultima – in Germania. L'occasione fu il matrimonio della figlia di Guglielmo II con un cugino comune, il duca di Brunswick-Lüneburg, e la festa assunse l'aspetto di una rimpatriata famigliare. Ad accogliere i reali inglesi all'arrivo a Berlino fu una zia della regina Mary, la granduchessa di Mecklenburg-Strelitz, poi seguì l'incontro con l'imperatore, con lo zar Nicola II e con una serie infinita di cugini, quelli che in famiglia a Londra venivano chiamati semplicemente *the royal mob*, la reale folla (ma *mob* significa anche «marmaglia»...).

Da lì a un anno questi «parenti serpenti» avrebbero tentato di eliminarsi a vicenda, ma per il momento la regina Mary passò giornate incantevoli a Berlino (che lei preferiva di gran lunga alla «repubblicana Parigi») mentre il marito si dava da fare – stando ai dispacci diplomatici – per allentare la tensione che montava in Europa. Con quale effetto, si capisce chiaramente dalle scettiche annotazioni del segretario privato del re, Fritz Ponsonby: se la visita «abbia dato davvero qualche buon frutto, ho i miei dubbi. I risentimenti nei due Paesi sono molto forti...»

Strano che un uomo prudente come Giorgio V abbia tardato ad accorgersi dei rischi che la ragnatela reale faceva correre alla sua dinastia. Nella corsa alla guerra i tedeschi erano diventati oggetto d'odio e disprezzo in Inghilterra, i loro negozi venivano distrutti e i commercianti picchiati, le loro bande musicali espulse, e perfino i loro tipici cani abbattuti. Non era evidentemente l'ambiente ideale per un sovrano con strette connessioni di sangue con il nemico e un governo impegnato a tirargli il tappeto sotto le scarpe. Convocato a Buckingham Palace nel gennaio 1915, il Cancelliere dello Scacchiere Lloyd George non perse occasione di chiedersi a voce alta, affinché tutti lo sentissero, «che cosa ha da dirmi il mio amichetto tedesco».

L'«amichetto tedesco» in realtà aveva dato prova di tutto il suo patriottismo con centinaia di visite alle truppe e tagli cospicui alle spese della monarchia e al suo tenore di vita, mentre il Paese faceva la fame. Aveva perfino rinunciato all'alcol quando Lloyd George, a capo del governo dal dicembre 1916, gliel'aveva chiesto per dare un esempio agli ubriaconi (ma il premier si era ben guardato dall'imitarlo...). Il guaio è che Giorgio V sembrava incapace di rompere i vincoli di regale solidarietà e le antiche gerarchie che la guerra stava già spazzando via. All'inizio del conflitto il re si era mostrato contrario a spogliare l'imperatore tedesco e la sua famiglia del comando onorifico di reggimenti britannici, così come delle loro decorazioni cavalleresche. E perfino gli stendardi degli Hohenzollern facevano ancora bella mostra di sé appesi nella cappella di St George, a Windsor, sede dei cavalieri dell'antichissimo Ordine della Giarrettiera. Anche se la totalità degli inglesi la giarrettiera l'avrebbe volentieri stretta al collo del detestato Kaiser Guglielmo.

«Quella bestia» contro «l'inetto fannullone»

Il risultato del sentimentale attaccamento del sovrano al vecchio ordine fu che tanto gli agitatori di strada quanto le *ladies* dei salotti più eleganti ironizzavano apertamente sulle caratteristiche «hannoveriane» della Corte. Oggi, i prosperi e indisturbati sessant'anni di Elisabetta sul trono sembrano confermare che l'Inghilterra abbia la monarchia nel suo DNA. Ma agli inizi del Novecento le cose non stavano affatto così. La rapida crescita dei partiti di massa e delle organizzazioni dei lavoratori e l'esplosione di sentimenti rivoluzionari avevano reso le famiglie reali impopolari dovunque. Anche per le strade di Londra.

Il biennio 1911-12, con Giorgio V appena salito al trono, fa sembrare uno scherzo da ragazzi l'*annus horribilis* 1992 patito dalla nipote Elisabetta. Che volete che sia il divorzio tra Carlo e Diana, oppure l'incendio al castello di Windsor, di fronte agli scioperi di massa, alle sommosse, agli scontri con la polizia che facevano sentire il regno sull'orlo della rivoluzione? Londra temeva di essere ridotta alla fame dal blocco delle derrate imposto dagli scaricatori dei dock. E in Parlamento il dominante Partito Liberale aveva sferrato un'offensiva in piena regola contro i privilegi dell'aristocrazia e l'esistenza stessa della Camera dei Lord, tradizionale scudo della Corona. Per il Partito Laburista, che muoveva i primi passi, non c'erano dubbi: la monarchia andava spazzata via. Keir Hardie, tra i fondatori del Labour, era, come abbiamo visto, un fervente repubblicano, e pur essendo membro del Parlamento fu depennato dalla lista dei ricevimenti a Windsor Castle per aver criticato la visita di Edoardo VII al cugino zar Nicola II, nel 1908. Per lui Giorgio V era – testualmente – «un fannullone da strada privo di normali capacità», e il re ricambiava chiamandolo «quella bestia».

La guerra rese la situazione esplosiva. Il 31 marzo 1917 un grande raduno di massa all'Albert Hall, di fronte al palazzo reale di Kensington, celebrò la caduta dello zar, avvenuta poche settimane prima. George Lansbury, tra i leader più amati del Labour, mandò in visibilio la folla con un'intemerata contro le monarchie in generale, ma già poche settimane dopo Ramsay MacDonald (che sarebbe diventato premier in una delle stagioni più critiche del Paese) scendeva ancor più nel concreto: sua la richiesta di una convenzione, da tenersi nella roccaforte industriale di Leeds, «alla scopo di fare per questo Paese ciò che la rivoluzione russa ha conquistato per la Russia». Ancora più esplicito, il leader sindacale Robert Williams invitava i suoi iscritti ad appendere alle cancellate di Buckingham Palace il cartello TO LET, affittasi.

Gli intellettuali, anche alcuni tra i più famosi, cavalcavano l'onda. Nell'aprile 1917 il celeberrimo scrittore H.G. Wells scrisse a *The Times* per lanciare un appello affinché nascessero ovunque associazioni repubblicane. Secondo l'opinione che gli veniva attribuita, l'Inghilterra aveva già sofferto troppo a causa di una Corte straniera e deprimente. Quando glielo riferirono, re Giorgio replicò con un'impennata di spirito: «Magari sarò deprimente, ma che sia dannato se sono uno straniero».

Eppure, non erano solo gli agitatori socialisti a spargere una parola – *alien*, forestiero – che funziona da sempre come un drappo rosso per lo sciovinismo britannico (guardate alle contemporanee crescenti fortune del partito xenofobo UKIP perfino in era di multiculturalismo...). Pure il direttore dello *Spectator*, voce del conservatorismo intelligente, avvertì lord Stamfordham, il più fidato consigliere del monarca, della pericolosa diffusione di sentimenti repubblicani tra i minatori: nei pozzi di carbone – riferì John St Loe Strachey – i lavoratori sentono «che i re resisteranno assieme», che esiste «un sindacato dei re». Abbastanza perché – come testimonia lady Maude Warrender – Giorgio V impallidisse di colpo quando gli riportavano le chiacchiere di strada secondo cui doveva necessariamente essere filogermanico, visto che la sua famiglia aveva nomi tedeschi.

Forse le sue preoccupazioni erano esagerate, ma il sovrano si convinse che se la monarchia voleva sopravvivere, doveva cambiare. In primo luogo, il nome. Il teutonico «Sassonia-Coburgo-Gotha» doveva sparire. Sì, ma con che sostituirlo? Affare tutt'altro che semplice. Giorgio non aveva la benché minima idea di quale potesse essere il cognome originale della famiglia. È vero che i suoi antenati Hannover discendevano da un ramo femminile degli Stuart, dinastia inappuntabilmente anglo-scozzese, ma gli esperti di araldica gli spiegarono che visti i mille incroci famigliari nei tre secoli intercorsi, non aveva nessun diritto di chiamarsi Stuart. Piuttosto, avrebbe potuto essere Guelph o Wipper o Wettin, ma sfortunatamente erano tutti nomi dal suono tedesco né più né meno di quello che voleva abbandonare. Per ovvie ragioni di legittimità storica furono pure accantonati i riferimenti alle precedenti dinastie: Plantageneti, Lancaster, York, Tudor. Si pensò a «England» ma, a parte la banalità, era chiaro che né scozzesi né gallesi né irlandesi l'avrebbero presa bene. Fu il fedele cortigiano Stamfordham a suggerire il toponimo del castello preferito del re: Windsor. E Windsor fu, a partire da quel 17 luglio 1917. Furioso, il Kaiser tedesco replicò con sarcasmo: «Vorrà dire che d'ora in poi avremo *Le allegre comari di Sassonia-Coburgo-Gotha*!»

Da «berg» a «mount», ma sempre «sangue impuro»

Il primo risultato fu che, naturalmente, al cambio di nome del sovrano seguirono a cascata i mutamenti anagrafici dei suoi nobili di origine tedesca. A cominciare dalla famiglia della moglie. Mary, che tutti in casa chiamavano May, era figlia di Francis duca di Teck, rampollo di Alexander duca del Württemberg. Francis aveva abbandonato presto la natia Germania per sposare una delle nipoti di re Giorgio III, Maria Adelaide, anche chiamata *fat Mary*, Maria la grassa. Da principotto minore, e per di più spiantato, aveva volentieri fatto dell'Inghilterra la sua patria, alla quale adesso era arrivato il tempo di sacrificare pure il cognome. La famiglia si sottopose a un'integrale «de-Teckizzazione». Uno dei fratelli di Mary diventò il marchese di Cambridge, un altro il conte di Athlone. Tutti nomi di puro pedigree isolano, mentre l'anglicizzazione di un altro ramo della famiglia si rivelò alquanto forzata e poco fantasiosa. Ma all'epoca nessuno poteva immaginare che a metà del ventesimo secolo quel nome si sarebbe innestato direttamente sul tronco della dinastia.

I Battenberg, che discendevano dalla regina Vittoria e dai

principi di Hessen, ed erano imparentati con lo zar di Russia, divennero semplicemente Mountbatten, traduzione letterale dal tedesco *berg* all'inglese *mount*: insomma, il «monte Batten», anche se il toponimo indica non montagne bensì una cittadina dell'Assia. Abbandonati i titoli tedeschi, un ramo acquistò il rango di marchesi di Milford Haven e un altro di marchesi di Carisbrooke. Filippo di Edimburgo scelse di chiamarsi semplicemente Mountbatten come la madre, pur essendo figlio del principe cadetto di Grecia, esiliato con tutti i parenti. Ma la famiglia reale ellenica, metà danese e metà tedesca, portava un altro di quei nomi intollerabili oltre Manica nel primo dopoguerra: Schleswig-Holstein-Sonderburg-Glücksburg. Per un esule costretto a campare della generosità dei congiunti inglesi, almeno prima di entrare nel reale talamo di Elisabetta, meglio tagliare subito le radici germaniche, tanto più che proprio sui Battenberg si era sfogato qualche decennio prima l'insostenibile snobismo dei parenti imperiali tedeschi.

A confronto dell'arroganza castale degli Hohenzollern, perfino la regina Vittoria ci faceva la figura di una liberale. Tanto che la vecchia sovrana si infuriò quando le arrivarono un paio di missive della figlia Vicky (vedova dell'imperatore Federico III) e del nipote Guglielmo II, appena succeduto al padre. Da Berlino mamma e figlio esprimevano preoccupazione perché i due fratelli Battenberg, Louis e Henry, che Vittoria aveva accolto nella sua famiglia, non erano *von Geblüt*, cioè di sangue puro: questo, secondo loro, a causa del matrimonio morganatico del genitore principe Alexander di Battenberg con la madre Julia Theresa Hauke, nobile sì ma di rango più basso (i figli di un'unione morganatica non hanno diritti sui titoli o le proprietà del padre). Vittoria se la prese molto, e non solo perché a Henry aveva dato in moglie la figlia più piccola e a Louis una nipote.

Tutte le chiacchiere sulla purezza del sangue le riportavano alla mente le maligne insinuazioni di mezza Europa sull'effettiva paternità del suo stesso amato consorte: il defunto Albert, in effetti, somigliava molto più al Cancelliere di Corte che non al papà Ernesto, duca di Sassonia-Coburgo-Gotha.

L'affronto degli Hohenzollern dev'essere di sicuro noto al principe Filippo. E aggiunge forse un'ulteriore notazione psicologica alla profonda frustrazione che lo assalì nei primi anni di matrimonio. «Sono l'unico uomo al mondo che non può dare il suo nome ai figli», si sfogava il duca, e l'argomento fu oggetto di autentiche e ripetute scenate con la consorte Elisabetta. Il fatto è che ci voleva una legge del Parlamento per modificare il nome della dinastia, e svariati primi ministri, da Churchill in giù, sconsigliavano alla regina di sollevare l'argomento, anche quando una volta – riportano i bene informati – la sovrana si sfogò sino alle lacrime con il vecchio Winston.

Alla fine, per la tranquillità famigliare, Sua Maestà – non essendo solo un'istituzione ma anche una donna – cedette, e i legulei di Corte inventarono uno stratagemma. Nel febbraio 1960, nuove lettere patenti (come si chiamano i documenti reali per l'attribuzione di titoli e feudi) stabilivano che, per volere della sovrana, da allora in poi tutti i suoi discendenti privi del titolo di Altezza Reale dovessero portare il cognome Mountbatten-Windsor. Un regalo per l'amato marito. In sostanza, il nome della dinastia non cambiava ma figli e nipoti e pronipoti esclusi dalla successione diretta avrebbero potuto dichiarare all'anagrafe la discendenza da Filippo.

La prima a goderne è stata la figlia Anna anche se, teoricamente, sarebbe esclusa dal cambiamento, essendo addirittura Principessa Reale. E infatti, al momento del matrimonio, nel novembre 1973, lei si limitò a firmare il registro di nozze semplicemente come «Anne». All'ufficiale di stato civile sembrò troppo poco, e di sua iniziativa aggiunse tutti gli altri nomi: «Anne Elizabeth Alice Louise Mountbatten-Windsor». Abuso d'autorità? Un anno dopo, un comunicato ufficiale di Buckingham Palace sottolineava invece che era «decisione della Regina che questo fosse fatto». A quanto pare, la precisazione non bastò. Così Elisabetta consultò il primo ministro dell'epoca, Harold Wilson, e la risposta fu alquanto salomonica: «L'effetto della Dichiarazione di Vostra Maestà è che tutti i figli di Vostra Maestà che possono in qualsiasi momento aver bisogno di un cognome, hanno i cognomi di Mountbatten-Windsor».

In parole povere, possono chiamarsi come vogliono, giacché il bello di essere principi è anche che di solito i principi non usano cognomi: al primo, sfortunato matrimonio, nell'81, Carlo si firmò sul registro come «Charles P.» – «Principe di Galles», aggiunse anche allora l'ufficiale dell'anagrafe –, e i suoi figli sono arruolati come ufficiali delle Forze Armate sotto il nome Galles. Ma nelle cerimonie William è «Sua Altezza Reale il Duca di Cambridge», e il fratello Harry sarà anche lui designato con il suo titolo quando nonna Elisabetta gliene conferirà uno. Per il principe Filippo resta comunque la soddisfazione di aver riscattato l'onore della famiglia, inserendo nell'albero genealogico dei Windsor un nome ingiustamente sospettato, addirittura, di spionaggio.

La Grande Guerra infatti non era costata ai Battenberg soltanto il cambio di nome. Il padre dell'amato zio Dickie, l'ammiraglio principe Louis di Battenberg, allo scoppio del conflitto era stato oggetto di una violentissima campagna: aveva sì sposato una nipote della regina Vittoria ma era nato in Germania, e la stampa nazionalistica lo mise nel mirino. Fu costretto ad abbandonare l'incarico di Primo Lord del Mare, in pratica comandante in capo della Marina britannica. Per il figlio, lui stesso all'epoca cadetto navale, il colpo fu durissimo, e nelle lettere alla madre il giovane Louis riferiva con ironia amara: «Secondo le ultime voci è venuto fuori che Papà è una spia tedesca... Sono stufo marcio di tutto questo».

Figurarsi la sua soddisfazione quando molto dopo, nel 1955, fu promosso a sua volta Primo Lord del Mare, il posto che il padre aveva dovuto abbandonare quarantuno anni prima. «Un brivido sedere sotto il ritratto di papà», scrisse nel diario il primo giorno che occupò l'ufficio del padre. Dickie Mountbatten fu del resto l'esponente più ambizioso e di successo della sua discussa schiatta famigliare. Un arrivista famoso per le sue doti ma anche per uno stile di vita parecchio pittoresco.

Edwina e Dickie, sotto la porpora un «matrimonio aperto»

Lo zio Dickie ha esercitato un'influenza non troppo scoperta, a tratti perfino ambigua, sulla giovinezza di Elisabetta II. Le sue pretese di «eminenza grigia» toccarono lo zenith proprio a metà del Novecento. Ma la sua carriera reale era cominciata molto prima, accanto al futuro Edoardo VIII di cui era cugino. Con lui aveva condiviso il meglio dello spasso nei *Roaring Twenties*, i ruggenti anni Venti, ben prima della crisi dell'abdicazione. Uscito di scena «David» (così in famiglia chiamavano il futuro Edoardo VIII), aveva spostato la sua devozione sul nuovo re Giorgio VI. E soprattutto si era dedicato all'arrampicata sociale che doveva riportare i Mountbatten tra le dinastie europee a cui sentivano di appartenere.

La seconda guerra mondiale gli offrì tutte le opportunità che cercava per presentarsi sulla scena britannica come un eroe. Aveva istinto teatrale, sapeva pronunciare discorsi esaltanti, aveva l'aspetto impavido di un cavaliere feudale. La prima nave che comandava colpì una mina, e un'altra mandò erroneamente segnali al nemico. Insomma, era coraggioso ma secondo gli storici non un buon comandante. Non importa. Ispirò un film di propaganda bellica di Noël Coward e con l'aiuto di amici di peso, a cominciare da Churchill, arrivò in cima alla carriera. Alla fine della guerra poteva fregiarsi anche del titolo di Earl of Burma, conte di Birmania, per ricordare che proprio lui aveva guidato la riconquista di quel Paese occupato dai giapponesi.

Per gli inglesi con scarsa memoria storica (pochi...) lo zio Dickie non è comunque lo statista e soldato che fu pure l'ultimo viceré dell'India. Non è nemmeno l'interessato Cupido e pronubo dell'unione del nipote con Elisabetta. E neppure il vecchio saggio massacrato nel 1979 dalla bomba dell'IRA. È invece da qualche mese un personaggio teatrale. E che personaggio... La storia del suo poco convenzionale matrimonio con Edwina Ashley non poteva sfuggire alla trasposizione scenica. Il matrimonio dello scandalo è diventato uno scandaloso musical.

Guardate le foto d'epoca. A cominciare da quella del giorno delle nozze, il 18 luglio 1922, nella chiesa di St Margaret, a Westminster. Alti, belli, flessuosi, l'immagine stessa del *breeding*, la «razza», come si dice in inglese per designare i bennati. E nessuno dei due avrebbe potuto nascere meglio. Nelle navate del tempio non mancava nessuno dei parenti di Louis, cioè la famiglia reale britannica: il principe di Galles, e futuro re Edoardo VIII, fu testimone di nozze. Anche Edwina discendeva dall'aristocrazia, precisamente dai conti di Shaftesbury, ma era un po' meno *von Geblüt*, anzi il suo sangue era decisamente mescolato, visto che aveva un nonno ebreo. Ma in compenso era una ragazza enormemente ricca. La più ricca d'Inghilterra.

La madre, Amalia Cassel, morta giovane, era la figlia di sir Ernest, che abbiamo già incontrato come banchiere personale di Edoardo VII: un magnate internazionale che figurava tra gli uomini più ricchi e potenti d'Europa. Aveva abbandonato l'ebraismo e si era fatto cattolico per amore della moglie Annette, che però aveva perso presto. La nipote Edwina era dunque la sua unica erede, e alla sua morte, nel 1921, la giovane appena ventenne ereditò una fortuna di 2 milioni di sterline, equivalenti a un centinaio di milioni di oggi. La sua dote comprendeva anche Brook House, il sontuoso palazzo di famiglia a Londra, e la magione avita di Broadland, nell'Hampshire, oggi passata con cinquemila acri di terra agli eredi Knatchbull. Mountbatten all'epoca poteva contare solo sul suo salario di ufficiale di Marina, appena 610 sterline l'anno. Tra l'ereditiera che regnava sui salotti di Londra e il principe spiantato, se non fu amore a prima vista, fu certo la più conveniente alleanza matrimoniale.

L'enorme ricchezza della moglie offriva a Dickie Mountbatten la possibilità di una vita regale pari a quella dei cugini Windsor – i figli di Giorgio V – con cui divideva i piaceri delle frenetiche notti londinesi. Soprattutto David e George, rispettivamente primogenito e quintogenito del sovrano, alimentavano le cronache mondane e le scorribande di un'aristocrazia che sembrava non avere più freni morali. Questa gioventù aveva sperimentato la guerra, a cominciare da un principe di Galles poco più che ragazzo, ed era sopravvissuta. Ora non chiedeva altro che saziarsi della vita dorata offerta dai privilegi di casta e denaro.

Edwina e Louis Mountbatten conducevano le danze. Ed era soprattutto lei a infrangere ogni convenzione, ogni regola.

Sulla rivista *Publishers Weekly* la biografia che le ha dedicato la saggista Janet Morgan è stata così sintetizzata: «Edwina Ashley sposò lord Louis Mountbatten nel 1922 all'età di venti anni, e si imbarcò quindi in due decenni di frivolezza. Non soddisfatta di avere due splendide figlie e 'un entusiastico ragazzo' per marito, trovò rifugio negli amanti, suscitando scandalo». Il più clamoroso di tutti è rivissuto sul palcoscenico dei Riverside Studios, a West London.

Lo spettacolo si chiama *Hutch* e viene presentato come «Una storia di amore illecito, razzismo e tradimento». Di fatto, racconta nei particolari anche più scabrosi la relazione adulterina tra Edwina Mountbatten e Leslie «Hutch» Hutchinson, un cantante e pianista caraibico che era diventato la stella dei cabaret e dello smart-set londinese negli anni Trenta.

Il musical non risparmia niente degli imbarazzanti dettagli contenuti nel bestseller di Charlotte Breese che l'ha ispirato. Va in scena il preservativo tempestato di diamanti che Edwina avrebbe regalato allo statuario e gigantesco amante – 1 metro e 93 – e non mancano nemmeno allusioni alle voci del tempo, secondo cui Hutch e la nobildonna fedifraga sarebbero stati colti *in flagrante delicto*, avvinghiati senza scampo a causa di un raro fenomeno medico. E così, nudi e intrecciati, sarebbero stati portati in una clinica privata dove i medici riuscirono a separarli. Lo scandalo nemmeno sfiorò l'aristocratica, mentre distrusse la carriera del povero musicista, che morì nel 1969 senza il becco di un quattrino. Generosamente, fu lord Mountbatten a pagare la tomba e la lapide.

Edwina se n'era già andata nove anni prima, nel sonno, mentre era nel Borneo britannico per conto di un'organizzazione benefica. La sua vita era diventata materia di leggenda. E le sue molte infedeltà argomento che Dickie sembrava prendere alla leggera: come amava ripetere, «mia moglie e io abbiamo passato tutta la nostra vita coniugale a entrare nei letti di altra gente». Lei soprattutto, a quanto pare, e senza stare a fare tante distinzioni. La sua inclinazione saffica era oggetto di molti pettegolezzi, forse anche perché viaggiava spesso con la cognata lady Milford Haven, le cui relazioni bisessuali sono più riccamente documentate. Con Nancy Cunard, invece, l'ereditiera americana padrona dei piroscafi omonimi e regina della società londinese negli anni Trenta, divise senza complessi la passione per l'attore Paul Robeson.

Da ultimo il triangolo entrato nella storia. Lei, Dickie e Jawaharlal Nehru. La relazione si sviluppò quando Mountbatten, nel 1947, fu mandato in India come viceré, nel momento più convulso della storia del subcontinente: la Partizione. Al nipote della regina-imperatrice toccò sancire la dissoluzione dell'impero. L'ammiraglio vanesio mostrò qui la stoffa dello statista, lavorando duramente – anche se, purtroppo, senza successo – per evitare che la divisione tra India e Pakistan finisse in un bagno di sangue. Ma se non altro la coppia vicereale riuscì a godersi in grande stile i giorni finali di un dominio secolare sulla favolosa terra di Golconda. Dickie e Edwina abitavano a Delhi in una reggia che al confronto faceva arrossire di vergogna Buckingham Palace. E lì l'amicizia con il geniale Nehru si trasformò in una relazione più profonda per Edwina, anche se secondo la figlia Pamela «il rapporto si mantenne sempre non fisico». Anche le lettere della contessa al marito, sostiene la biografa Catherine Clement, provano che la relazione con il futuro premier indiano «fu soprattutto platonica. Soprattutto, non sempre».

Quando lei morì nel Borneo, Nehru inviò due incrociatori indiani ad accompagnarne il corpo a casa.

Quando la Famiglia diventò «la Ditta»

Il cambio di nome della dinastia servì a ripulirne l'immagine «tedesca», ma la seconda riforma, annunciata contemporaneamente, produsse un mutamento di sostanza: non si limitava a rimescolare lettere ma cromosomi. Giorgio V e la consorte Mary informarono i sudditi che, in accordo con quanto avevano già deciso qualche tempo prima, ai loro figli «sarebbe stato permesso di sposarsi in famiglie britanniche». «Un'occasione decisamente storica», annota nel suo diario lo stesso sovrano. Aveva perfettamente ragione. È proprio grazie a questa decisione che la Corona britannica ha allineato nel ventesimo secolo due figure di donne egualmente decisive per i suoi destini: Queen Elizabeth the Queen Mom, la Regina Madre amatissima dai sudditi, e Diana, che la morte acerba trasformò per sempre nella regina dei cuori inglesi.

Una delle più vituperate consuetudini della dinastia hannoveriana, agli occhi dei sudditi isolani, era sempre stata in effetti quella di prendere in matrimonio principesse o principotti di origine tedesca. Per i contribuenti britannici questo era solo un modo per finanziare con le loro tasse famiglie straniere. La stessa regina Vittoria era perfettamente consapevole che questo costume non era di nessun giovamento alla dinastia, e per di più aveva causato «problemi e ansietà, e nessuna utilità» ogni volta che i Paesi europei scendevano in guerra tra di loro, senza ovviamente curarsi della consanguineità dei loro re. Piuttosto, l'istinto politico della vecchia sovrana le suggeriva una massiccia iniezione di «sangue nuovo» nella monarchia, allo scopo di rafforzare anche moralmente il trono.

Certamente in pieno Ottocento Vittoria avrebbe impedito una *mésalliance* come il felice matrimonio del quadrinipote

William con la borghese Kate Middleton. Ma consorti provenienti dai ranghi dell'aristocrazia isolana, per quanto di sangue non reale, diventavano ora possibili per i discendenti di Giorgio V, e avrebbero modificato per sempre il profilo della Corona. La monarchia britannica, è stato scritto, «veniva in effetti nazionalizzata».

La mossa, come previsto, incontrò subito il favore dell'opinione pubblica e la benedizione della Chiesa anglicana. I Windsor non si spinsero al punto da accettare il suggerimento di Clifford Woodward, canonico di Southwark, che consigliava a lord Stamfordham – braccio destro di Giorgio V – di spedire l'allora principe di Galles a vivere per un paio d'anni in qualche città industriale, magari Sheffield. E di fargli poi sposare una donna inglese «da qualche famiglia distintasi in guerra». «Intelligente e soprattutto piena di simpatia», aggiungeva un altro influente ecclesiastico come il vescovo di Chelmsford, perché questo «avrebbe rafforzato la stabilità del trono». Il futuro Edoardo VIII ignorò entrambi i suggerimenti, ma per fortuna dei Windsor fu il fratello minore Albert che, seguendo i sentieri del cuore, fece pure la cosa politicamente giusta. Elizabeth Bowes-Lyon, dei conti di Strathmore, nobiltà provinciale, non era inglese ma scozzese, e nella Grande Guerra aveva perso ben due fratelli: sposando Albert, duca di York, non avrebbe mai immaginato che sarebbe diventato Giorgio VI, e lei stessa la regina consorte più popolare della storia inglese.

Ad aprirle la strada, disegnando un ruolo di sovrana più adatto al secolo nuovo, era stata proprio la suocera «tedesca», l'aristocraticissima Mary di Teck. Foto e ritratti disegnano una faccia lunga e spigolosa, immune al sorriso, altera e remota come l'immagine stessa della regalità. Precisamente quel che ci si potrebbe aspettare da una principessa nata a Kensington

Palace all'apogeo del regno di Vittoria da genitori con pochi soldi ma nelle vene solo sangue blu della qualità più pregiata, una lunga congiunzione di case principesche anglo-germaniche. Ma Mary di Teck, la regina Mary, nata prima della Comune di Parigi e dell'avvento dell'impero tedesco, sarebbe vissuta abbastanza da vedere sua nipote Elisabetta sedere sul trono e la televisione diffondere l'evento su tutto il pianeta. E probabilmente per prima tra i Windsor fu in grado di capire che il nuovo mondo si sarebbe mostrato assai più compassionevole di quello irrigidito nei ranghi e nelle gerarchie che aveva salutato la sua nascita. Perciò, se la faccia rimaneva quella di una sfinge, e gli occhi freddi come quelli di un basilisco, e un cuore duro come gli amati diamanti la spingeva ad arraffare per pochi spiccioli i tesori Fabergé dei cugini russi in fuga dai bolscevichi, un'intelligenza pronta le suggeriva l'inevitabilità del riformismo sociale.

Suo marito ridisegnava la monarchia e la regina dal volto di pietra stabiliva una solida, per quanto innaturale, alleanza con una delle prime e più radicali dirigenti sindacali britanniche. Mary Macarthur fu la punta di lancia della campagna per aumentare i salari delle operaie in epoca edoardiana. In quell'inizio Novecento che agli spettatori della televisiva *Downton Abbey* appare una mitica età dell'oro, le donne in effetti entravano finalmente in massa nella produzione industriale. Ma nelle fabbriche di bluse come in quelle di conserve, in Inghilterra come in Italia, scontavano condizioni di lavoro massacranti, fino a dodici-quattordici ore al giorno, e paghe miserabili. Macarthur, sposata al presidente laburista Will Anderson, venne addirittura invitata a Buckingham Palace e fu lieta d'andarci per spiegare – racconta lei stessa – alla sovrana «l'ineguaglianza delle classi e l'ingiustizia di questo sistema». La sua impressione dopo l'incontro, debitamente riportata, fu che «la regina capisce e afferra l'intera situazione dal punto di vista del sindacato».

E, sorprendentemente, lo dimostrò nei fatti. Lo scoppio della guerra ebbe, come ovvio, un effetto-choc sugli affari e sul commercio, con il risultato che un largo numero di operaie dell'industria tessile perse ogni opportunità di lavoro. A peggiorare la loro situazione, c'era la circostanza che la regina Mary e il suo circolo di nobili dame avevano invece grandemente incoraggiato tra le donne il lavoro a maglia e il cucito come contributo di guerra. Mary Macarthur supplicò un'amica introdotta a Corte di fare tutto il possibile «per fermare lo sferruzzare a maglia di queste donne». La sovrana capì e si diede da fare. Lanciò il Queen's Work for Women Fund, una fondazione impegnata a raccogliere denaro destinato a progetti per donne disoccupate. E si preoccupò di stimolare, sia pure non facendone parte, una Commissione parlamentare speciale costituita per affrontare il problema.

Questo genere di attività sociale rappresentava qualcosa di totalmente nuovo e sconosciuto per una famiglia reale famosa, fino a quel momento, soprattutto per la manifesta *débauche* dei suoi esponenti maschi e la vita di pigra opulenza delle sue donne. Dopotutto, la stessa madre di Mary, la principessa Maria Adelaide anche nota – ricordate? – come la «grassa Mary», era assai chiacchierata non solo per l'incontrollabile ingordigia a tavola ma anche per uno stile di vita sontuoso oltre le possibilità famigliari. Solo nella maturità avanzata questa specie di Gargantua al femminile cambiò costumi sociali e abitudini alimentari: mangiava di meno e si occupava di più degli altri, in particolare i bambini. Barnardo's, organizzazione di sostegno per l'infanzia abbandonata, poté annoverarla perfino tra i suoi principali sostenitori.

Forse questo gene della carità era passato anche nel patrimonio cromosomico della figlia, o forse era soltanto astuto calcolo politico. Sta di fatto che durante il conflitto Queen Mary diventò, come l'augusto marito, una visitatrice onnipresente di ospedali e centri di raccolta cibo. Si dava da fare per le sottoscrizioni di guerra come per le confezioni natalizie da spedire ai soldati al fronte, e i giornali la definivano affettuosamente «un bulldozer della beneficenza».

Non che il suo esempio avesse contagiato proprio tutte le donne della Casa Reale, ma sapeva come rimproverare anche loro. A una principessa esausta per l'ennesima visita a un altro noioso ospedale ribatté asciutta: «Noi siamo la famiglia reale, e noi *amiamo* gli ospedali». La «Ditta» – *the Firm*, come si autodefiniscono i Windsor – aveva finalmente trovato la sua ragione sociale, ed è la stessa che la tiene in piedi ancora oggi.

7
Padri e figli

Il futuro re Edoardo VIII, protagonista della crisi più grave della monarchia nel ventesimo secolo, nacque la sera del 23 giugno 1894 a White Lodge, il grande cottage di Richmond Park riservato ai duchi di York. Battezzato come Edward Albert e un'altra sfilza di nomi, riuscì almeno nell'occasione a intenerire il paparino George, che annotò nel diario: «Alle dieci è nato un dolce maschietto». Cinquant'anni dopo il primogenito avrebbe commentato: «In qualche modo immagino che quella fu anche l'ultima volta che mio padre abbia avvertito l'ispirazione di applicare a me quel preciso aggettivo».

Niente meglio di questa rassegnata riflessione descrive il disastroso rapporto tra Giorgio V e i suoi eredi. Quando, qualche anno dopo, la moglie Mary mise al mondo un quarto maschio (ne sarebbe arrivato ancora un altro, e c'era già pure una femminuccia) lui diede fiato alla soddisfazione con una delle sue rare battute: «Presto avrò un reggimento, non una famiglia». Ecco, proprio questo fu il guaio: con i suoi famigliari, ma soprattutto con i suoi figli, re Giorgio si comportava esattamente come un caporale, applicando con loro una disciplina da caserma. La tara dei primi Hannover, ovvero una devastante carenza affettiva nei rapporti genitori-figli, si riproponeva due secoli dopo: le modalità potevano essere novecentesche, ma rivelavano l'atavismo di un'insanabile rivalità generazionale sotto il serico baldacchino del trono.

Non che Giorgio V fosse un cattivo diavolo. Al contrario. Nella schematica classificazione dei sovrani in dissoluti o coscienziosi, lui andrebbe senz'altro inserito nella seconda categoria. Il suo problema era una timidezza, una riservatezza che sfociava in una manifesta inaffettività. E, a peggiorare le cose, pure la moglie Mary di Teck si comportava allo stesso modo. Erano entrambi chiusi, restii a mostrare le loro emozioni, perfino quelle che provavano l'uno per l'altra. Perché, sebbene si trattasse come d'uso di un matrimonio combinato, l'unione si rivelò perfettamente assortita, forse proprio a causa di questa somiglianza caratteriale. Ma il reciproco riserbo li imbarazzava al punto che sentivano di doversi scusare l'una con l'altro (per lettera!) per essere così poco espansivi perfino durante la luna di miele. «Più sento, meno dico, mi dispiace ma non posso evitarlo», scrisse May (come tutti la chiamavano in famiglia) al fresco maritino. Lui le rispose dichiarandosi eternamente grato che si intendessero così bene, rendendo così per lui non necessario dirle quanto la amasse, un amore che diventava sempre più profondo, «sebbene io possa apparire timido e freddo».

Di fronte a una coppia tanto impacciata, la buona società londinese si sbizzarrì in storielle salaci sulle scarse probabilità di successo nella produzione di un erede al trono. E invece i pessimisti persero le loro scommesse. Sposati il 6 luglio 1893, alla presenza della nonna regina Vittoria, per Natale la duchessa di York aspettava già il primo membro del suo «reggimento» di figli. Il guaio fu che né lei né il marito sapevano manifestare un minimo di affetto parentale. E i risultati furono disastrosi.

Il primogenito Edward, che in famiglia tutti chiamavano «David»,* buttò via la corona per la divorziata Wally Simpson. Il secondogenito Albert, che la raccolse con il nome di Giorgio VI, uscì da un'infanzia traumatizzata con una balbuzie che lo angustiò per tutta la vita. Il terzo figlio maschio, Henry, non andava oltre la comprensione dei comandi militari, e il quarto, George, sensibile e amante dell'arte, seguì l'esempio del fratello maggiore esibendosi in una caterva di scandali, ma lui con entrambi i sessi. Tanto basta per la «famiglia esemplare» che proprio la loro mamma avrebbe inventato a uso e consumo del largo pubblico. Del resto, le stesse nozze di Mary di Teck con l'allora duca di York rimandano a un altro terribile fiasco famigliare, suggellato da una tragedia.

Il principe e lo Squartatore, storie di bassifondi

In un'epoca in cui la castità di una futura regina era materia di Stato, la duchessina di Teck era già stata promessa in sposa a qualcun altro: precisamente, il fratello maggiore del marito. Il fidanzamento con il principe Albert Victor, «Eddy» per la famiglia, primogenito del principe di Galles e dunque secondo in linea di successione, era durato appena quarantadue giorni. Dal 3 dicembre 1891 al 14 gennaio 1892, quando Eddy morì per un'influenza degenerata in polmonite. Se fosse vissuto, c'è da dubitare che oggi ci sarebbe ancora un trono in Inghilterra. È lui il duca di Clarence che la voce popolare voleva coinvolto

* Ossia l'ultimo dei suoi nomi: Edward Albert Christian George Andrew Patrick David. Per facilitare l'identificazione, in questo libro sarà sempre Edward, tranne quando gli stessi parenti lo citano come David.

nei delitti di Jack *the Ripper*, lo Squartatore, nel miserabile quartiere londinese di Whitechapel, nel 1888. Questo sospetto, pure largamente diffuso, appare piuttosto azzardato, se non romanzesco. Molto meno fantasiosa sembra invece la frequentazione del bordello omosessuale di Cleveland Street.

Nell'autunno del 1889 Eddy aveva venticinque anni e rappresentava una seria preoccupazione per i suoi genitori. Papà Bertie aveva parecchi grattacapi di suo in una stagione particolarmente segnata dagli scandali, ma non aveva idea dei guai in cui si era ficcato il suo primogenito, anche se certo non si faceva illusioni sul suo conto. Dopo aver lasciato l'Università di Cambridge nel 1885, per le voci insistenti di comportamenti immorali, Eddy era entrato nel 10° Reggimento Ussari, il più alla moda dell'intero Esercito. Ma era chiaro a tutti che la sua carriera militare era una farsa. Ignorava tutto della storia delle battaglie e detestava le esercitazioni di cavalleria. Come il padre, aveva orrore dei libri e non ne aveva mai aperto uno, sebbene una buona memoria gli consentisse di imparare oralmente. Ma il livello della sua intelligenza si intuisce dalle note in cui mette nero su bianco il disgusto per la vita del cavalleggero: «Uno deve girare e saltare tutt'in tondo alla scuola di equitazione strizzato in un abito molto scomodo chiamato 'giacca da stalla', ed è un lavoro parecchio faticoso, posso assicurarlo».

Decisamente tonto, noncurante, facile a essere raggirato, Eddy era il cocco della mamma Alix, un po' per il carattere molto dolce un po' perché da lei aveva ereditato il difetto genetico che li rendeva entrambi duri d'orecchio. La sordità del ragazzo era apparsa evidente sin dall'infanzia, ma la principessa di Galles era così sensibile sull'argomento che nessuno osava sollevare la questione con lei. E così non si tentò nulla per curare nel figlio una menomazione che si sarebbe potuta forse, se non eliminare, almeno alleviare. Al contrario, la constatazione che anche lui soffriva del suo stesso male («orecchie bestiali», le chiamava lei) spinse Alix a essere ancor più protettiva con il ragazzo. Lo stesso effetto producevano la sua evidente lentezza intellettuale, l'incapacità di apprendere, la mancanza di carattere che facevano invece infuriare il padre. La vocina acuta e stridula risultava irritante per l'interlocutore, e la sua semplicità rasentava l'imbecillità. Ma non sembra che a nessuno sia venuto in mente che l'erede soffriva forse di porfiria: era il male che aveva afflitto il trisavolo Giorgio III, erroneamente diagnosticato come follia dai medici del tempo.

Alle mancanze del giovane non era certo estraneo nemmeno l'esempio di lassismo morale fornito dal padre, ma Bertie ovviamente non se ne sentiva affatto responsabile. Anzi criticava, lui che incarnava i fasti sfrenati della Belle Époque, gli atteggiamenti da dandy del figlio, i suoi abiti esagerati, i colletti altissimi delle camicie (i *masher collars*) che in realtà servivano soprattutto a mascherare un collo anormalmente lungo. La gente lo prendeva in giro chiamandolo «Eddy-Collar-and-Cuffs», cioè «Colletto-e-Polsini», e alla fine il padre decise che era il momento di raddrizzargli la spina dorsale. Come? Mandandolo in visita nei domini indiani. Purtroppo, l'uomo a cui intendeva affidarlo, il suo scudiero lord Arthur Somerset, scelse proprio quei giorni per farsi identificare dalla polizia come frequentatore abituale di un bordello per omosessuali in Cleveland Street.

«Ragazzi di vita» per il nobile gay o per il duca di Clarence?

Nell'Inghilterra di fine Ottocento, a norma della Sezione 11 del *Criminal Law Amendment Act* del 1885, un rapporto sessuale pubblico o privato («*gross indecency*») tra due uomini rappresentava un reato penale. La polizia aveva tutte le prove che inchiodavano lord Somerset: un giovane ladruncolo arrestato con 18 scellini in tasca (per lui, una somma principesca) dichiarò che lui e altri due ragazzi avevano ricevuto i soldi come pagamento per «atti indecenti» compiuti con uomini al numero 19 di Cleveland Street. Gli agenti tennero d'occhio la casa, che già conoscevano, ed ebbero conferma delle accuse.

Il governo però esitava a procedere. Non si trattava solo di un membro dell'alta aristocrazia, terzo figlio del duca di Beaufort, ma anche di uno dei collaboratori più stretti del principe di Galles. L'ultima cosa al mondo che il gabinetto guidato dal marchese di Salisbury voleva era uno scandalo sulla soglia di Marlborough House, la residenza dell'erede al trono. Nel tentativo di coprire l'*affaire*, Somerset fu indotto a confessare al suo comandante militare, e le sue ammissioni portate a conoscenza del principe.

Bertie, scioccato, dichiarò di non crederci, «non più che se avessero accusato l'Arcivescovo di Canterbury». Per inciso, anche se lui non poteva saperlo, aveva scelto l'esempio meno azzeccato: di fatto, la moglie dell'arcivescovo Edward Benson era lesbica, e tre suoi figli omosessuali. Comunque, Sua Altezza Reale ordinò al segretario Dighton Probyn di fare tutto il possibile per stendere il silenzio sul caso, parlando con il capo della polizia, e se necessario anche con il primo ministro. Salisbury ricevette l'emissario reale per pochi minuti alla stazione di

King’s Cross, ma la stessa notte lord Somerset tagliò la corda rifugiandosi in Costa Azzurra, a Monaco.

Lo scandalo che si voleva evitare deflagrò con violenza ancora maggiore. Il fuggitivo fu finalmente incriminato per atti osceni e il governo fu accusato alla Camera dei Comuni di essere coinvolto in una cospirazione criminale per deviare il corso della giustizia. Per calmare le acque bisognava che Somerset tornasse a Londra e affrontasse il processo. Lui rifiutò. Peggio, in alcune lettere inviate all’amico lord Esher, anch’egli omosessuale, spiegò quella che secondo lui era la vera ragione del mancato ritorno: l’esilio era una necessità per coprire il nome del principe Eddy, che aveva a sua volta l’abitudine di visitare il bordello di Cleveland Street. Una bomba.

Presto le voci di Londra rilanciarono le accuse sul coinvolgimento di Eddy nello scandalo. E un articolo del *New York Times*, il 10 novembre, fece ciò che la deferente stampa britannica non avrebbe mai osato: raccontò la storia menzionando apertamente il nome del principe. I tentativi di Marlborough House di soffocare il gossip non approdarono a nulla. Somerset rifiutava di tornare, o anche di difendere – pur da lontano – l’innocenza del giovane reale. Vere o false che fossero le sue insinuazioni – che ammetteva di non poter provare –, il fatto è che ormai al centro della storia non c’era più Somerset ma il futuro erede al trono. Che fosse gay o, come sembra più probabile, bisessuale, Eddy era diventato un handicap per la casa regnante. Bisognava procurargli una sposa, e al più presto.

Così, mentre la nonna Vittoria lo creava duca di Clarence e Avondale, mamma e papà si davano da fare per trovargli moglie. Non che il povero ragazzo non avesse le sue preferenze. Si era pazzamente innamorato della cugina Alexandra d’Assia, che però lo respinse preferendo sposare il cugino russo, lo zarevic

Nicky che sarebbe diventato il tragico zar Nicola II. Gli andò meglio con la diciannovenne Hélène d'Orléans, figlia del Conte di Parigi pretendente al trono di Francia. Lei era cattolica e, visto che l'*Act of Settlement* (la legge di successione) non consente sovrani «papisti», era pronta a farsi anglicana per strappare il consenso di Vittoria. I due giovani le fecero visita di sorpresa a Balmoral, nell'agosto 1889, tenendosi teneramente per mano e dichiarando amore reciproco.

La regina, che era sentimentale, ne fu conquistata e scrisse un appunto per il primo ministro Salisbury: «Non l'ho mai visto [Eddy, *N.d.A.*] così ardente, così serio, e la pena di lei toccava il cuore, nel suo appello egualmente appassionato. Era difficile non dire subito sì». Per Salisbury invece fu facilissimo dire subito no: ricordando la posizione costituzionale della monarchia, elencò ben diciassette motivi per cui «questo matrimonio non s'ha da fare». Per di più, il padre della ragazza si opponeva fermamente a un'eventuale conversione.

Hélène ne fu devastata. Lui un po' meno, visto che mentre le dichiarava tutto il suo amore flirtava intanto con lady Sybil St Clair-Erskine, sorellastra di un'amante del padre Bertie, Daisy Warwick. E perfino dopo la morte di Eddy, la principessa francese volle a lungo restare fedele alla memoria dell'amato, prima di decidersi a sposare il duca d'Aosta. A chi si meravigliava di una simile devozione «verso qualcuno tanto più stupido», Hélène ricordava con gli occhi pieni di lacrime «la dolcezza del suo carattere».

La scelta di Mary di Teck appare molto meno sentimentale. A una festa da ballo in casa dell'ambasciatore danese, Eddy obbedì ai genitori e le propose di sposarlo. I Galles avevano urgenza di maritare un figlio problematico. E lei di lasciare una famiglia che all'illustre genealogia accoppiava un presente di penuria quasi imbarazzante, tanto da dover lasciare l'Inghilterra per vivere in Italia della generosità dei parenti. I ricordi d'infanzia del cugino sempliciotto e dai modi bulleschi, o le voci sui suoi presunti vizi e gli scandali attorno alla sua vita privata, contavano enormemente meno dell'opportunità che la vita sembrava offrirle d'improvviso: che «la povera May», l'esiliata compatita dai principeschi cugini di mezza Europa, dovesse ora diventare la futura regina consorte d'Inghilterra appariva un rovescio di fortuna spettacolare, quasi troppo per essere vero.

In effetti, regina sarebbe diventata, ma con un altro monarca al suo fianco. Lo sfortunato Eddy si mise a letto con un raffreddore appena un mese dopo, l'8 gennaio, il giorno del suo compleanno, e non si rialzò più. Non era stato mai molto robusto e l'influenza diede il colpo finale a un fisico già indebolito dall'alcol, dalle sigarette, dalla gotta, probabilmente anche da una malattia venerea. L'affranta madre Alix non si staccò un momento dal suo letto, sperando e disperandosi. La mattina del 14 gennaio era già tutto finito. Albert Victor, duca di Clarence, scompariva di scena, lasciando il suo posto sui gradini del trono al fratello minore George. E anche nel letto nuziale che non aveva fatto in tempo a occupare.

Un ruvido nostromo sbarca a Palazzo

La morte del fratello, che amava sinceramente, lasciò il cadetto George non meno distrutto dei suoi genitori. E fisicamente più debole, giacché si era salvato da un serio attacco di febbre tifoide appena due mesi prima. Era il secondo tentativo fallito della Grande Falciatrice di ghermirlo: durante il suo lungo servizio in Marina era già scampato fortunosamente a un naufragio.

La morte, al contrario, lo avvicinava a quel trono che non si sarebbe mai aspettato di ereditare. E per il quale probabilmente sentiva di non essere troppo preparato, sia per carattere sia per cultura. O, piuttosto, mancanza di essa.

La verità è che entrambi i fratelli scontavano una penosa carenza di istruzione, secondo gli stili reali del tempo: i principi del sangue venivano formati da mediocri istitutori privati, con il risultato che Eddy e Georgie erano certamente molto meno istruiti dei loro coetanei delle classi alte allevati nelle *public schools*. Nel tentativo di far loro imparare almeno il francese, i due ragazzi furono spediti per sei mesi a Losanna, in Svizzera. I risultati furono molto modesti. Per il futuro Giorgio V, molto abile nell'arte della navigazione, le lingue straniere restarono sempre un libro chiuso. Come pure gli furono sconosciute una buona grammatica e una decente ortografia.

Questo era dunque il ventisettenne principe che nel maggio 1892 la nonna Vittoria creò duca di York, conte di Inverness e barone Killarney. Diventato secondo in linea di successione, urgevano anche per lui una moglie e un erede. A lui piaceva Julie Stonor, figlia di una *lady-in-waiting* della madre, ma era cattolica, perciò fuori concorso. In seconda battuta, era attratto dalla cugina principessa Marie di Edimburgo ma la madre di lei, che era nata granduchessa russa, odiava talmente i suoi parenti inglesi che si affrettò a fidanzare Marie al principe ereditario di Romania. Fu a quel punto che papà Bertie tornò a prendere in considerazione Mary di Teck, che – nelle sue parole – era «diventata virtualmente una vedova prima ancora di essere moglie». Dopotutto, anche Enrico VIII aveva sposato (le prime nozze...) la vedova del fratello Arthur. E lo stesso aveva fatto lo zar Alessandro III, impalmando la principessa danese Dagmar, che era stata promessa sposa del primogenito Nicola, ucciso dalla tubercolosi.

E poi, le stesse ragioni che ne facevano un'ottima moglie per Eddy restavano valide per George. May era intelligente, di buona cultura, dalla mente pronta, attraente e con un forte senso del dovere. Aveva insomma tutte le qualità per diventare un'eccellente regina consorte in attesa, come il principe di Galles si premurò di far notare al figlio, aggiungendo che la nonna Vittoria era «in una terribile agitazione riguardo al tuo matrimonio». Come ci si poteva attendere, George fece il suo dovere e nell'estate del '93 la coppia consumò la luna di miele, decisamente con scarsa fantasia, nello York Cottage a Sandringham, vale a dire in quella che sarebbe stata la loro casa per i successivi diciassette anni. Lì i loro figli sarebbero nati, e avrebbero passato infanzie e adolescenze molto più tristi di tanta gente comune.

A soffrire maggiormente sarebbero stati i due più grandi, Edward e Albert, per gli intimi anche lui «Bertie». Nei primi anni di vita dovettero sopportare due notevoli handicap: primo, dei genitori nient'affatto espansivi e poco comprensivi; secondo, una governante decisamente inadatta. Non che il duca e la duchessa di York non amassero i loro piccoli. Ma come genitori erano decisamente più rigidi, forse per reazione, di quelli che avevano avuto. George era per natura meno tollerante e disponibile di suo padre, il più gaudente dei principi di Galles: trattava i figli come uno stagionato nostromo strapazza un equipaggio di marinai d'acqua dolce. E Mary aveva proprio scarse attitudini materne. In ogni caso, il suo carattere serio, determinato, era all'opposto dei metodi educativi molto informali e noncuranti della madre e della suocera. E lei era assolutamente decisa a far crescere i suoi figli in modo diverso.

Infatti. Giorgio V si è guadagnato la fama di aver inflitto alla prole un rigore che rasentava il bullismo. I ragazzi erano terrorizzati, anche se qualche storico sostiene che la cattiva reputazione paterna del sovrano sia stata in qualche modo esagerata. È vero, in fin dei conti, che come tutti i bambini anche i suoi figli si sono goduti le corse in bicicletta, le scazzottate, le gare ingenuamente truccate di golf o di cricket. E più adulti, non mostravano eccessivo timore di tirare qualche scherzetto al padre. Ma i testimoni diretti di quegli anni forniscono forse il ritratto più onesto.

Erano genitori coscienziosi, assicura la contessa di Airlie, che fu *lady-in-waiting* di Mary, ma nessuno dei due aveva alcuna comprensione della mente di un fanciullo. Soprattutto George, totalmente privo com'era di immaginazione, cercava in continuazione di inculcare loro l'idea di un superiore standard di comportamento. E lo faceva nel modo peggiore: abbaiando. Bastava che i ragazzi facessero una corsa sull'adorata bicicletta per la tenuta di Sandringham perché al ritorno il padre li sgridasse severamente. E sembra più che appropriato il commento di Alexander Hardinge, in seguito reale segretario privato: «È un mistero perché re Giorgio, sotto ogni altro aspetto un uomo così gentile, sia un tale bruto verso i suoi figli».

Nel caso dei primi due, a rendere la loro vita anche più difficile c'era la presenza di una *nanny* incompetente e sadica. Per dimostrare al piccolo Edward che lei aveva un potere superiore pure a quello dei reali genitori, ricorreva alla tortura. Ogni sera, prima di portarlo in salotto per dare la buona notte a mamma e papà, gli torceva e pizzicava il braccio. Il poverino urlava e strillava così tanto che i duchi spazientiti ordinavano alla nurse di allontanarlo subito. Non andava meglio a Bertie, al quale semplicemente metteva la coppa col cibo sotto il naso e poi gliela toglieva senza farlo mangiare. Alla fine, la vice-nurse Charlotte Bill, detta Lalla, trovò il coraggio di denunciare questi comportamenti aberranti, frutto di autentici disturbi mentali, e la donna fu allontanata.

Bertie, che sarebbe diventato Giorgio VI, si portò dietro per tutta la vita disturbi gastrici (fino all'operazione per ulcera) che avevano forse avuto origine sul seggiolone della sua remota infanzia. Ma per lui una sofferenza molto maggiore fu certamente la balbuzie, che cominciò a manifestarsi quando aveva sette anni. E la spaventosa pressione psicologica subita nella prima infanzia lasciò per sempre una profonda cicatrice nella sua vita. Non solo i difetti di eloquio non scompaiono notte tempo ma in generale è anche impossibile curarli completamente. La balbuzie del principe si accompagnava inoltre a un carattere nervoso e indeciso che rischiò perfino di costargli il trono. Al momento dell'abdicazione del fratello Edoardo VIII un'ondata di pettegolezzi malevoli sollevò l'interrogativo se il timido Bertie fosse davvero in grado di esercitare i compiti del monarca. I più maligni si chiedevano se ce l'avrebbe fatta anche solo a superare la lunga e pesante cerimonia dell'incoronazione.

Dermot Morrah, biografo reale autorizzato, ha rivelato – senza smentite – una teoria scioccante: nella crisi dell'abdicazione nel dicembre 1936 «un gruppo di uomini di autorità nello Stato» avrebbe seriamente preso in considerazione l'eventualità di saltare Bertie e trasferire la corona sul più giovane dei figli di Giorgio V, l'estroverso e brillante duca di Kent. Il giovane George, in più, aveva già un figlio ed erede, a differenza di Bertie. Se il piano (ammesso che sia davvero esistito) fosse andato in porto, non ci sarebbe stato nessun Giubileo di Diamante per Elisabetta II e al suo posto sul trono ci sarebbe il cugino, il presente duca di Kent: quel tipo lungo e secco che ogni estate consegna al vincitore l'insalatiera del torneo di Wimbledon, e d'inverno col grembiulino d'ordinanza conduce le cerimonie dei Framassoni britannici, di cui è Gran Maestro. Il suo ordine nella linea di successione è correntemente al remotissimo ventiquattresimo posto. A conferma che la monarchia resta sempre una lotteria del destino.

8

La dinastia salvata dalle donne

Il fortunatissimo film *The King's Speech*, *Il discorso del re*, ha reso popolare la battaglia ingaggiata dall'allora duca di York con il difetto che lo paralizzava in pubblico. La balbuzie, come i disturbi cronici allo stomaco, erano chiaramente il risultato dei rimproveri, delle sgridate, della repressione continua che gli toccava subire. E dell'obbligo, pur essendo mancino, di usare la destra. Di tutti i sei figli di Giorgio V, il secondogenito fu sicuramente il più danneggiato. Fu come se alla nascita il destino lo avesse condannato a un cono d'ombra, all'invisibilità agli occhi degli altri. Per natura timido e nervoso, si spaventava più di frequente ed era più facile alle lacrime, insomma tendeva a sfigurare nel paragone con i fratelli. Cosa che si desume anche da un'annotazione della regina Vittoria nel suo diario dopo una visita ai bisnipotini nel maggio 1898, quand'era da poco nata l'unica femmina, Mary: «David è un bambino delizioso, così intelligente, simpatico e socievole. La bimba è una dolce, graziosa cosina». Sul mediano Albert nemmeno una riga.

E poiché la natura lo aveva fatto più lento e meno articolato del primogenito, ma al contempo più sensibile, inevitabilmente soffriva molto di più le regolari sfuriate paterne. Con una minore capacità di replica, si ritrovò progressivamente tagliato fuori non solo dai genitori ma anche dai fratelli. L'accademia navale di Dartmouth, dove fu ammesso a tredici anni, avrebbe potuto avere un effetto liberatorio sul suo carattere, ma certo non nel clima di bullismo che allora come oggi è istituzionale nelle *public schools* inglesi.

Ci era già passato Edward, arrivato a Dartmouth un anno prima. E sebbene fosse non solo destinato al trono ma anche un carattere estroverso e sicuro di sé, pure lui aveva dovuto piegarsi agli «scherzi» più atroci degli altri ragazzi. Un giorno lo avevano immobilizzato con la testa sotto una finestra a ghigliottina, perché riflettesse sul fato di Carlo I, il monarca decapitato, e sul trattamento che il popolo inglese riserva ai suoi re «disobbedienti». Un'altra volta gli avevano versato una bottiglia intera d'inchiostro rosso dentro il collo della camicia. Lui, senza batter ciglio, si era lavato e cambiato e aveva pure subìto la punizione per essere arrivato tardi alle preghiere serali, piuttosto che denunciare ai superiori quel che era successo. Ma questo lo rese presto popolare, e gli guadagnò il nomignolo «Sardine», diminutivo di *W(h)ales*, che vuol dire balene, ma senza l'acca è il Galles. Gli inglesi adorano i giochi di parole.

Per il timido principe Albert fu molto più dura. Come il fratello maggiore, prima di arrivare all'accademia navale non era mai stato a scuola o in una classe di più di tre persone (gli altri erano i fratelli), aveva sempre condotto una vita famigliare molto protetta – sadismo paterno a parte – e soprattutto soffriva terribilmente la lontananza da casa. La timidezza lo teneva distante dai giochi degli altri ragazzi, dal pallone al cricket, e la balbuzie lo rendeva l'obiettivo ideale di tutte le prese in giro. Ma la forza del suo carattere stava nella perseveranza. Invece di gettare la spugna, o fare storie, nella prima lettera alla madre scrisse che si era «sistemato adesso abbastanza bene da queste parti». Non era vero, ma i suoi sforzi di adattamento non passarono inosservati. Almeno, non al capitano dell'istituto che annotò: il ragazzo mostra «grinta» e «lo spirito di chi non si dà mai per vinto è molto forte in lui: un grande tratto per il carattere di chiunque».

Soprattutto per chi la sorte aveva voluto figlio di Giorgio V. Se Bertie balbettava davanti a lui, proprio per la paura che gli ispirava, il padre esasperato gridava: «*Get it out, boy!*» sputala fuori, ragazzo, questa benedetta parola. Come se si trattasse semplicemente di soffiarsi il naso. Molti anni più tardi, ci sarebbe voluta tutta la bravura del logopedista australiano Lionel Logue, e tutta la grinta del principe, per permettergli di esprimersi passabilmente in pubblico: fino a leggere alla radio quella dichiarazione di guerra alla Germania nazista, nel 1939, che ancora oggi fa piangere gli inglesi di ogni età quando rivedono la scena nel *Discorso del re*. Giorgio V ne sarebbe stato orgoglioso, ma certo non avrebbe mai ammesso che la sua intollerabile severità aveva rovinato la vita del figlio che pure gli era più vicino per carattere e senso del dovere.

Bertie era uno che non si lamentava mai. Ma, compiuti i ventun anni, anche lui, come il fratello maggiore, non ne può più di Buckingham Palace: «una spaventosa prigione», scrive, e commenta che i genitori «hanno strane idee su di noi, pensano che siamo ancora scolaretti o qualcosa del genere, invece di ciò che oggi siamo». A trovare il coraggio di tener testa al padre c'era solo il ribelle Edward, forte del suo ruolo di erede al trono. Ma anche lui, quando andava a trovare il re, doveva presentarsi in tenuta formale, il tight di giorno e, se invitato a cena, il frac completo di stella dell'Ordine della Giarrettiera. Una mattina a colazione il sovrano lo rimproverò perché a un ballo la notte prima non portava i guanti, e lo ammonì: «Non succeda mai più». Un'altra volta, quando Edward arrivò a Palazzo esibendo pantaloni con il risvolto, secondo l'ultima moda, il padre gli diede un'occhiata e gli chiese beffardo: «Ma piove, qui dentro?»

La coppia reale del resto indossava formali abiti da sera anche quando pranzava da sola, e accadeva nella maggior parte dei casi. Soprattutto dopo che la figlia Mary si fu finalmente sposata, sottraendosi a uno zitellaggio caro ai genitori. Meraviglioso che «la povera ragazza stia per diventare libera e lasciare la prigione di Buckhouse», scrisse il solito irriverente Edward alla notizia dell'imminente matrimonio con il visconte Lascelles (sebbene molto più anziano e poco attraente). L'erede sperava anche che, perdendo la compagnia della figlia, il re e la regina si sarebbero decisi a passare più tempo in società, perché «non possono alla fine stare a casa e cenare assieme ogni notte della loro vita. [...] E non vedo come possano fare altrimenti, tranne che invitando gente o uscendo loro stessi». Né l'uno né l'altro. La vecchia coppia rimase barricata a «Buckhouse»: per il primogenito una prigione, per loro una fortezza.

Il «principe invisibile» e il duca del jazz

Severi, distanti, emotivamente algidi con tutti i figli, Georgie e May rasentarono la disumanità con il più sfortunato di loro. Il principe John è la grande pagina strappata della dinastia. Il nome impronunciabile. La vergogna da nascondere. Celata al mondo cento anni fa come adesso. La sua colpa, e non poteva averne molte in una vita di nemmeno quattordici anni, era una malattia che equivaleva a uno stigma: epilessia. I primi occasionali attacchi si erano manifestati quando aveva appena quattro anni e i medici non avevano tardato a diagnosticare il male. I genitori furono addolorati e preoccupati, soprattutto, che il bambino potesse avere una crisi in pubblico. E quando le fitte cominciarono a farsi più frequenti, per evitare imbarazzi fu condannato a una reclusione appena mascherata.

Quando John aveva poco più di dieci anni si decise di dotarlo di una «residenza» e di un piccolo seguito. In realtà fu confinato in un cottage a Wood Farm, sui lembi estremi della tenuta reale di Sandringham. Poiché per un certo tempo si pensò che fosse cerebroleso, tagliarlo fuori dal mondo sembrò la soluzione più conveniente. Genitori senza cuore? A cercare di essere equanimi, si può considerare il doppio condizionamento dell'epoca e del ruolo istituzionale. Di fronte a qualsiasi tipo di disagio mentale, la risposta classica ottocentesca era il manicomio, la recisione del malato dal resto del mondo. Tanto più inevitabile questo dev'essere apparso a una famiglia assisa al vertice delle istituzioni. Perciò non è tanto la rimozione del principe bambino dallo sguardo del pubblico che colpisce, ma la sua abrasione pure dalle memorie private. Padre e madre rivelano la loro atonia affettiva soprattutto quando, dopo averlo fatto scomparire per il mondo, escludono John perfino dalle foto di famiglia.

A fornirgli l'indispensabile, e costante, cura e attenzione restò soltanto la *nanny*. Lalla Bill, il cuore gentile che aveva liberato i due fratelli maggiori dalla tirannia della nurse sadica, fu incaricata dell'assistenza al giovane malato e sviluppò una profonda affezione per lui. Guardiana, infermiera, compagna, sostituiva in tutto e per tutto la famiglia che lo aveva cancellato. Il piccolo amava la natura, le passeggiate all'aperto e la cura dei fiori ma perfino questa attività gli era concessa solo all'interno di un recinto lontano da occhi indiscreti. Un'area del giardino di Sandringham fu delimitata appositamente per lui, con una targa che avvertiva: PRINCE JOHN'S GARDEN. Ogni tanto, i giardinieri della tenuta nella campagna del Norfolk erano autorizzati ad aiutarlo nella coltivazione dei fiori. E un dettaglio toccante è che regolarmente coglieva qualche mazzetto di bucaneve o di gigli, a seconda della stagione, e lo inviava al padre con un letterina di suo pugno. Quando il cattivo tempo o la salute malcerta lo costringevano a rimanere in casa, gli piaceva leggere o, come tutti i bambini, giocare con un'automobilina a pedale e con i trenini.

Crescendo si trasformò in una ragazzone alto e forte, all'apparenza in buona salute. In realtà statura e peso costrinsero ad aggiungere al plotoncino della servitù anche un attendente maschio in grado di immobilizzarlo quando gli attacchi si facevano violenti. Lui e la *nanny* Lalla divennero i soli compagni del principe, oltre all'autista distaccato dal castello di Windsor. Sarebbe perciò ingiusto, sostengono gli storici di Corte, dire che la famiglia reale lo avesse abbandonato. Certamente, nessuna cura né comodità materiale gli mancarono mai. E, di tanto in tanto, la mamma regina Mary o qualcuno dei fratelli si affacciava al cottage per una rapida visita.

Ma la verità, di raggelante inumanità, sta tutta nella lettera che Edward, all'epoca principe di Galles, scrisse all'amante Fredie Dudley Ward il 20 gennaio 1919, due giorni dopo la morte improvvisa, ma non inattesa, di John: «È stato praticamente rinchiuso per gli ultimi due anni, così che nessuno lo ha più visto a parte la famiglia, e pure noi soltanto una o due volte l'anno, perciò la sua morte è il più grande sollievo immaginabile e ciò per cui noi abbiamo sempre pregato in silenzio. Ma precipitare nel lutto per questo è il massimo, adesso che la guerra è finita, e questo taglia fuori le feste e tutto il resto!...» Giorgio V non si sarebbe certo espresso con lo stesso stupido egocentrismo del figlio, né avrebbe condiviso le accuse di un sostanziale abbandono del malato, ma in privato non lasciava dubbi di considerare la morte di John un sollievo e una forma di misericordia.

La guerra era appena finita, perciò alla notizia del decesso Edward e Albert erano ancora in Francia con le truppe. Si preparavano a tornare in patria per il funerale quando furono raggiunti da un telegramma del padre: il re chiedeva, o piuttosto ordinava, di non rientrare. Non è mai stata data alcuna spiegazione del divieto, ma si pensa che Giorgio V e Mary volessero tenere le esequie del loro ultimogenito il più possibile private, e il ritorno dei due figli maggiori dalla Francia avrebbe reso invece l'occasione fin troppo pubblica. Perfino lo scudiero del principe Albert, il fedelissimo Louis Grieg, confessò di essere sconvolto di fronte a una decisione così insensibile.

La ristrettezza di vedute, sconfinante nella meschinità, esibita dal padre non è estranea nemmeno alla ribellione autodistruttiva del penultimo figlio, George, nominato duca di Kent. Sul suo conto il re si era già abbandonato a fosche previsioni, immaginando che una volta lasciata la Marina «sarebbe finito in cattive compagnie». A cominciare, sembrerebbe, da quella del fratello maggiore. I due avevano caratteri molto simili, segnati da un misto di sensibilità morbosa, rivolta e frivolezza. Sia Edward sia George amavano la vita mondana, la gente ricca, frizzante e superficiale che animava le notti dei night club. Tiny Winters era un musicista jazz che incontrava regolarmente i fratelli all'Embassy Club. Una volta, dopo aver finalmente lasciato il locale con le luci dell'alba, si imbatté nei due che continuavano a folleggiare per strada, semiubriachi, attaccandosi ai lampioni, danzando o rubandosi vicendevolmente il cappello.

Ma il più delle volte non si trattava di divertimenti così innocenti. Né i due principi facevano le ore piccole solo ballando il charleston. Se il maggiore aveva ormai età ed esperienza per evitare i guai, il più giovane sembrava incapace di maneggiare le tentazioni del giardino dell'Eden in cui Edward lo conduceva. In breve si ritrovò al centro di un paio di *affaires* con aristocratiche fanciulle che avrebbe subito voluto sposare.

Una era «Poppy» Baring (stirpe di banchieri), che però dichiarava di non poter sopportare la famiglia reale. George riuscì comunque a convincerla alle nozze, e ne informò i genitori che non mossero obiezioni. Dieci giorni dopo il matrimonio fu cancellato: alle orecchie di Sua Maestà erano giunti «rapporti sfavorevoli» sulla piccante fidanzata. I gossip successivi sul conto del figlio risultarono ancora più disastrosi. Perché le chiacchiere di società stavolta riportavano *liaisons dangereuses* – altroché se pericolose! – con un diplomatico argentino, un nobile italiano, e infine, la più famosa, con il celebrato commediografo Noël Coward. Gay, irriverente e anticonformista, Coward negli anni avanzati avrebbe ricordato la relazione con il principe con un certo orgoglio, al punto – raccontano i testimoni – da essere a volte quasi noioso sull'argomento.

Il ritorno di George all'eterosessualità coincise purtroppo con un'altra scoperta: la cocaina. Accompagnata dalla morfina. A introdurlo ai riti delle droghe più alla moda del momento fu un'irrefrenabile signora americana, Kiki Whitney Preston. E fu in questo frangente che l'egoista, egocentrico, indifferente principe di Galles diede invece il meglio di sé. Per mesi tentò inutilmente di staccare il fratello dalla donna che se lo teneva stretto con la tossicodipendenza. Alla fine riuscì a farle lasciare il Paese, e si dedicò anima e corpo alla riabilitazione di George. Fu, secondo le sue stesse parole, «dottore, carceriere e detective». Ma verso la fine del 1929 la «cura» aveva avuto successo, e il fratello si era rimesso in carreggiata, anche se un paio d'anni dopo, quando a Cannes incappò di nuovo nell'amata Kiki, dovettero allontanarlo a viva forza. Comunque non ricascò nella droga e una volta tanto, forse l'unica, il re fu grato al figlio maggiore: «Curarsi di George tutti questi mesi deve essere stato un terribile sforzo per te», gli scrisse, «e penso che sia meraviglioso ciò che hai fatto per lui». Fu una delle rare occasioni in cui padre e figlio riuscirono a stabilire un contatto. Ma durò poco.

«Il raggio di sole» che arriva dalla Scozia

All'inizio del fatale decennio dei Trenta, a mano a mano che Giorgio V invecchiava e la salute peggiorava, lo stesso accadeva del suo carattere già impossibile. Per Edward, come per il resto della prole reale, l'atmosfera di Buckingham Palace era insopportabilmente plumbea. È ancora l'erede al trono, sempre esplicito sui suoi sentimenti, a raccontare all'amica lady Diana Cooper come lui e i fratelli «si congelassero» appena mettevano piede nella reggia. Come il padre fosse costantemente adirato. E come la duchessa di York, moglie di Bertie e madre della piccola Elisabetta, fosse «il solo raggio di luce lì dentro. La amano tutti e il re è di buon umore ogni volta che lei è lì». Difficilmente Edoardo VIII avrebbe ripetuto questo tributo dopo la sua abdicazione, quando la fresca regina Elizabeth sarebbe diventata la sua nemica giurata. Ma la testimonianza pre-crisi rende giustizia all'influenza decisiva della *commoner* di origine scozzese sulle sorti dei Windsor. Per rendere esemplare come da copione la famiglia reale, ci voleva un po' di quella cosa che Giorgio V e Mary non sapevano dare. Amore.

Come sarebbe andata la storia se le voci che correvano per

Londra all'inizio del 1923 fossero state vere, è difficile dire. Nella prima settimana dell'anno, infatti, la stampa annunciò tra squilli di fanfara l'imminente fidanzamento di Edward principe di Galles, precisando che la futura regina d'Inghilterra era la figlia di un ben noto Pari scozzese. Tutto giusto, tranne lo sposo. Che non era Edward. Pochi giorni dopo, infatti, il fratello minore Bertie, allora duca di York, andò a trascorrere qualche giorno dai conti Strathmore nella loro magione dell'Hertfordshire, a St Paul's Walden Bury. Lì propose alla figlia del conte, Elizabeth Bowes-Lyon, di sposarlo. E lei finalmente accettò. Gli aveva già detto di no svariate volte.

Si erano incontrati a un ballo della RAF nel 1920, e il principe ricordava vagamente che erano già stati seduti vicini a una festa per bambini nel 1905, lui decenne e lei appena di cinque anni. Nel frattempo Elizabeth era sbocciata in una splendida ventenne ammirata e corteggiata da tutti i maschi della bella società londinese. Anche lui iniziò a farle la corte, e se ne innamorò seriamente. Le fece una prima proposta di matrimonio attraverso un emissario. Respinta. Nel frattempo, la mamma regina Mary, alla ricerca di una sposa adatta per il principe di Galles, si era convinta che Elizabeth sarebbe stata la moglie ideale per il primogenito. Cambiò idea quando lady Airlie, sua fidata dama di compagnia, le fece presente l'incresciosa passione di Edward per le donne sposate e la sua riluttanza a maritarsi troppo presto.

La regina decise che la ragazza sarebbe andata bene per il secondogenito. Che intanto era tornato alla carica, stavolta di persona. Respinto di nuovo. Ma Bertie non si diede per vinto. Sempre incoraggiante con i figli, re Giorgio non trovò di meglio che dirgli con evidente scetticismo: «Sei fortunato se ti accetta». Le chance sembravano scarse perché Elizabeth non era affatto attratta dalla vita dei reali. Ma al terzo attacco la giovane lady capitolò. E i Windsor furono deliziati non solo dalla nuora ma anche dalla scoperta di un aspetto del carattere di Bertie rivelato dal successo amoroso: la caparbia perseveranza. Le pagò un eccentrico tributo pure il diarista mondano Henry «Chips» Channon, secondo cui un'aria plumbea era calata su tutti i club di Londra giacché non c'era uomo in Inghilterra che non invidiasse il duca di York.

Soprattutto il giorno del matrimonio, il 26 aprile 1923, quando la sposa percorse la navata di Westminster Abbey dove nessun principe del sangue si era mai più sposato dal giorno delle nozze di Riccardo II ad Anna di Boemia, nel 1382. Elizabeth appariva radiosa, come la Kate dei nostri giorni, in un abito di chiffon moiré in stile medievale, fintamente semplice ma ricamato con fili d'argento e perle, le maniche tutto pizzo di Nottingham. Lo sposo indossava l'alta uniforme della RAF, dove aveva prestato servizio negli anni di guerra. E perfino Giorgio V sembrava per una volta un po' più in pace con se stesso. In effetti la conquista della sposa cambiò la vita di Bertie, e il rapporto con il padre.

Carisma e gin tonic, il segreto della Queen Mum

Più il primogenito Edward si mostrava ribelle a ogni attentato alla sua indipendenza, più il re cominciava a collocare il secondo figlio in una luce favorevole. Dopo le nozze, arrivò a scrivergli una lettera che somiglia a un'investitura: «Tu sei sempre stato così ragionevole e pronto a collaborare, sempre pronto ad ascoltare il mio consiglio e a concordare con le mie opinioni su persone e cose, che io sento che siamo sempre andati molto d'accordo (a differenza del caro David)». La lode, per la verità, si presta anche a una lettura meno benevola, presentando il principe come prono al volere paterno, conformista e deferente.

Indubbiamente, con il passare del tempo, la gente si accorgeva che Bertie somigliava sempre più al padre, mentre Edward ricordava piuttosto il fiammeggiante carattere del nonno omonimo. Il primo amava, come la moglie, una tranquilla vita domestica e le giornate in campagna a caccia e a pesca: nessuno dei due sentiva alcuna attrazione per il mondo dei night club e lo smart-set in cui invece il principe di Galles si trovava a suo agio proprio come l'avo Edoardo VII. È ovvio a chi dovessero andare alla fine le preferenze di Giorgio V. Secondo quanto si sussurrava a Corte, il monarca avrebbe addirittura espresso la speranza che il figlio maggiore non si sposasse, in modo che la corona passasse a Bertie e poi alla piccola Elisabetta. Se non è apocrifa, sembra una premonizione. O una profezia. O forse è solo il riflesso della vera e propria adorazione per la nipotina Lilibet, che a differenza di chiunque altro in famiglia non mostrava nessuna paura di lui.

Il vecchio burbero fu parimenti conquistato dalla nuora Elizabeth. Se proprio doveva lamentarsi di qualcosa con lei, cercava sempre il modo più gentile per farlo. Arrivava perfino ad accettare, lui puntuale come un cronometro, la tipica e abituale mancanza di puntualità della duchessa di York. Una volta che il figlio e la nuora arrivarono con due minuti di ritardo, e lei si scusò, il re sbalordì tutti quanti osservando allegro che il resto di loro doveva essersi seduto a tavola con due minuti d'anticipo. E a un cortigiano che in privato si permetteva di rilevare come Elizabeth fosse talvolta poco puntuale, il «bisbetico domato» replicò sorridendo che se non fosse mai arrivata tardi sarebbe stata perfetta, «e questo sì sarebbe orribile!»

La giovane donna capace di placare pure l'orco sarebbe stata la regnante più popolare del ventesimo secolo: soprattutto della seconda metà, quando l'intera Inghilterra aveva ormai preso a considerarla una specie di nonnina nazionale, con l'occhio vispo e un rispettabile bicchiere di gin tonic (o champagne, a seconda dell'ora) in mano. Nata nel 1900, Queen Elizabeth the Queen Mother – come da appellativo ufficiale – rimase in giro, perfettamente attiva, fino al marzo 2002, quando si spense a pochi mesi dal centoduesimo compleanno. Gli inglesi avevano la sensazione che lei ci fosse sempre stata, e per quelli vivi attorno al 2000 questa percezione era letteralmente vera. Durare è naturalmente il primo segreto della popolarità, come a noi italiani ha insegnato Giulio Andreotti. Ma è fuori discussione che la pura permanenza non fosse la sola virtù di Elizabeth Angela Marguerite Bowes-Lyon, penultima dei molti figli dei conti di Strathmore e Kinghorne. Ma poi, sicuro che la mamma fosse proprio quella giusta?

L'intrigante interrogativo è stato sollevato da una biografa impertinente, lady Colin Campbell. Agli occhi degli storici ufficiali della dinastia, le sue opere sono poco più che gossip travestiti da storia, insomma roba da leggere piuttosto come romanzi. È lei comunque a sostenere che l'indizio principale sulla effettiva maternità della sovrana sta nel suo terzo nome: Marguerite. Guarda caso, francese. E guarda caso, lo stesso della aiuto-cuoca francese che lavorava nel castello di famiglia. Con lei il conte già avanti negli anni avrebbe concepito la bambina, dopo che la legittima consorte Cecilia – sfinita da otto maternità – si sarebbe rifiutata di produrre altri figli. Storia impossibile da provare in mancanza del test del DNA. E anche se fosse vera, non diminuirebbe di un millimetro la passione degli inglesi per la loro indimenticabile Regina Madre.

Che non era affatto, ovviamente, la sorridente nonnina della tarda iconografia ufficiale. Non a caso il biografo ufficiale del marito Bertie, salito al trono come Giorgio VI, ha scritto di lei che aveva «una piccola goccia di arsenico al centro di quella caramella soffice e gommosa». Era una donna di forti convinzioni, talvolta dura fino alla crudeltà, certamente molto più interessante della sua immagine pubblica di arzilla vecchietta che amava i cavalli e il bicchiere e i celebri cappelloni rosa o gialli. Di fatto, la Queen Mum ha avuto un ruolo enormemente importante nel cuore stesso della «Ditta». Lei ne ha costruito la popolarità negli anni durissimi della guerra, lei l'ha custodita come una santa patrona quando sul trono si è assisa la figlia Elisabetta. Secondo qualcuno al punto da farle ombra quando le due si trovavano assieme.

La guerra agli Unni dell'ultima edoardiana

La famiglia dell'attuale regina mantiene fermo che Lilibet si è sempre appoggiata moltissimo alla madre, che era una buona consigliera e una fonte di divertimento. E divertente lo era di sicuro, stando alle molte storie sul suo conto. Il coreografo sir Frederick Ashton era il suo partner di ballo preferito alle serate danzanti che si tenevano ogni tanto a Sandringham. Quando lei voleva ballare gli faceva un gesto e lui accorreva. Una volta, mentre il coreografo stava per prendere la mano della Queen Mum, Elisabetta si interpose suggerendo che Ashton ballasse invece con lei. Non si può rifiutare un ballo alla propria regina. Ma mentre la coppia volteggiava accanto al suo tavolo, la Queen Mum sibilò ad Ashton: «Arrampicatore sociale!» Per tutta la vita le era piaciuto flirtare e affascinare gli uomini, e una buona compagnia maschile continuava ad accenderle una scintilla nello sguardo anche ben oltre i novant'anni. Così come gradiva i racconti piccanti su conoscenti e parenti «birichini» e raccomandava i romanzi amorosi di Maupassant.

Per gli inglesi che avevano conosciuto la durezza della guerra, era rimasta soprattutto l'eroina che pure sotto le bombe naziste aveva escluso di lasciare l'isola con una memorabile battuta: «Le mie figlie non partiranno mai senza di me. Io non partirò mai senza il re. E il re non partirà mai». Non specificò che durante il blitz aereo tedesco la famiglia reale passava le notti nel castello di Windsor, dove era largamente protetta dalle privazioni belliche dei sudditi. Ma mai come in guerra contano i simboli. E si capisce che, vinto il conflitto, gli inglesi grati non se la siano sentita di disfarsi dei Windsor.

L'opposizione della Regina Madre al nazismo risulta, per la verità, soprattutto un'ottima operazione di propaganda bellica. Come il filmato che la ritrae in mezzo alle rovine di un'ala di Buckingham Palace colpita dalle bombe di Hitler, e lei che dice: «Adesso posso finalmente guardare negli occhi gli abitanti dell'East End», cioè la zona popolare di Londra più bersagliata dalla Luftwaffe.

Non c'è dubbio che Elizabeth amasse molto poco i tedeschi: nella Grande Guerra aveva perduto un fratello, ucciso nella battaglia di Loos nel 1915, e un altro, Michael, era stato ferito e fatto prigioniero. Perciò nessuna sorpresa che, come un qualunque manovale di Londra o di Manchester, anche lei riservasse a tutti gli abitanti tra il Reno e l'Oder lo sprezzante appellativo di Unni. Una specie di patriottismo britannico-scozzese e di appassionata avversione alla Germania erano ben radicati in lei molto prima dell'avvento di Hitler e ne facevano la paladina perfetta del sentimento nazionale.

Ma le sue vedute politiche erano fortemente conservatrici,

come del resto quelle del marito. E negli anni Trenta l'intera famiglia reale, anche in virtù dell'inesperienza del fresco monarca Giorgio VI, si imbarcò entusiasticamente nella politica di *appeasement* con la Germania nazista sostenuta dal premier Chamberlain. Bertie, arrivato sul trono nel dicembre 1936, voleva addirittura lanciarsi lui stesso in un personale appello al Führer, che misericordiosamente lasciò poi cadere. Ma nel 1938 non rinunciò a invitare sul balcone di Buckingham Palace, accanto a sé, Neville Chamberlain reduce dal «tradimento di Monaco», per ringraziarlo pubblicamente di aver aperto «una nuova era di amicizia e prosperità». Due anni dopo perfino la reggia sarebbe stata bersaglio degli «amici» nazisti: nell'arco della guerra, per ben nove volte sotto le bombe di Hitler. La giovane principessa Elisabetta non poteva immaginarlo quando salutò con calde lacrime l'addio di Chamberlain, costretto a dimettersi dopo l'invasione tedesca della Norvegia.

Quali che fossero le sue convinzioni, la Queen Mum fu sempre abbastanza astuta da tenerle rigorosamente private. Il suo conservatorismo, del resto, era più sentimentale che politico. Certo, preferiva i Tory e Churchill ai laburisti e ad Attlee, ma negli anni Ottanta biasimò con forza gli scissionisti del Social Democratic Party perché, lasciando il partito, avevano danneggiato «il buon vecchio Labour». Ciò che evidentemente rimpiangeva era proprio «la buona vecchia Inghilterra» dei tempi andati, quella in cui la ragazzina chiamata «Buffy» in famiglia aveva vissuto il dorato idillio edoardiano, sfarzoso e malinconico autunno degli imperi europei. Per pochi, come gli Strathmore, l'esistenza a inizio secolo era ancora una fiaba popolata di servitori e orlata di prati immacolati, totalmente isolata dalla Gran Bretagna degli scioperi generali, delle suffragette, dei violenti scontri politici.

In mezzo a fratelli e sorelle più grandi, Elizabeth ebbe un'infanzia di passeggiate nei boschi e picnic nei rifugi, cavalli e partite di caccia, giochi di pazienza in famiglia e balli a lume di candela. A scuola ci andava solo sporadicamente, e il grosso della sua educazione le venne dalle sue governanti, compresa la giovane tedesca che prima della guerra scrisse a lungo della grandezza e della stravaganza della vita nel castello di Glamis. Questo mondo perduto ma protettivo fu decisivo nel formare una donna di carattere, sicura di sé e capace di affascinare gli altri. Doti che ha trasmesso alla figlia assieme alla passione per i cavalli e a un'assoluta lealtà verso la famiglia.

Forse l'infrazione a questo tacito comandamento spiega la sua durezza verso Diana, l'unica nella «Ditta» reale che potesse rivaleggiare con il suo carisma. La reazione inflessibile della Queen Mum al suo divorzio da Carlo ha lasciato interdetti molti osservatori, soprattutto a causa dei molteplici tratti in comune con Lady Di. Come ha scritto il biografo ufficiale di Elizabeth Bowes-Lyon, al momento del matrimonio «lei entrò in una specie di prigione dorata. La giovane duchessa non poteva viaggiare sui treni da sola, o se è per questo nemmeno sui bus. Non poteva più incontrare i suoi amici spontaneamente come era solita fare. [...] In generale, era isolata e reclusa in un modo in cui non era mai stata prima». In breve, una situazione identica a quella che qualche decennio dopo avrebbe vissuto l'altra giovane aristocratica entrata in famiglia nel 1981.

Come Diana, la giovane lady Elizabeth si conquistò un successo istantaneo tra il grande pubblico. Come Diana, dispensava attorno a sé la magia del *common touch*, la capacità di stabilire un contatto con la gente comune. E, come Diana, la sua popolarità nei tour reali metteva costantemente in ombra il marito. Ma la differenza cruciale stava tutta nel fatto che Giorgio VI la adorava, e un matrimonio partito tra molte riserve si rivelò invece un'unione felice. Lei, del resto, aveva quelle capacità di tatto e di charme che ne facevano una donna molto più saggia e furba di Diana. Se la moglie di Carlo non ne poteva più dei noiosi tè con la suocera a Buckingham, pensate che pazienza e abilità Elizabeth dovette esercitare per addomesticare i suoceri. Di ritorno dal primo, trionfale tour in Australia nel 1927, i duchi di York furono accolti alla stazione da Giorgio V e Mary, ma il monarca si era fatto precedere da una raccomandazione al figlio: niente abbracci di fronte alla folla, «e quando baci Mama togliti il cappello».

Eppure, nessuna meschinità fu in grado di privare Elizabeth Bowes-Lyon del suo contagioso entusiasmo verso la vita, del suo gusto per gli scherzi e le battute, della sua spensierata attitudine a sperperare il denaro. Alla sua morte, la banca Coutts ha discretamente presentato alla figlia Elisabetta un conto in profondo rosso, che la regina ha subito saldato. Sarà pure stata una mamma spendacciona ma è stata lei, più del padre, a passarle la corona.

9
Betsabea sul Tamigi

«Un tardo pomeriggio Davide, alzatosi dal letto, si mise a passeggiare sulla terrazza della reggia. Dalla terrazza vide una donna che faceva il bagno: la donna era molto bella d'aspetto. Davide mandò a informarsi sulla donna. Gli fu detto: 'È Betsabea, figlia di Eliam, moglie di Uria l'Ittita'. Allora Davide mandò messaggeri a prenderla. Ella andò da lui ed egli giacque con lei.» Il racconto di Samuele nella Bibbia (2Sam, 11,2-4) denuncia la lussuria di Davide e le terribili conseguenze del peccato. Nessuno in verità, almeno non su questa terra, avrebbe punito la lussuria del David (proprio così lo chiamavano in famiglia...) inglese se non avesse preteso di fare della sua Betsabea «una donna onesta», insomma di sposarla. Ci riuscì, perché era ostinato, ma al prezzo di perdere la corona.

Edward era ancora il farfallone principe di Galles quando incontrò Wallis Simpson. Nell'inverno del 1931 la salute di re Giorgio V cominciava a peggiorare e l'erede aveva già trentasei anni, ma restava un gaudente scapolone ancora – all'apparenza – lontano dal trono. Nel gennaio di quell'anno, la sua amante lady Furness organizzò il solito party del weekend a Burrough Court, in campagna, nel Leicestershire. Il principe era invitato, ma una coppia di ospiti cadde ammalata e fu prontamente sostituita da «Mr & Mrs Ernest Simpson». Fu il prologo della storia d'amore che terremotò l'Inghilterra del Novecento.

Anche se il suo David la trovava straordinaria, tutto si può dire di Mrs Simpson tranne che avesse la bellezza di una Betsabea. Come lady Furness, nata Thelma Morgan, anche Wallis era americana e aveva già divorziato una volta. Il secondo marito era un tale Ernest Simpson, un americano che aveva però servito nel reggimento inglese delle Coldstream Guards e aveva acquisito il passaporto britannico. Sebbene i Simpson vivessero sull'isola ormai da parecchi anni, Wally non aveva mai perso il suo accento di Baltimora né un feroce attaccamento «alle opinioni e ai modi di pensare americani». Come tutte le foto testimoniano, il suo volto aveva lineamenti duri e spigolosi, ma alla scarsa attrattiva lei rimediava presentandosi sempre con un aspetto impeccabile ed elegante, e soprattutto con una conversazione intelligente e arguta.

Edward la trovò simpatica e comprensiva. Ma non fu affatto un colpo di fulmine. Anzi, al primo incontro gli fece poca impressione. Tuttavia, un annetto dopo, il principe accettò l'invito a cena della coppia nel loro appartamento londinese, e presto ricambiò con l'offerta di trascorrere un weekend nella sua residenza di Fort Belvedere, nel parco di Windsor. Come annota Wallis nelle sue memorie, «il rapporto passò impercettibilmente ma decisamente da una conoscenza all'amicizia». Il passo successivo fu l'infatuazione di «David», di un'intensità che amici e cortigiani non avevano mai visto prima.

Più di qualcuno in verità rimase orripilato dal modo in cui Mrs Simpson si comportava. Brusca, dominante e sgarbata con tutti. Dal momento che il principe non si lamentava, lo trattava peggio di chiunque altro. Una volta che gli altri ospiti avevano lasciato il Fort, teatro abituale di cene e feste, i servitori la vedevano o sentivano tormentare il padrone di casa, magari schernendolo fino a ridurlo in lacrime. Qualche conoscente ben disposto come Alfred Duff Cooper, un altro protagonista di quella stagione mondana londinese, concesse che Wallis era una donna piacevole e ragionevole, «ma dura come le unghie, e non lo ama». Questo, ancora oggi, è l'interrogativo che si proietta su quella relazione. Ma non sembra che Edward se lo sia mai posto, costantemente dominato com'era da un egocentrismo infantile e da una certa codardia morale. Due debolezze che avevano segnato tutta la sua irrequieta e pasticciata vita amorosa, sino a esporlo al ricatto di un'assassina.

La diavolessa vestita Paquin

La foto di Marguerite Alibert la mostra in mascolini abiti da cavallerizza, con la frusta significativamente esibita. L'immagine apparteneva probabilmente a un album da offrire ai clienti della casa d'appuntamenti di Mme Sonia de Théval, al 20 di Rue Bizet: fu nel corso della Grande Guerra la più esclusiva *maison de rendez-vous* parigina, e Marguerite ne era la star. Non a caso si era esibita anche alle Folies Bergère, che nel 1912 registravano il primo spettacolo con ballerine integralmente nude. La sua abilità in sella (e una stalla con dieci cavalli) aveva ispirato il ritratto che faceva evidente riferimento a una della sue *spécialités*: tra i clienti questa piccola, castana, formosa francesina godeva infatti una reputazione di *dominatrix*.

Debole e superficiale, Edward era affascinato (come oggi si sa) da questo tipo di donne con personalità forte e dominante: un'attrazione che suggerisce chiari tratti di masochismo nel suo carattere. Qualche lettera lo testimonia apertamente: «Ti prego, vieni presto a Londra», scrive a un'amante, «per darmi quelle bastonate». Marguerite non faticò a sedurlo, poco più che ventenne, e a guidarlo ai piaceri della carne mentre lontano, sullo sfondo delle trincee francesi, tuonavano i cannoni della Grande Guerra.

Edward era stato creato dal padre principe di Galles ad appena diciassette anni, nel 1911. Nel 1914, allo scoppio del conflitto mondiale, si trovava nel 3° Battaglione delle Grenadier Guards, acquartierati alle porte di Londra. Premeva per essere mandato sul fronte francese, ma per ovvie ragioni di Stato re Giorgio non voleva saperne. L'erede non si diede per vinto e si fece ricevere da lord Kitchener, il ministro della Guerra, supplicandolo di inviarlo in Francia: «Che importa se anche mi uccidono?» tentò di argomentare. «Ho quattro fratelli.» Il feldmaresciallo replicò seccamente che il governo non poteva rischiare la cattura dell'erede al trono da parte del nemico. Tuttavia l'insistenza del giovane produsse qualche effetto, e in novembre fu assegnato allo staff del feldmaresciallo sir John French, comandante in capo della Forza di spedizione britannica. Ma, sebbene ora si trovasse in territorio francese, cambiò ben poco rispetto alla sua vita di caserma alle porte di Londra.

L'ordine era infatti di tenerlo lontano dalle trincee e impiegarlo per l'innocuo lavoro burocratico, o al massimo per la consegna di dispacci. Ogni volta che riusciva a farsi trasferire ai comandi di divisione più vicini all'azione, veniva prontamente allontanato dalla più remota possibilità di un bombardamento. Giorgio V e la moglie Mary erano orgogliosi del figlio, ma lui lo era molto meno di se stesso. Soprattutto era disgustato di aver ricevuto la Legion d'onore. Non avendo mai combattuto in trincea, dichiarò, sentiva di non meritare affatto una simile onorificenza: molti coraggiosi ufficiali, pur non decorati, ne erano certo più degni di lui, che era stato sempre protetto dal fuoco nemico. Il sovrano prese queste proteste come un ennesimo esempio del comportamento «sovversivo» di Edward, e ne fu assai offeso. In realtà, la condizione privilegiata di cui godeva in guerra alimentò nel principe un senso di malessere e inadeguatezza, e al tempo stesso lo spinse a indulgere alla *débauche* alla quale, come il nonno, inclinava pericolosamente. La compagnia del duca di Westminster, uno degli uomini più ricchi e dissoluti d'Europa, gli fu di pessima ispirazione.

Per gli intimi, Hugh Richard Arthur Grosvenor, secondo duca di Westminster, era semplicemente «Bendor», un vero diavolo di guerra ammiratissimo per le imprese eroiche compiute in Cirenaica contro i turchi. Di quindici anni più vecchio del principe, l'aristocratico libertino ne era già amico intimo. E sebbene di grande coraggio personale, era però l'ultimo a poter offrire a Edward un modello. Al contrario, il suo machismo, la sua suprema arroganza, l'insofferenza a qualsiasi regola esercitavano una pessima influenza sul principe di Galles, già ribelle ai consigli dei più anziani, dal padre ai dignitari di Corte. In più, Bendor era quello che oggi si definirebbe «un maschio sciovinista».

Alto, occhi blu, ruvidamente affascinante, consumava con la stessa velocità e noncuranza bottiglie e donne. Per lui, mogli (ne ebbe quattro), amanti e compagne di letto occasionali erano solo oggetti da trattare con pari disprezzo. Ma forse le legittime consorti erano le più sfortunate, giacché il duca aveva l'abitudine, quando si stancava di loro, di chiuderle semplicemente fuori di casa. La prima, Constance, una tarda notte del marzo 1913 si vide rifiutare l'ingresso a Grosvenor House, su Park Lane, e fu costretta a prendere il treno per il trasporto del latte per raggiungere l'enorme casa di campagna, Eaton Hall, nel Cheshire. Dieci anni dopo, Violet Nelson, seconda moglie, si vide sbarrare la porta di Bourdon House, a Mayfair; con l'aiuto dell'amico Cyril Drummond riuscì a entrare attraverso una finestra, ma il duca prontamente li chiuse nel salotto con l'invito a Cyril: «Prenditela. Le piace scopare». La terza moglie, Loelia Ponsonby, confessò: «Quando infilo la chiave nella serratura di casa la mano mi trema tanto che spesso non ci riesco».

Nel rapporto con le donne Bendor esibiva insomma ben più di una punta di sadismo, e il giovane amico principe serbò traccia di questo atteggiamento. Certo, quando s'innamorava Edward era pronto ad assumere un atteggiamento umiliante, adulatorio, apparentemente sottomesso. Ma la maligna influenza del duca si può indovinare nel trattamento sempre più rozzo, a volte decisamente offensivo, che riservava alle favorite messe da parte. Per una sorta di nemesi, però, proprio all'amico duca di Westminster deve anche l'incontro con la donna più minacciosa della sua carriera di dongiovanni.

Spinto dai racconti di Bendor sulle prodezze sessuali della sua amichetta parigina, nell'aprile '17 Edward sfruttò una licenza di tre giorni per correre da Amiens a Parigi sulla sua nuova Rolls-Royce coupé e incontrare Marguerite Alibert. La diavolessa. Per un certo verso lo era davvero. Se il principe di Galles era nato nello splendore palladiano di White Lodge, a Richmond Park, la sua prima amante aveva visto la luce nell'infernale corsia maternità di uno dei più affollati ospedali di Parigi. Era figlia di un cocchiere e di una carbonaia, e solo un'ambizione luciferina l'aveva portata ai vertici del *demi-monde* parigino, che la Belle Époque aveva trasformato nell'Eden peccaminoso degli aristocratici europei. Non a caso a presentare formalmente Marguerite al principe di Galles fu l'amico marchese di Breteuil, invitandoli entrambi a colazione nel sontuoso salone da pranzo dell'hotel *Crillon*, in Place de la Concorde.

La giovane donna era assolutamente irresistibile nel suo abito Paquin (il grande sarto del momento), i carezzevoli occhi nocciola, i lunghi capelli castani perfettamente intonati con le abbondanti parure di smeraldi e diamanti. Subito dopo pranzo, Edward la condusse in un'eccitante corsa in macchina – come usava al tempo la buona società parigina – attraverso il Bois de Boulogne. L'appartamento di Marguerite, al 67 di Avenue Henri-Martin, era convenientemente vicino.

La «schiava bianca» e il depravato bey egiziano

L'*affaire* andò avanti, tra una licenza e l'altra, anche per buona parte del 1918. Contemporaneamente il principe flirtava con Rosemary Leveson-Gower, figlia del duca di Sutherland, che pensò perfino brevemente di sposare finché mamma Mary non l'avvertì: «Non se ne parla. C'è una tara nel sangue della famiglia di sua madre». Ma nella primavera del 1918 i desideri del principe si erano già appuntati su un'altra donna. Spregiudicata, però della buona società londinese. In una notte di febbraio, Mrs Dudley Ward, moglie separata di un parlamentare liberale, fu sorpresa dall'allarme aereo mentre camminava con un amico in Belgrave Square e trovò riparo nella vicina casa di Mrs Kerr-Smiley, dove era in corso una festa. Passato l'allarme, le danze ripresero, e il primo a invitare sul parquet la nuova arrivata fu il principe di Galles. Ballarono senza più staccarsi fino alle ore piccole, e Winifred (Fredie, o Freda, per gli intimi) Dudley Ward fu la causa che spinse Edward ad abbandonare l'amante francese. Con conseguenze imprevedibili e allarmanti per l'erede al trono.

Nell'ottobre 1918 il giovane Windsor aveva finalmente deciso di chiudere la storia «con la donna di Parigi», come la chiamava ormai sbrigativamente. Ma Marguerite non era il tipo da farsi mettere da parte con le spicce. Non dopo una relazione durata un anno e mezzo. Agli inizi di novembre, mentre i tedeschi sparavano le loro ultime cartucce, lei sganciò un'autentica bomba sull'ex amante. Gli inviò una secca missiva, al quartier generale della 1ª Divisione canadese dove lui era di base, ricordandogli che aveva conservato tutte le sue lettere di amore, e non contenevano solo frasi di passione: erano zeppe di folli, indiscreti commenti sulla condotta della guerra, per non parlare degli insulti indirizzati al padre.

«Oh, quelle dannate lettere! E che stupido sono stato a non seguire il tuo consiglio più di un anno fa!!» confida il principe disperato al suo scudiero Joey Legh. «Come maledico me stesso ora, ma se me la cavo stavolta giuro che sarà l'ultima, perché questa è la *sola* sgualdrina a cui ho scritto davvero... Ho paura che sia il tipo da 100.000 sterline o niente, anche se devo dire che sono proprio deluso e non pensavo che si sarebbe rivelata cattiva. Naturalmente l'intero problema sono le mie lettere e lei non ne ha bruciata una!!»

Un mese dopo, però, Edward si permetteva un cauto ottimismo. Marguerite non si era più fatta viva, e lui aveva chiesto aiuto a una certa «esperta assistenza». Come il nonno Edoardo, aveva fatto entrare in campo le spie. Lo Special Branch, il nucleo dell'intelligence britannica, con la guerra aveva passato alcuni dei suoi compiti ai servizi segreti (MI5 e MI6) ma continuava ad assicurare la protezione della famiglia reale. Una squadra era addetta alla sicurezza dell'erede al trono, e anche a tenerlo fuori dai guai. Dossier riservati aggiornavano continuamente la posizione di individui che potevano rappresentare una minaccia per la sua vita o la sua reputazione. I soggetti includevano anche numerose donne «stalker» (e nei giorni difficili del 1935, un anno prima dell'abdicazione, il controllo si sarebbe esteso pure a un presunto amante di Wallis Simpson).

Ce n'era insomma abbastanza perché il principe si sentisse più tranquillo, al punto da sperare che non avrebbe «più sentito nulla di *quella* a Parigi». Alla nuova amante e confidente Fredie Dudley Ward scriveva fiducioso: «Toccando ferro, penso che il problema parigino sia superato». Si sbagliava, e di grosso. Marguerite era scomparsa solo perché aveva dovuto sottoporsi a un intervento chirurgico. E poi non aveva fretta. Disponeva di denaro, conoscenze, relazioni. E poteva permettersi i migliori avvocati. Il momento di riscuotere sarebbe arrivato qualche anno più tardi. Nel 1923. E allora in gioco per l'avventuriera francese ci sarebbe stato molto di più di un centinaio di migliaia di sterline. La vita stessa.

Abbandonata da Edward, la donna aveva calato le sue reti matrimoniali. Il primo a restarci impigliato era stato un diplomatico francese, dal quale lei divorziò in capo a un anno ricavando un sontuoso assegno di liquidazione. Le servì per andare al Cairo e catturare una preda veramente grossa: il playboy multimilionario Ali Kamel Fahmy *bey*, di dieci anni più giovane di lei. Il matrimonio si rivelò presto un disastro: la vita egiziana era noiosa e reclusiva per Marguerite, e il marito un padrone dispotico. Il disappunto moltiplicava le liti e presto le parole furono sostituite dalle botte reciproche. A Londra, il 9 luglio 1923, mezzo albergo *Savoy*, dove la coppia alloggiava in vacanza, fu testimone dell'ennesimo litigio, estremamente violento e manesco, tra i due coniugi. Un'ora dopo, mentre

Fahmi si accingeva a portare a spasso il cagnolino, la moglie lo rincorse nel corridoio con una Browning 32 semiautomatica e gli sparò tre colpi alle spalle: una pallottola gli spappolò il cervello e un'altra si ficcò nel collo.

Al *Savoy*, come scrisse un cronista del tempo, «i casi di morte venivano messi a tacere e i corpi rimossi furtivamente». Nella circostanza, risultava evidentemente impossibile. L'omicidio nel lussuoso albergo diventò sui giornali la grande storia criminale dell'estate, con Marguerite Alibert, la vedova-assassina, condotta sul banco degli imputati con l'accusa di omicidio premeditato. Nessuno dubitava che sarebbe finita impiccata come nemmeno un anno prima Edith Thompson, complice dell'assassinio del marito. A settembre la giuria dell'Old Bailey la trovò invece «non colpevole». Perché fu in realtà – sostiene oggi l'ex giudice e avvocato Andrew Rose – un processo-farsa: non per condannare ma per *assolvere* l'accusata. Furono le lettere del principe di Galles, quelle scritte sei anni prima, a salvarle la vita e lasciarla libera di godersi i molti milioni dell'eredità del marito.

La tesi di Rose è che un autentico complotto dell'establishment – nella fattispecie sotto forma di Casa Reale, direttore della pubblica accusa e giudice del processo – fu ordito per salvare la reputazione del principe di Galles, anche a costo di interferire pesantemente nel meccanismo legale. Naturalmente, nessun pezzo di carta potrà mai provare la congiura. Ma a volte i silenzi possono essere più eloquenti di una requisitoria. Il più fragoroso è quello della stampa inglese, sempre così prodiga di gossip, e in quei giorni d'estate zeppa di resoconti sul delitto: eppure non vi si trova la benché minima menzione dell'*affaire* di Marguerite con il principe di Galles. Come mai il segreto è così ben custodito?

E come mai l'imputata si guarda bene anche solo dall'accennarvi? Come mai, ancora, l'accusa evita ogni riferimento al carattere dell'omicida, pur sapendo che il suo passato di donna di piacere le avrebbe certo stretto il cappio attorno al collo? Al contrario, l'avvocato della difesa, il celebre penalista Edward Marshall Hall, è lasciato libero di dedicarsi senza opposizione a demolire la figura della vittima, Fahmy: lo presenta come un depravato principotto orientale dedito alla droga e alla sodomia, che ha trasformato la moglie in una «schiava bianca» piegata ai suoi turpi desideri. Finché lei non lo uccide per legittima difesa. C'è da dubitare su chi si guadagni le simpatie di una giuria bianca e razzista nella Londra degli anni Venti?

In assenza di prove – ovviamente impossibili – non restano che le supposizioni. E le strane coincidenze. La più intrigante, segnalata da Rose, indica che nel bel mezzo delle tradizionali vacanze d'agosto a Balmoral il principe di Galles lascia senza ragioni la Scozia il 22 notte per tornarci il 24. E, guarda caso, giusto il 21 agosto, era appena rientrato a Londra dall'Egitto il «numero 2» dell'Alta Commissione (cioè l'ambasciata britannica del Paese), Archibald Clark Kerr, un intimo del circolo scozzese dei Windsor: fu lui a farsi consegnare da un fiduciario di Marguerite al Cairo le lettere compromettenti di Edward? Lui a riportarle in Inghilterra, prima che si aprisse il processo all'assassina e si chiudesse, a scambio avvenuto, con la sua assoluzione? Probabilmente non lo sapremo mai.

Solo un giornale francese, *Le Cri de Paris*, due settimane dopo il verdetto scrisse che Marguerite «aveva vecchie e radicate relazioni con uno dei principi britannici». Non specificò il nome ma i lettori potevano intuirlo, giacché proprio «queste relazioni erano il fattore che aveva principalmente contribuito alla sua assoluzione». Le missive del ricatto non sono mai state ritrovate. E se Edward tre lustri dopo perse comunque la corona, non fu per colpa della «donna francese».

La Corte americana del «Prince Charming»

E non fu nemmeno la molto discussa Fredie Dudley Ward a rovinarlo, per quanto i reali genitori avessero parecchio da ridire sul conto della donna. Re Giorgio la riteneva una compagnia totalmente inadatta per l'erede e la regina Mary si doleva che per causa sua fosse radicalmente cambiata la relazione madre-figlio: «David non si confida più con me. Suppongo che lo faccia solo con lei». Tutte e due le cose sono vere, anche se sarebbe venuto un giorno in cui i Windsor avrebbero piuttosto apprezzato la positiva influenza della disinibita Fredie su Edward.

Non era un modello di castità coniugale, non c'è dubbio, ma almeno conduceva le sue relazioni con una discrezione tale che permetteva al marito di salvare la faccia, e soprattutto di evitare l'onta sociale del divorzio. I cinque anni di matrimonio avevano prodotto due figlie, ma la cura delle bambine non impediva a Fredie di coltivare una lunga successione di amanti, che includeva anche il principe, ma mai esclusivamente. Anzi, Edward si disputava le sue attenzioni con Michael Herbert, un cugino del conte di Pembroke, e pare che Fredie fosse molto stuzzicata dall'idea di alimentare la rivalità tra i due. D'altronde, era lei per prima a dichiarare all'amante che non le importavano le sue infedeltà quando era lontano, perché – gli scriveva – «*les petits amusements ne comptent pas*»: i piccoli svaghi non contano.

Se il marito di lei non trovava niente da ridire sull'*affaire*, tanto meno la buona società londinese. Lord Esher, imparentato a Fredie per matrimonio, si spinse a paragonare la relazione a quella tra il nonno di lui, re Edoardo VII, e Alice Keppel, che ne fu l'ultima amante. In effetti, Mrs Dudley Ward produsse pure qualche positivo cambiamento: spinse Edward a fumare e a bere di meno, e quando necessario lo scuoteva dalle sue frequenti cadute in depressione. Meno successo ebbe il suo coraggioso sforzo di ampliare i ristretti orizzonti culturali dell'erede al trono: «Chi è questa donna Bront?» le chiese quando gli diede una copia di *Cime tempestose*. Non si sa se abbia poi apprezzato la prosa di Emily Brontë ma certo sviluppò una fiducia senza limiti nell'amica, alla quale poteva confidare i segreti di casa senza paura di dannose indiscrezioni.

Per un anno e mezzo i due, a giudicare dall'enorme mole della loro corrispondenza, furono davvero uniti da una profonda passione. Edward le scriveva almeno una volta al giorno, rovesciando nelle lettere la propria solitudine e desolazione: anche se spesso doveva ammettere che la sua autocommiserazione «era la cosa più degradante». Alla fine, la più saggia Fredie dovette rendersi conto con qualche preoccupazione che il principe dipendeva ormai troppo da lei, e questo poteva generare solo infelicità e tristezza per entrambi. Molto meglio spostare il rapporto su basi più platoniche.

Per un pezzo lui fu inconsolabile, ma non aveva altra scelta che accettare il fatto: Fredie gli rimaneva devota ma non era più pazzamente innamorata. Lui invece, ancora nella fatale estate del 1923, fatica ad accettare la presa di distanza, come le confessa con toni infantili in una lettera del 25 luglio: «Ero molto depresso alla festa da Ali l'altra notte, come probabilmente hai visto quando sei arrivata con Michael Herbert. Proprio non potevo sopportarlo e sono scappato via!!»

La frequentazione con Fredie comunque non si interruppe mai, nemmeno quando nel firmamento sentimentale di Edward apparve una nuova stella fissa. La prima volta che incontrò Thelma Morgan, viscontessa Furness, fu a un ballo a Londonderry House nel 1926, ma passarono altri tre anni prima che si rivedessero alla Fiera dell'agricoltura a Leicester. La invitò a cena e continuarono a incontrarsi regolarmente per un anno. Finché lui decise che il visconte Marmaduke Furness era difficilmente nella posizione di obiettare se il principe di Galles si prendeva sua moglie. Lady Furness non fece resistenza, trovandolo «irresistibilmente bello» e «la quintessenza dello charme». Meglio ancora, non aveva nessuna delle inclinazioni del marito a bestemmiare copiosamente e a darle in pubblico pacche sul sedere: al contrario, riusciva ad apparire allo stesso tempo timido e sottilmente seducente.

Quanto a lei, lo storico Charles Jennings descrive così il suo fascino: «Consisteva in parte nella presenza fisica, in parte nel suo edonismo senza complicazioni, in parte nella sua costante capacità di reinventarsi, in parte nella sua mancanza di deferenza verso l'ordine opprimente della società». A inizio 1930 raggiunse il principe per un safari in Kenya e il rapporto si sviluppò in una relazione stabile. Quando Edward tornò in patria in aprile, la nobile nata americana diventò la compagna di tutti i suoi fine settimana nella villa di Fort Belvedere appena restaurata dall'erede al trono. E trasformata nel gran teatro della Corte angloamericana già radunatasi attorno al prossimo re, in attesa dell'uscita di scena del malconcio Giorgio V.

Thelma Furness incarnava anche anagraficamente la mescolanza di origine e di stili, la mobilità sociale e di gusti che distingueva il nuovo smart-set di seguaci di Edward. Lei, che proveniva dall'alta borghesia statunitense, aveva anche sangue irlandese e spagnolo, aveva sposato un nobile inglese e uno dei fratelli, Harry Hays Morgan Jr, era diventato un attore di basso profilo a Hollywood. Se la vecchia fiamma Fredie Dudley Ward aveva fatto del suo meglio per modificare la dipendenza dell'amante da fumo, alcol e night club, Thelma non si poneva affatto il problema. Lei era libera, e grazie al passaporto americano e alla ricchezza del marito poteva sottrarsi anche all'oppressione della regalità. Giovane e frivola, non fece che accentuare l'autoindulgenza e l'irresponsabilità del principe di Galles, svolazzando con lui da un party all'altro, da un ballo all'altro.

Era l'ultima stagione di follia che le classi alte britanniche stavano per godersi prima che il gorgo del prossimo conflitto mondiale ingoiasse i piaceri e le ricchezze. E le vite. Nessuno ne sembrava consapevole e la società di Londra era immersa in un lungo, estenuante giro di danze, in un vortice di luci e di musica, in uno sfavillio di paillettes. Al centro del palcoscenico, in mezzo a una pletora di comprimari, c'era lui, *Prince Charming*, il Principe Affascinante, come lo aveva ormai ribattezzato la stampa popolare. Ma a conferirgli il titolo era stato soprattutto il trionfo del viaggio americano, nel 1919. Gli *yankees*, così poco apprezzati da papà Giorgio, erano caduti in deliquio di fronte al giovane erede *fun-loving*, amante del divertimento, e gli avevano tributato accoglienze inimmaginabili. L'establishment britannico ne rimase sbalordito.

«Il Principe», riportò lord Reading al consigliere del re, lord Stamfordham, «si è dimostrato miglior ambasciatore di tutti noi messi insieme. Ha catturato lo spirito americano, così difficile da comprendere rapidamente, e ha fatto di più per far comprendere agli americani la forza del sostegno democratico alla nostra monarchia di tutti i libri e gli articoli e la propaganda.» Così Edward si convinse di avere una reale affinità con gli Stati Uniti, e l'americanità di Thelma era parte non piccola della sua attrattiva. La cerchia degli amici più intimi del principe divenne gradualmente dominata dagli americani sbarcati a Londra, da Chips Channon a lady Cunard, e infine i Simpson, tutta gente che la vecchia aristocrazia britannica guardava con orrore e disprezzo.

Ma il futuro Edoardo VIII appariva molto più in sintonia di loro con l'inquieta società inglese all'alba dei frenetici anni Trenta. La stolida fermezza di Giorgio V era tornata utile in un'epoca di torbidi ma era cosa del passato, radicata in quell'età edoardiana spazzata via dalla guerra. All'opposto, il principe di Galles era accessibile, non ingessato, attraente, interessato alla mobilità sociale. Quando sulla scena apparve Wallis Simpson, nessuno poteva immaginare che, come novella Elena, avrebbe provocato a Londra un'intestina guerra di Troia. Ma in verità, attorno alle sue arti di seduzione, erano due idee d'Inghilterra a scontrarsi. E la posta in gioco era il futuro della nazione.

10

Come trovare una moglie (e perdere il trono...)

La sera dell'11 giugno 1936 Chips Channon diede un'ultima occhiata alla sala da pranzo prima di ricevere gli ospiti che aveva invitato per cena. Sì, era veramente un capolavoro quello realizzato lì, nel suo palazzo su Belgrave Square, dal designer francese Stéphane Boudin: un virtuosismo di specchi, colori e cornici dorate, di porcellane e di cristalli, insomma un trionfo rococò che rendeva un dichiarato omaggio al celebre padiglione di Amalienburg a Monaco, donato nel Settecento dall'Elettore di Baviera Karl Albrecht alla moglie Amalia. La consorte di Channon, ricco deputato di Westminster nato americano, e protagonista della mondanità londinese, era la figlia del conte di Iveagh, ma la sala da pranzo non era un regalo per lei. Semmai un'autocelebrazione della posizione che Channon aveva raggiunto nell'alta società inglese. Perché l'ospite d'onore, quella sera, altri non era che Sua Maestà Edoardo VIII.

«Il re ha telefonato», annotò Chips nel suo diario, «e ha detto che la tenuta sarà cravatta bianca», che vuol dire frac. Ma i signori avrebbero indossato gilet neri e le signore abiti da sera neri, in segno di lutto per la morte di Giorgio V, scomparso nemmeno cinque mesi prima, il 20 gennaio. Quella sera, attorno al prezioso tavolo da pranzo, avrebbero preso posto, assieme al fresco sovrano, le figure più eminenti di quella che i pettegolezzi di Londra chiamavano la Nuova Corte: un gruppo di personalità che già si immaginavano cruciali nella nuova geografia del potere, capaci di dispensare favori e punizioni, vicini più di chiunque altro al re.

La cena, annotò più tardi soddisfatto il padrone di casa, «è stata perfetta. Abbiamo cominciato con blini e caviale, poi sogliola al moscato seguita da *boeuf provençal*. È stato servito così speditamente che abbiamo finito prima delle undici». A far corona al monarca c'erano il fratello preferito, George duca di Kent, con la moglie Marina, lady Emerald Cunard, il milionario ebreo nonché baronetto Philip Sassoon, un paio di eminenti parlamentari come Leslie Hore-Belisha (anche lui ebreo) e Harold Balfour. C'erano poi Barbie Wallace, regina dei salotti, e naturalmente la ben nota divorziata americana, Mrs Wallis Simpson. Per l'establishment britannico, una somma di nullità nel migliore dei casi, e nel peggiore un'accozzaglia di sovversivi *demi-mondaine*.

Oltre i muri del numero 5 di Belgrave Square, la serata – conclusa dal consueto intrattenimento musicale fino a tarda notte – fu giudicata ben altro che un'innocente cena tra vecchi amici. Accettando di essere presente, il re-imperatore dava un chiaro segnale che il suo regno sarebbe stato macchiato dall'associazione con personaggi insignificanti, con ebrei e, peggio ancora, con americani: come lo stesso Chips Channon o lady Cunard. E, in cima a tutti, la temuta Wally Simpson. Questo era il vero scandalo che la società londinese non era disposta a tollerare. Senza sapere, in gran parte, che dietro le cortine della commedia amorosa la politica stava giocando una partita mortale.

La storia tra Edward e Mrs Simpson andava avanti ormai già

da due anni. All'inizio del 1934 Thelma Furness aveva deciso di fare una visita in California assieme alla sorella gemella Gloria. Quando avvertì l'amante che sarebbe stata via cinque o sei settimane, notò che in volto gli si dipinse un'aria rassegnata. Poi informò anche l'amica Wallis, che commentò: «Il tuo ometto si sentirà così solo...» Scherzando, lady Furness le chiese di badare a lui mentre lei era lontana.

Il principe di Galles invitò di nuovo i Simpson per un weekend a Fort Belvedere, e poi a cena al *Dorchester*, il gioiello della Londra déco. Nelle settimane che seguirono, raramente furono visti non insieme. Al ritorno in Inghilterra, a marzo, lady Furness notò una certa freddezza nell'amante. Cordiale ma distante. Ne parlò a Mrs Simpson solo per sentirsi rispondere che «l'ometto» l'amava moltissimo, e si era sentito perduto senza di lei. La rivelazione arrivò un mese dopo, quando tutti si trovarono a cena a Fort Belvedere. Thelma notò gli scambi di battute privati tra il principe e Wallis, ma l'agnizione ci fu davanti all'insalata: lui ne prese una foglia con le dita, e subito la Simpson, giocosa, gli diede un colpetto sulla mano. Sbalordita, lady Furness la fissò e scosse severa la testa. Wallis ricambiò guardandola dritta negli occhi: «E quello sguardo freddo, di sfida, mi raccontò l'intera storia», ricorderà Thelma negli anni a venire. Il mattino seguente lasciò Fort Belvedere senza mai più rivedere o risentire il principe.

Dopo un mese fu Mrs Dudley Ward – la venerata, fidatissima Fredie – a essere liquidata. Con lei Edward esibì la brutalità che aveva appreso dal suo mentore Bendor Grosvenor. Fredie aveva passato settimane di grande preoccupazione per le complicazioni seguite all'appendicectomia della figlia maggiore. Fu solo quando si mise tranquilla che si rese conto di non aver ricevuto da tempo né una visita né una telefonata dal principe, che pure si trovava in Inghilterra. Chiamò la residenza di St James's Palace solo per sentirsi rispondere dalla centralinista, che la conosceva, in tono imbarazzatissimo: «Ho qualcosa di terribile da dirle, ma non so come fare». Incoraggiata, proseguì penosamente: «Ho ordini di non passare più le sue chiamate».

Il principe che tese la mano a Hitler

Wallis aveva ormai stabilito il suo dominio sull'erede al trono, e non restava che aspettare l'epilogo disastroso. Che arrivò, inevitabile, con la morte di Giorgio V il 20 gennaio 1936. Il vecchio monarca aveva appena fatto in tempo, l'anno prima, a festeggiare il Giubileo d'argento del suo regno. Ma anche le celebrazioni gli furono rese amare dal comportamento del figlio maggiore: «Non ha un solo amico che sia un gentiluomo», si lamentò con il conte Mensdorff. «Non frequenta nessuna decente società. E ha quarantun anni.» Con il primo ministro Stanley Baldwin le sue fosche previsioni si tingono di profezia: «Dopo che sarò morto, il ragazzo si rovinerà da solo in dodici mesi».

Ne passarono, in realtà, anche meno. Tutti i presenti furono sbalorditi dalla reazione quasi isterica dell'erede davanti al letto di morte del padre: si disperò, pianse, continuò a stringersi alla madre. Una manifestazione d'affetto sorprendente, visti gli scarsi legami tra i due. Si è sempre pensato che fosse solo, forse, un senso di colpa, ma oggi sono possibili letture diverse, molto meno benevole. Sir Alan Lascelles, assistente segretario privato del sovrano defunto, era infatti convinto che Edward avesse già pianificato di fuggire a febbraio con Wallis. Avrebbe provocato un minor terremoto l'abbandono del trono da erede piuttosto che da re. La solita indecisione lo aveva spinto a procrastinare, e la morte di Giorgio V mandava all'aria il piano. Per questo, probabilmente, il nuovo sovrano si disperava.

Alla famiglia apparve subito chiaro che Edoardo VIII non aveva alcuna intenzione di rompere la relazione con la divorziata americana. E questo portò rapidamente a un raffreddamento delle relazioni tra i fratelli. I duchi di York smisero presto di visitare Fort Belvedere, infastiditi dalle voci sull'atteggiamento sottomesso del re nei confronti dell'amante. I Kent e i Gloucester continuarono a frequentarlo, ma con crescente imbarazzo. Niente, rispetto a quello che provarono i funzionari governativi di Whitehall quando si resero conto che i documenti segretissimi inviati all'attenzione del re non solo tornavano indietro con grande ritardo ma anche con le macchie circolari dei bicchieri da cocktail o vino. Non una grande prova di attenzione o riservatezza... E quel che è peggio, il governo s'interrogava angosciato sull'attitudine del re verso la Germania di Hitler.

Come principe di Galles, Edward non aveva mai nascosto le sue simpatie verso il nazionalsocialismo. Il regime del Führer gli sembrava l'unica risposta forte alla minaccia comunista, e in più ammirava le garanzie sociali – dalla casa all'occupazione – elargite dal Terzo Reich alle classi lavoratrici. In un discorso alla British Legion, nel 1935, aveva proposto che un gruppo di veterani visitasse la Germania perché nessuno meglio di «noi ex soldati è in grado di tendere ai tedeschi la mano dell'amicizia». I suoi ascoltatori lo acclamarono, ma il governo era incredulo che l'erede al trono avesse espresso pubblicamente simili idee politiche, mettendo oltretutto a rischio l'alleanza con la Francia. Quando Wallis Simpson espresse ad alta voce la sua approvazione della Germania, il gabinetto Baldwin passò all'azione.

Mrs Simpson fu spiata passo dopo passo. Si scoprì che mentre frequentava il principe trovava anche il tempo di coltivare una relazione voracemente sessuale con un rappresentante della Ford. Ma soprattutto vennero alla luce le attenzioni che le riservava l'ambasciatore plenipotenziario tedesco a Londra, Joachim von Ribbentrop. Ogni mattina un gigantesco fascio di rose rosse veniva consegnato alla residenza di Wallis. E se questo forse è troppo poco per avallare l'accusa che sia stata l'amante anche di Ribbentrop, non c'è dubbio che attraverso di lei il gerarca nazista tentasse di condizionare il re. Come risultato, il governo prese misure draconiane: i documenti segreti del Foreign Office vennero accuratamente selezionati e il premier Baldwin ordinò che al re fossero inviati solo quelli che richiedevano, necessariamente, la sua firma. Si trattava di una chiara violazione della norma costituzionale che dà al sovrano il potere di vedere tutte le carte. Ma Edoardo VIII era così preoccupato della sua situazione personale, e della sua «felicità», che non si accorse nemmeno del complotto.

Cortigiani e servitori si erano già resi conto di quanto la relazione con Wallis, ancora formalmente sposata con Ernest Simpson, avesse cambiato l'atteggiamento del re. Il suo comportamento rivelava un chiaro disinteresse verso i doveri istituzionali. Durante il giorno era quasi impossibile contattarlo, perché continuava a vivere a Fort Belvedere, e nessuno era autorizzato a disturbarlo per affari di Stato. Dignitari e funzionari potevano visitarlo solo se invitati, e anche in quel caso venivano lasciati in attesa per ore, magari a stomaco vuoto: visto che Sua Maestà saltava regolarmente il *lunch*, non vedeva ragione di offrirlo a nessun altro. Impaziente e intollerante verso i collaboratori, non aveva invece alcuna considerazione per le abitudini degli altri, perciò non si tratteneva dal telefonare a chi gli pareva all'ora di cena o in piena notte.

La sua cerchia era sempre più ridotta alla cricca di ricchi e arrivisti angloamericani che facevano arricciare il naso a un *old boy* come il diplomatico e scrittore Harold Nicolson, che pure condivideva pranzi e balli del gruppo: «Qualcosa un po' snob in me è piuttosto rattristata da tutto questo. Mrs Simpson è il genere di americana perfettamente innocua, ma l'intero ambiente è di seconda classe. Non mi meraviglia che i Sutherland e gli Stanley (due delle più vecchie famiglie aristocratiche britanniche) siano sprezzanti verso tutto questo». Che cosa dunque poteva attrarre addirittura il re d'Inghilterra?

Chips Channon o Emerald Cunard potevano anche immaginare che il monarca trascorresse con loro il suo tempo perché voleva che spregiudicati filibustieri americani lo aiutassero a reggere il suo regno. La verità era che Edoardo VIII stava con loro perché Wallis era lì. E Wallis era lì perché non c'erano molti altri posti dove potesse andare. Pochi dei tradizionali *great and goods*, i potenti e ricchi dell'establishment, erano disposti a compromettersi pur di farsela amica. L'eccezione più vistosa era quella di Winston Churchill, presenza frequente nel circolo, ma aveva un paio di spiegazioni: anzitutto in quel momento il grand'uomo era tagliato fuori dal governo, e poi anche sua madre Jenny da ereditiera americana era stata trattata con sufficienza dalla vecchia aristocrazia isolana. Ma le grandi case restarono semplicemente chiuse per Mrs Simpson. E la Corte assolutamente al di là della sua portata.

Il senso di precarietà e di incertezza che l'affliggeva traspare chiaro da una lettera scritta nel febbraio di quell'anno alla zia Bessie, in America. «Dovesse Sua Maestà innamorarsi di qualcun'altra, finirei di essere così potente o di avere tutto ciò che ho oggi. Forse ho trovato qualche nuovo amico e conservato qualcuno che sarà sempre carino con me – ma non mi aspetto niente. Mi troverei ben sistemata e avrei avuto un'interessantissima esperienza, qualcosa che non capita a tutti... Ho sempre avuto coraggio di fronte alle cose nuove che la vita talvolta offre». La frase che colpisce di più è l'accenno al trovarsi «ben sistemata», che ha il suono raggelante di un che di mercenario.

Ma Wallis sapeva di cosa parlava. Edward, che aveva introdotto economie stringenti nella gestione di Buckingham Palace, non badava a spese quando si trattava di farle regali. E i doni che lei prediligeva sopra ogni altro erano i gioielli. Il solito Chips descrive Mrs Simpson («la semiregina») come «soffocata dai rubini» a un pranzo da lady Cunard, e in un'altra occasione, al Covent Garden, «sgocciolante smeraldi». E così, tra opere, tête-à-tête, cene e balli, diari e corrispondenza, la fine si avvicinava rapidamente.

A metà ottobre 1936 la famiglia reale fu informata che il 27 di quello stesso mese il tribunale di Ipswich avrebbe discusso l'istanza di divorzio presentata da Wallis Simpson contro il marito. Il 20 ottobre il premier Baldwin (conservatore, ma alla guida di un governo di unione nazionale) chiese udienza al sovrano: lo avvertì dello scandalo che la sua «amicizia» stava suscitando e gli chiese di fermare il procedimento di divorzio. Edoardo VIII rifiutò seccamente. Fino ad allora la stampa britannica aveva accettato un *gentlemen's agreement* per tenere fuori dalle pagine il nome dell'amata. Ma che il re avesse intenzione di sposarla era ormai il segreto di Pulcinella. Soprattutto quando la prima sentenza di divorzio fu pronunciata, per colpa dell'adulterio di Ernest: una copertura a cui non credette nessuno. Pochi giorni dopo, il 16 novembre, il re invitò Baldwin a Buckingham Palace e lo informò che aveva deciso di sposare Wallis, con o senza l'approvazione del governo. Se il Gabinetto gliel'avesse rifiutata, era pronto ad abdicare. Ma davvero?

Quando le spie del re spiavano Sua Maestà

Sta di fatto che il 18 novembre re Edoardo intraprese un lungo viaggio attraverso le aree più depresse del Galles meridionale, la zona forse più povera del Paese. In piena Grande Depressione, la disoccupazione era alle stelle e la miseria rampante. *Prince Charming* mostrò di nuovo di possedere il *common touch*, così spesso assente nei Windsor. Parlò con la gente, con le famiglie sbattute sulla strada, con i minatori che avevano perso il lavoro. Per tutti una parola e un sorriso.

Alla fine si ritrovò nell'acciaieria di Dowlais, un vasto impianto abbandonato che solo fino a pochi anni prima aveva dato lavoro a novemila uomini. Adesso ne trovò centinaia ad aspettarlo, seduti sulle pile di metallo arrugginito. Quando arrivò si levarono in piedi e intonarono un vecchio inno gallese. Commosso, il sovrano si tolse il cappello e ascoltò a capo scoperto. Quando ebbero finito, si girò verso uno del seguito e disse: «Il lavoro ha portato qui tutta questa gente. Si deve fare qualcosa per trovar loro lavoro». Il giorno dopo, a Pontypool, rincarò la dose: «Potete stare sicuri che tutto ciò che posso fare per voi, lo farò. Certo vogliamo portare tempi migliori a questa valle». A Blaenavon ripeté: «Qualcosa faremo contro la disoccupazione».

La visita fu coperta in modo entusiastico dalla stampa di sinistra, avversaria del premier Baldwin. Ma anche il conservatore *Daily Mail* lodò la sensibilità sociale del sovrano e apprezzò la sua determinazione a «essere un monarca più moderno di quanto fosse stato il padre». Il governo si convinse che Edoardo si preparasse a usare l'accresciuta popolarità in un'imminente battaglia sulla sua vita privata. Tanto più che proprio negli stessi giorni il figlio di lord Rothermere, il proprietario e direttore del *Mail*, sembrò scoprire il gioco: rompendo l'accordo del silenzio, propose pubblicamente che Mrs Simpson e il re si unissero in matrimonio morganatico, con la rinuncia di lei al rango del marito e l'esclusione dell'eventuale prole dai diritti di successione. Dopotutto, non era forse nata così la dinastia dei Battenberg, ora divenuti Mountbatten? E non aveva fatto lo stesso l'arciduca Francesco Ferdinando, l'erede al trono asburgico ucciso a Sarajevo nel 1914?

Edoardo VIII fece capire di essere interessato, a dispetto dell'opposizione del gabinetto. A questo punto Baldwin non perse più tempo. Inviò a tutti i governi dei reami britannici, le ex colonie rimaste comunque sotto la Corona, un telegramma che delineava tre opzioni: il re avrebbe sposato Wallis e lei sarebbe stata riconosciuta come regina; il matrimonio sarebbe stato solo morganatico; il monarca avrebbe abdicato in favore del fratello duca di York. Il rifiuto della prima e della seconda opzione fu quasi unanime. Il premier cattolico dell'Australia, Joseph Lyons, andò oltre: il re, scrisse, doveva andarsene comunque, la sposasse o no. Baldwin mostrò il telegramma a Edward che fece spallucce: «Non c'è tanta gente in Australia».

La verità è che era ancora convinto di avere dalla sua l'opinione pubblica inglese. Winston Churchill, che lo sosteneva in odio a Baldwin, glielo faceva credere, e lo incitava a tenere duro: «Dobbiamo continuare a combattere, sir...» In realtà, le classi alte obiettavano all'idea che la futura regina potesse essere americana ancora più che alla sua qualità di doppia divorziata. E alle classi lavoratrici non importava tanto il suo passaporto quanto che avesse avuto già due mariti. Ci pensò il *Times*, all'epoca organo ufficiale dell'establishment, a rompere l'incantesimo, e lo stallo. Il giornale si fece beffe delle fantasie «americane» di una relazione morganatica tra il re e Mrs Simpson, fantasie che «si erano spinte fino a predire un matrimonio incompatibile con il TRONO e ad annunciare perfino la sua approvazione da parte della REGINA MARY». E quasi con un ghigno finale, l'editoriale osservava che «ci sono molte figlie d'America che Sua Maestà potrebbe aver sposato tra approvazione e gioia...» Non certo la doppiamente divorziata Wallis.

Tra lettere anonime e minacce di far saltare in aria la sua casa, a Mrs Simpson non restava che lasciare al più presto Londra. Il 3 dicembre decise di raggiungere gli amici Herman e Katherine Rogers nella loro villa vicino a Cannes. Edward rimase solo ad agonizzare ancora una settimana. Ma la stessa sera andò a trovare la madre regina Mary a Marlborough House. Con lei c'erano i duchi di York e la sorella, la principessa reale. Aveva deciso, spiegò, che non poteva vivere da solo come re, e doveva sposare Wallis.

Nei pochi, frenetici giorni che seguirono l'Inghilterra si preparò in modo convulso a un evento che non aveva mai conosciuto. Nessun monarca britannico aveva in precedenza volontariamente abdicato al trono. L'incertezza che stringeva il regno era tale da spingere l'ex premier laburista Ramsay MacDonald a osservare che il successore di Giorgio V «aveva fatto più danno a questo Paese di qualsiasi altro uomo nella storia». Fu allora che i servizi segreti presero le loro precauzioni, con un'operazione che rasenta l'alto tradimento.

Le carte che la documentano sono uscite solo adesso dal ripostiglio più segreto di Downing Street, dove sono rimaste nascoste per settantasette anni. Sir John Simon, Home Secretary, cioè ministro dell'Interno di Sua Maestà britannica, ordinava un'attività di spionaggio ai danni del suo stesso sovrano. Il documento porta la data del 5 dicembre 1936, ed è indirizzato – coperto da massima segretezza – ai dirigenti dell'Ufficio Postale Generale: contiene le istruzioni «per organizzare l'intercettazione delle comunicazioni telefoniche tra Fort Belvedere e Buckingham Palace da un lato e il continente europeo dall'altro». Wallis era in Francia e Edoardo VIII stava ancora lottando con se stesso per decidere di rinunciare alla Corona. Per il governo era vitale sapere prima di chiunque altro, e soprattutto prima della stampa, che cosa si dicessero i due amanti, e quale decisione il re stesse per prendere.

Solo Edward sembrava non curarsi della gravità della situazione. Quando la sera dell'8 dicembre il primo ministro andò a trovarlo per i dettagli dell'abdicazione, fissata due giorni dopo, lui si rifiutò di discuterne, ma continuò ad andare su e giù per la stanza ripetendo: «Questa è la donna più meravigliosa del mondo». Il 10 dicembre, con una calma che lasciò sbalorditi tutti i testimoni, firmò l'Atto di abdicazione, e poco prima dell'alba del 12 s'imbarcò sull'incrociatore *Fury* per lasciare l'Inghilterra. Andava a raggiungere la donna con cui avrebbe passato il resto della vita. Ma questa è un'altra storia.

Il complottardo del villino al Bois de Boulogne

Per la precisione, la riunificazione tra Edward e Wallis non avvenne subito. Bisognò attendere il 3 maggio dell'anno successivo perché il decreto di divorzio fosse pronunciato dal tribunale britannico, e solo allora i due amanti poterono rivedersi. Esattamente un mese dopo si sposavano nel castello di Candé, nella Francia centrale, residenza di un amico milionario, Charles Bedaux. Chi sperava che la romantica conclusione dell'*affaire* riportasse finalmente un po' di quiete tra i Windsor, e nel cuore di Edward, fu presto deluso.

Si cominciò subito con le questioni di etichetta. L'ex re trasformato in duca di Windsor poteva conservare l'appellativo di Altezza Reale, ma il titolo non fu invece concesso alla moglie o a eventuali discendenti (proprio come a Diana sessant'anni dopo, al momento del divorzio da Carlo). La decisione fu accompagnata da un'evidente riluttanza delle principesse reali di incontrarsi, in patria o fuori, con la loro nuova congiunta. Risultato, una crescente freddezza tra Edward e i fratelli, compreso quello che una volta gli era stato più vicino, il duca di Kent. L'ex sovrano ne incolpò la madre Mary e la cognata regina Elizabeth, dopodiché interruppe i rapporti anche epistolari, scrivendo ai parenti di non vedere «come ogni forma di corrispondenza possa dare piacere a nessuno di noi, date le circostanze».

Ma non fu tanto l'etichetta ad allargare il fossato tra i neoduchi di Windsor e la famiglia, quanto un errore di giudizio molto più grave che Edward si accingeva a compiere. Forse stufo di vent'anni di irrilevanza politica, decise che era tempo d'agire, purtroppo su un terreno minato: le relazioni con la Germania nazista. È vero che nel 1937 gran parte della classe dirigente britannica pensava che la guerra non fosse inevitabile e che il Regno potesse convivere con le aspirazioni del Terzo Reich. E lo stesso re Giorgio VI considerava la Russia di Stalin un pericolo assai maggiore della Germania. Ma quando l'11 ottobre gli inglesi videro il loro ex monarca sbarcare a Berlino, lo choc fu profondo.

Lo staff dell'Ambasciata britannica aveva ricevuto dal Foreign Office istruzioni di ignorare la visita. Ma ad accogliere Edward con la moglie c'erano tutti i principali capi del regime, a cominciare dal ministro della Propaganda Goebbels, fino al capo della Gestapo Himmler e al vice del Führer, Rudolf Hess. Per due settimane la coppia ducale fu scarrozzata su e giù per città e fabbriche, ovunque accolta con il saluto nazista e entusiastiche grida di «*Heil Windsor!*» a cui il duca rispondeva «*Heil Hitler!*» In un paio di occasioni fu perfino visto salutare la folla a braccio teso, in inconfondibile stile nazista.

Il culmine del viaggio arrivò con la visita al Nido d'aquila di Berchtesgaden per un tè pomeridiano con il Führer. Non sono rimasti resoconti della conversazione, ma l'interprete di Hitler ricordò più tardi che avevano parlato soprattutto di problemi sociali e di welfare industriale, e il duca non aveva detto nulla che potesse suggerire simpatia per l'ideologia e la pratica del Terzo Reich. Hitler non ne aveva bisogno. Il colpo di propaganda messo a segno con l'incontro era più che sufficiente. Anni dopo sottolineò che l'abdicazione di Edoardo VIII era stata una perdita per la Germania: se lui fosse rimasto sul trono, tra i due Paesi si sarebbero potute stabilire relazioni amichevoli. E quanto a Wallis, assicurò, «sarebbe stata una buona regina».

I sospetti generati da questa visita spinsero il governo britannico a spedire i duchi di Windsor oltre Atlantico durante il conflitto, come governatori di qualche isoletta caraibica. Dopo la guerra tornarono a Parigi, e il Comune affittò loro a prezzo di favore il famoso villino al numero 4 di Route du Champ d'Entrainement, tornato alla ribalta nel 1997 come possibile nido d'amore di Diana e Dodi al-Fayed. Nella bella casa in pieno Bois de Boulogne la coppia sembrava avviarsi a una maturità più serena, a dispetto delle chiacchiere sulle presunte infedeltà di Wallis con uomini molti più giovani come il milionario americano Jimmy Donahue. Ma la tragedia che stava per abbattersi di nuovo sulla famiglia reale offrì all'ex sovrano la possibilità di tuffarsi un'ultima volta negli intrighi britannici.

La notte tra il 5 e il 6 febbraio 1952 re Giorgio VI si spense pacificamente nel sonno. Era malato da tempo e la morte ad appena cinquantasei anni, sebbene repentina, non fu una sorpresa. A consumarlo furono il cancro e le sigarette, ma la terribile tensione degli anni di guerra aveva chiaramente esaurito le sue forze: e la colpa, secondo la regina Elizabeth, ora vedova, era in gran parte del cognato che abdicando gli aveva scaricato sulle spalle il tremendo fardello. La Queen Mum non gliela perdonò mai, ma c'è da chiedersi come avrebbe reagito se avesse saputo che intanto Edward tramava pure per riprendersi la corona, scippandola a Elisabetta.

La congiura di palazzo affiora dai documenti che lo storico Christopher Wilson ha di recente scoperto, ancora sotto chiave, in un armadio della Hoover Institution all'università californiana di Stanford. Il disegno cominciò a prendere forma quando apparve evidente che a Giorgio VI non restava molto da vivere. Alla sua morte la corona sarebbe passata alla figlia Elisabetta, una giovane donna che molti consideravano troppo dipendente dal marito Filippo e, attraverso di lui, dal conte Mountbatten. In molti ambienti di Corte, preoccupati dell'arrivismo e dei maneggi del Primo Lord del Mare, si temeva che lo zio Dickie avesse in testa di collocare sul trono anche il nipote, quanto meno come re consorte.

Il vecchio lupo di mare certo non nascondeva la soddisfazione all'idea di vedere la Casa di Windsor trasformarsi in Casa di Mountbatten (cosa che, come sappiamo, non sarebbe avvenuta). E tanto bastava perché perfino una principessa reale come Marina, vedova del duca di Kent, avvertisse che i Mountbatten erano «gente pericolosa, determinata a essere il vero potere dietro il trono quando Elisabetta succederà al padre».

I malumori e i sospetti presero a coagularsi attorno a un gruppo di vecchi cortigiani come il segretario privato del re, sir Alan Lascelles, e il Maestro di Casa Reale, Joey Legh: entrambi, è il caso di rilevare, uomini di fiducia di Edoardo VIII prima di spostare la loro fedeltà sul fratello. Con loro erano il marchese di Salisbury, lord Eldon, lord Stanley, e perfino il cognato del re David Bowes-Lyon. Tutti contrari alla nomina di Filippo a consorte, tutti d'accordo nella determinazione di sbarrare la strada verso il trono al giovane ufficiale di marina, giudicato – ricorda oggi Patricia, contessa Mountbatten – «una pericolosa influenza» sulla futura regina.

La febbre anti-Mountbatten contagiò anche gli uomini più vicini alla principessa ereditaria. Il suo Controllore dei Conti, l'eroe di guerra *Boy* Browning, la mise in guardia: «Ricordi com'è fatto Dickie: preferirebbe sempre fare qualcosa sotto il tavolo piuttosto che sopra».

Così il piano prese forma come una soluzione di compromesso: nominare un reggente invece di consentire all'erede legittima Elisabetta di ascendere subito al trono.

Dopotutto, era la stessa idea che era venuta in mente a più di qualcuno nei giorni terribili dell'abdicazione. Si sapeva che, di fronte alla prospettiva di succedere al fratello, il fragile Bertie era scoppiato in lacrime sulla spalla della madre. Si era sparsa perfino la voce che sarebbe stato sottoposto a test psicologici per accertare la sua idoneità alla Corona. Nel vortice di notizie inventate e di angoscia vera, era stato discusso perfino di collocare sul trono la madre Mary come regina reggente. Di questa folle idea resta traccia in un appunto di sir Horace Wilson, uno degli alti dignitari del Civil Service, ritrovato negli Archivi Nazionali britannici.

Perché non riproporre dunque la reggenza anche alla morte di Giorgio VI? È a questo punto che entrò in gioco Kenneth de Courcy, un confidente dell'ex re e suo compagno di bisboccia negli anni Trenta. Il duca di Windsor sembrava non rassegnarsi a un mediocre tramonto e tampinava il governo di Londra per un incarico di alto profilo. De Courcy lo convinse facilmente a pensare di nuovo a un futuro in Gran Bretagna. E anche la moglie sembrava spingerlo, come si ricava da questa lettera di Wallis a de Courcy: «Questi argomenti continuano a girarci in testa. Non c'è dubbio che qualcosa vada fatto. Forse un buon temporale pulirebbe l'aria. Comunque non posso starmene seduta e vedere il Duca sprecato».

Quando, nella primavera del 1949, Giorgio VI fu sottoposto a un doloroso intervento alla spina dorsale, il capo dei congiurati scrisse trionfante alla ex Mrs Simpson, ora duchessa di Windsor: «Il re è gravemente malato e fuori circolazione e non ci tornerà mai più... Corre il tragico rischio di perdere prima una gamba e poi l'altra. Sarà in grado di fare molto poco e quelli attorno a lui guadagneranno sempre più potere. Posso dire confidenzialmente che una reggenza è stata già discussa e al momento sembra abbastanza probabile che un reggente venga nominato». Dovesse essere influenzato dai Mountbatten, concludeva de Courcy, «le conseguenze per la dinastia Windsor sarebbero fatali». Toccava insomma a Edward salvare la famiglia e la monarchia, impadronendosi lui della reggenza.

Si trattava di discorsi che sfioravano il tradimento bell'e buono. Ma i congiurati rivelavano anche una buona dose di *naiveté*. De Courcy riconosceva che per il duca c'era il problema di riguadagnarsi popolarità in patria, ma sentite come pensava di risolvere la questione: «Sarebbe bene che acquistasse una qualche proprietà di campagna vicino a Londra e che spendesse un bel po' di tempo sperimentando coltivazioni secondo le tecniche più avanzate. Questo avrebbe un grande impatto sul Paese». Sembra improbabile perfino in un posto ossessionato dal giardinaggio come la Gran Bretagna.

Edward, mai stato decisionista, prese tempo. E alla fine

sembrò trovare più attraenti Palm Beach e la Costa Azzurra piuttosto che una fattoria nel Devon. Forse aiutò anche il ricordo di quanto orribile potesse essere il clima a Londra. Di certo, per fortuna degli inglesi, l'occasione sfumò. L'ex re invecchiò, con la sua donna, nel villino al Bois de Boulogne, e la nipote diventò tranquillamente la sovrana di maggior successo degli ultimi due secoli.

11

Un Giorgio contro l'altro

LA giornata del 25 aprile 1720 vide crescere un certo fermento nella parte più alla moda di Londra. Il ricevimento in programma quella sera a St James's Palace era certamente il più atteso avvenimento di Corte da molti anni. In nessun luogo l'eccitazione era tangibile come nel vecchio palazzo chiamato Leicester House. In questa magione maestosa ma alquanto fatiscente, che dominava il lato settentrionale dei Leicester Fields, abitavano il figlio e la nuora del re, George Augustus e Caroline, insigniti come tutti gli eredi al trono inglese del titolo di principi di Galles. Si avvicinavano ormai entrambi alla mezza età ma rimanevano una coppia gioviale, vivace, amichevole. Così li giudicavano quasi tutti. Ma l'appuntamento che li aspettava in serata dipingeva la tensione sui loro visi. Si accingevano infatti a compiere di mala voglia una visita alla Corte del padre di lui, re Giorgio I. La prima dopo che per più di due anni genitore e figlio non si erano più parlati, e manco visti. La riluttanza aveva solide ragioni.

La preparazione per l'appuntamento era cominciata già nel tardo pomeriggio. George Augustus non aveva mai smesso di strillare ai valletti che lo aiutavano a strizzarsi dentro un abito di pavonesco splendore: perché il principe ci teneva a essere «sempre riccamente vestito, amando molto i bei vestiti». Purtroppo, per un uomo dei suoi gusti, la natura non lo favoriva. Era considerevolmente più basso della media e aveva occhi blu sporgenti sopra un naso prominente. Nei libri di storia inglese sarebbe entrato come un dittatorello di stagno, una figura pomposa e piuttosto ridicola. Era in effetti altezzoso e iracondo, ma pure caloroso e di forti convinzioni.

Molti suoi difetti erano riscattati dall'amore appassionato per la consorte, la grassa, divertente, adorabile principessa Caroline. Aveva naturalmente un'amante, la scipita Henrietta Howard, una delle sei *Women of the Bedchamber** della principessa di Galles. Ma l'aveva presa solo perché avvertiva che rimanere fedele alla moglie sarebbe stato al di sotto della sua principesca dignità: una favorita ufficiale gli sembrava una specie di dovere. E così era spesso rozzo e crudele verso la povera Henrietta.

Caroline era tonda ma pungente. L'età non aveva ancora cancellato il suo sorriso dolce né la bellezza che si sprigionava ogni volta che faccia e bocca si muovevano. Nata Wilhelmina Caroline di Ansbach, in gioventù era stata celebrata come «la più piacevole principessa di Germania» e ammirata per il «biancore e l'eleganza», per l'occhio penetrante e l'evidente intelligenza. Non a caso era amica dei filosofi Gottfried Leibniz

* Ad accudire la principessa di Galles erano donne di alta estrazione sociale, aristocratiche o comunque *upper-class*. Solo le mogli dei Pari appartenevano alle *Ladies of the Bedchamber* (le lady della camera da letto). Sotto di loro c'erano le *Women of the Bedchamber*, leggermente inferiori sulla scala sociale ma sempre bennate, sulle quali ricadeva il lavoro effettivo di vestire e svestire la principessa, accompagnarla e attenderla. Non erano sempre funzioni piacevoli. Henrietta Howard confessò il suo disgusto nel dover reggere la catinella mentre Caroline si lavava i denti, e il bacile si riempiva «degli avanzi di cibo tra denti e gengive».

e Isaac Newton, e capace di parlare un inglese «inusualmente buono per qualcuno nato fuori dall'Inghilterra».

Tutt'in giro per Londra, i cortigiani e i sostenitori più vicini al principe di Galles si preparavano a loro volta per la serata. Non era affar semplice frequentare la Corte di San Giacomo in quell'inizio di secolo.

Che puzza nei salotti di St James's!

La toilette di una lady richiedeva almeno un paio d'ore. La cosa più difficile era riuscire a strizzarsi nell'abito da cerimonia. Una volta indossate le calze e il corsetto che sorreggeva il cerchio all'altezza delle anche, la signora doveva calarsi dentro l'uniforme di corte, cioè il *mantua*: era un abito arcaico e scomodissimo ma supremamente elegante (e costoso quanto una tenuta). Pallidi avambracci si disegnavano tra le maniche larghe come ali, e un lungo strascico sembrava sgorgare dalle spalle fino a terra. Le enormi gonne si spandevano su cerchi di ferro troppo larghi per passare attraverso una porta.

E poi naturalmente c'era il trucco. Nessuna lady di Corte sarebbe stata riconoscibile senza la sua pittura di guerra sul viso. Così, prima del ricevimento, le cameriere erano impegnate a dipingere di rosa le guance delle padrone, a rendere candidi come neve fronte e seni, disegnare le sopracciglia, rendere vermiglie le labbra. I gentlemen nel frattempo indossavano panciotto, giacca lunga e *culottes* tempestate di ricami. Le fibbie delle scarpe erano ingioiellate, e sulla testa era ancora di moda l'alta e riccioluta parrucca secentesca. Una mano riposava sull'elsa della spada, mentre sulla sinistra, tra fianco e gomito, ogni gentiluomo portava agganciato lo *chapeau-bras*: una buffa, piatta parodia di un cappello, non indossabile, giacché la testa non poteva mai essere coperta in presenza del re. Come dichiarava il Petronio del tempo, l'arcicortigiano lord Chesterfield, «il vestito è una cosa molto sciocca. Ma è una cosa molto sciocca per un uomo non essere ben vestito».

In ogni caso, per qualsiasi persona sensata sarebbe stata una follia andarsene in giro a piedi per Londra così acconciato. Perciò una flotta di portantine stazionava davanti ai palazzi nobili della città. Non si trattava solo di evitare pioggia e fango che trasformavano in una palude le strade del quartiere di St James. Anche più rischiosa era l'ostilità della folla di passanti, che non si limitavano a inseguire i damerini con urla astiose e oscene ma li bersagliavano pure di sassi ed escrementi.

Questo simpatico passatempo della marmaglia londinese si protrasse per quasi tutto il Settecento, e non risparmiava nemmeno il cocchio reale: succedeva ancora a fine secolo a Giorgio III, il Re Pazzo. Perciò, quando il principe di Galles e la consorte presero posto ognuno nella loro portantina, a seguirli c'era la solita processione di servi e sostenitori, ma a precederli – e proteggerli – ci pensava un'adeguata scorta di Yeomen della Guardia nelle loro fiammanti uniformi.

Per le dame in costume di Corte cacciarsi nel cubicolo significava letteralmente schiacciarsi contro il fondo, mentre ai lati il cerchio della gonna si piegava come due ali verso l'alto. Per evitare danni alle altissime parrucche, il sistema migliore era piegare la testa all'indietro e tenerla così immobile per tutta la durata del viaggio. Che non era per fortuna molto lungo. Verso le sette di sera di quel 25 aprile il fiume di *sedan chairs* che trasportava i fortunati invitati a Corte si rovesciò in centro per convergere su St James's Palace. Era lì, nella sala dei ricevimenti, che doveva avvenire la riconciliazione tra il principe di Galles e il padre monarca.

St James's non era granché come reggia. Ma il sontuoso palazzo reale di Whitehall era bruciato sino alle fondamenta nel 1698. Non rimaneva che questo, sebbene una guida del diciottesimo secolo lo qualificasse come «un oggetto di disprezzo per le altre nazioni e di vergogna per noi stessi»: non solo piccolo, ma «fumoso, pazzesco. E sporco». Nella cosiddetta Great Drawing Room, il Gran Salotto, c'era a malapena spazio per respirare, l'aria era eccessivamente calda e l'affollamento tale da impedire a molti nobili di entrare. Ah, non bisogna dimenticare... c'era anche la puzza. L'aristocratico diarista John Hervey descrive l'assembramento in un salotto-tipo come «sudaticcio e puzzolente in abbondanza, al solito». Anche perché, scriverà nel 1750 il polemista John Wilkes, «le donne nell'isola non lavano mai le loro parti più nobili». Anche gli uomini, se è per questo.

Angusto, umido, tutt'altro che regale, St James's aveva pure il difetto di essere un po' troppo a portata di sudditi. Non solo la sicurezza era parecchio lasca, e con un po' di faccia tosta si superavano facilmente gli alabardieri di guardia al cancello Tudor per arrivare sino alla sala grande dei ricevimenti. Anche i vicini potevano essere fastidiosi. Una notte la famiglia di Giorgio I fu costretta a sgombrare per il fracasso insopportabile degli ubriachi nel pub della porta accanto. L'ebbrezza molesta, a Londra, è un vecchio problema. E al tempo non risparmiava nemmeno i reali.

Strano che la reggia fosse rimasta così antiquata in un'epoca in cui la città, improvvisamente, cominciava un mutamento vorticoso, investita dal vento irresistibile dei traffici e della concorrenza. Il giornalista e drammaturgo Edward Moore ne dà una descrizione febbrile in quella prima metà del Settecento:

«Le vite di tutti sono una continua corsa in cui ognuno s'affanna a distanziare quelli che gli stanno dietro e a superare, o accostare, quelli che gli sono davanti. Ognuno fugge dai suoi inferiori all'inseguimento dei suoi superiori, che fuggono da lui con eguale alacrità. Ogni artigiano è un mercante, ogni mercante un gentiluomo, e ogni gentiluomo uno della nobiltà. Siamo una nazione di gentry, *populus generosorum*. Non c'è una cosa come la gente comune tra di noi. Tra la vanità e il gin, la specie è stata completamente distrutta».

Il sarcasmo dello scrittore non cela lo stupore per un Paese in vertiginosa mobilità sociale. La Londra di quegli anni è una città investita dal fiume d'oro della prima espansione imperiale. Stradine strette e labirintiche corrono giù da Mincing Lane agli enormi magazzini e ai moli che si ergono sulle acque sporche del fiume, il nastro trasportatore dei soldi sino all'Atlantico. Gli uffici si alternano alle *coffeehouses*, i primi caffè in cui agenti, mercanti e investitori si incontrano e suggellano gli accordi davanti a una tazza della nuova bevanda alla moda. Schiavi, spezie, uccelli rari. Qui si vende di tutto. Londra è troppo occupata per prestare ancora attenzione alle vecchie abitudini. Nessuno si toglie più il cappello davanti a un gentiluomo per strada. E gli schiavi in eleganti livree portano collari d'argento su cui c'è lo stemma del padrone, e talvolta anche il suo indirizzo.

Il giorno in cui a Daniel Defoe venne la curiosità di contare quante navi erano all'àncora, o ormeggiate, nel bacino del porto di Londra, ne trovò «oltre duemila di ogni sorta, e senza contare le chiatte, le imbarcazioni più leggere o di piacere, e gli yacht». Il volume delle transazioni, l'autentica frenesia di questo mondo, abbagliava i contemporanei. Alla Dogana, all'Agenzia delle Accise, alla Marina, in banca, negli uffici della South Sea Company, dell'East India Company e della Royal African

Company, così come ai banchi delle assicurazioni o della Borsa, una prodigiosa confluenza di gente appariva impegnata «in una contrattazione così estesa da dar l'idea che tutti gli uomini di sostanza in Inghilterra ne siano più o meno interessati».

Il famoso «triangolo del commercio» – merci in Africa, da lì schiavi ai Caraibi, e dalle Antille zucchero a Londra – era soltanto una delle mille connessioni che ponevano l'Inghilterra all'avanguardia del capitalismo e della sua ricchezza. Che prometteva di non avere confini per gli uomini intraprendenti e brutali della City sul Tamigi. Un qualunque Henry Lascelles, mercante, armatore e schiavista, poteva acquistare un enorme potere finanziario: nel 1750 l'ammontare dei prestiti che aveva erogato su entrambi i lati dell'Atlantico superava le 200.000 sterline, 300 milioni al valore di oggi, e offriva un interesse medio del 7 per cento l'anno. Un profitto che nessuna rendita terriera in Inghilterra poteva mai sperare di eguagliare. Accalcati attorno al sovrano, nella decrepita reggia di St James's, i nobili latifondisti si accapigliavano per un potere che gli era già sfuggito.

Benvenuti al «Rumpsteak», il club degli esclusi

Nel salone di St James's Palace le sedie erano completamente assenti, e non solo perché non c'era posto: era anche un modo per essere sicuri che nessuno si sedesse in presenza del re. I cortigiani, secondo quanto racconta il barone von Pöllnitz, si accalcavano con un comportamento che poteva essere sorprendentemente cattivo. Nel pigia pigia la gente si faceva spazio a gomitate premendosi gli uni sugli altri e urlando «pardon» sopra le spalle. Tenere una conversazione era semplicemente impossibile. E quando lord Onslow cadde all'indietro in mezzo alla calca rimanendo per terra a braccia spalancate, non ci fu anima buona che l'aiutasse a rialzarsi. L'evento fu salutato da una risata collettiva mentre i valletti allontanavano dal ricevimento un altro gentleman ubriaco che dava cazzotti a destra e a manca.

L'ingresso dei principi di Galles e del loro seguito provocò una specie di vortice che risucchiò verso l'erede al trono i cortigiani più ambiziosi. Soprattutto i giovani erano ben attenti a comportarsi con il dovuto ossequio verso il monarca quand'era presente, puntando però sul figlio le loro chance di carriera. Il partito del re aveva più potere, ma quello del principe era dotato di maggior fascino. E soprattutto di più futuro.

Giorgio I non amava queste serate. Per un uomo riservato e timido come lui, ogni festa doveva essere molto simile alla sua idea di inferno. E questo non faceva che aumentare un atteggiamento glaciale che accreditava la sua fama di essere senza cuore. Il figlio, al contrario, «si lavorava» la folla di sostenitori e postulanti come un presidente americano a un banchetto di sostenitori milionari. George Augustus si fermava a parlare, uno per uno, con i cortigiani che cercavano disperatamente di attirare la sua attenzione. A quelli che voleva ignorare voltava invece ostentatamente le spalle. La tecnica era nota come *rumping*: *rump*, in inglese, è la groppa del manzo, e quelli a cui toccava questa sorte potevano consolarsi di aver ottenuto l'ammissione all'esclusivo «Rumpsteak Club».

Il gesto di maleducazione confermava che George Augustus non era affatto un affascinante principe delle favole. Perdeva facilmente le staffe, e non era raro che, arrabbiato, prendesse comicamente a calci il suo cappello, se non addirittura la parrucca. Soffriva di pressione alta, cosa che gli provocava palpitazioni soprattutto dopo pranzo. Ma era un eccellente soldato, e pure coraggioso. Nel 1708, nella battaglia di Oudenarde, decisiva per la guerra di Successione spagnola, fu lui a guidare la celebrata carica di cavalleria contro il nemico, e il cavallo gli stramazzò di sotto abbattuto da una moschettata. Quella sera, a St James's, più che di ardimento aveva bisogno di duttilità, anche se la sfida era per lui parimenti temibile. Doveva mostrarsi educato con il padre che aborriva.

Dopo una lunga attesa fatta di chiacchiere, gomitate e sbadigli, un mormorio si propagò per la sala seguito da un improvviso silenzio. Una porta che dava su una camera interna si spalancò e il sovrano apparve sulla soglia. Lo scrittore Horace Walpole, che lo aveva visto quando aveva dieci anni, lo ricorda così: «Un uomo anziano, piuttosto pallido, ed esattamente come nei suoi ritratti e nelle monete. Non alto». Avrebbe potuto dire senz'altro basso, «molto corpulento» e totalmente sprovvisto di carisma reale. Indossava «un panciotto semplice, redingote e calzoni al ginocchio color tabacco, lo stesso delle calze. Il nastro azzurro della decorazione sopra l'abito». Il piccolo Horace non risparmiò il suo infantile giudizio sull'amante Melusine: «molto alta, magra, una vecchia signora sgraziata».

Il padre di Horace, l'eminente politico sir Robert Walpole, si vantava di «aver governato il regno per mezzo di un cattivo latino». Era in realtà un colpo di spillo al re. Giorgio I parlava male l'inglese anche dopo molti anni sul trono, e poiché Walpole era debole nei due linguaggi preferiti dal sovrano – tedesco o francese – aveva rispolverato i classici latini per comunicare con il monarca. Probabilmente esagerava, ma è vero che agli incontri era sempre presente un interprete: le abilità linguistiche di Giorgio nell'idioma dei suoi nuovi sudditi restavano parecchio limitate.

Era essenziale, naturalmente, che il re nato luterano desse prova del suo sostegno alla Chiesa di cui era diventato capo, quella anglicana. Ma, causa la lingua, la funzione settimanale era per lui un'autentica tortura. Non ci capiva nulla. Prese l'abitudine di chiacchierare, durante gli incomprensibili sermoni nella Cappella Reale, con il decano di Salisbury, il dottor John Younger, che fortunatamente parlava tedesco. La cosa sembrò indecorosa e offensiva alle gerarchie ecclesiastiche. Allontanarono il decano dal palazzo e informarono il re che purtroppo era stato ucciso per accidente dal calcio di un cavallo. Sua Maestà ne fu profondamente rattristato. Salvo sbalordire, molti anni dopo, rivedendo il «resuscitato» dottor Younger per le strade di Salisbury.

Le classi alte e gli intellettuali notavano con sufficienza che Giorgio I non aveva un'intelligenza brillante, e tuttavia nemmeno disprezzabile. Finirono comunque con l'apprezzarne l'impegno e l'applicazione, sebbene soffrisse sempre di evidenti problemi d'immagine. Sfortunatamente, visto il suo lavoro, odiava la folla e «lo splendore della maestà». Per i più sofisticati e cinici dei cortigiani inglesi Giorgio rimase uno zoticone illetterato e privo di interessi. Il sempliciotto che rimpiangeva i piaceri campestri del suo rustico Hannover, dove tornava effettivamente appena poteva, e si chiedeva probabilmente chi gliel'aveva fatto fare d'accettare il trono inglese. Il solito, snobbissimo Chesterfield lo compatisce come «un onesto, noioso gentiluomo tedesco, inadatto e riluttante a recitare la parte del re».

Il «noioso gentiluomo», che dimostrava anche più dei suoi sessant'anni, avanzava adesso nella sala di St James's Palace inseguito dal cicaleccio multilingue di sciami di cortigiani. George Augustus e la consorte, circondati dai loro fedelissimi, se ne restavano quasi asserragliati al lato opposto. Il re passò a una certa distanza dal gruppo e si limitò a offrire al principe un gelido cenno del capo. Niente di più, ma abbastanza perché la

Corte eccitata decretasse il «perdono reale». In realtà, l'orgoglio ferito o la paura di una persistente minaccia alla sua autorità impedivano a Giorgio I autentico calore verso il figlio.

I due seguiti, quello del monarca e quello dell'erede, non avevano diviso uno stesso ambiente per più di due anni. Il conflitto era scoppiato per un banale motivo di etichetta ma era divampato feroce, alimentato da vecchi rancori. Quella doveva essere la sera della riconciliazione. E formalmente lo fu, tra sorrisi falsi, complimenti forzati e un vacuo chiacchiericcio generale. Ma niente poteva mascherare la genuina ostilità tra i due campi. Dietro la facciata della cortesia – scrisse Mary Cowper, *Lady of the Bedchamber* della principessa di Galles –, «l'intera faccenda richiamava alla mente due armate schierate per la battaglia».

Lo scheletro, l'elefante e la sposa reclusa

Prima di vedere come era nato lo scontro tra i due Giorgi, un passo indietro è necessario. Per capire come questa pittoresca coppia di principotti tedeschi sia stata sbalzata dal remoto Hannover – uno dei nove principati con diritto di eleggere il Sacro Romano Imperatore della Nazione germanica – fin sui gradini del trono di San Giacomo.

Alla storia piace il gioco delle coincidenze. Eccone una significativa: l'abdicazione di Edoardo VIII nel 1936 avvenne lo stesso giorno in cui, nel 1689, l'ultimo dei sovrani Stuart, Giacomo II, fu *costretto* ad abdicare – o piuttosto deposto – aprendo la strada al primo monarca Hannover. Cioè all'antenato diretto dei Windsor. Davanti al Principe Elettore Georg Ludwig c'erano ben cinquantasette individui che, in linea di sangue, avevano maggiori titoli alla Corona. Ma i loro diritti furono tutti cancellati in nome della «successione protestante». Nobili e popolino all'unisono non volevano un re cattolico e, dopo aver cacciato il convertito Giacomo, non solo ne rifiutarono il figlio ma pure qualsiasi parente, vicino o lontano, sospetto di «papismo».

La cosiddetta «Gloriosa Rivoluzione» fu né più né meno che un colpo di Stato sostenuto dalla maggioranza dell'aristocrazia isolana e affidato al genero di Giacomo, il protestante Guglielmo III d'Orange. Non molto diversamente, i grandi titolati e proprietari terrieri dell'Inghilterra del ventesimo secolo costrinsero all'abbandono un re che si mostrava indifferente alla loro influenza, o addirittura nemico dell'establishment.

Nell'un caso e nell'altro, c'erano sempre parenti consenzienti. E prontissimi ad afferrare la corona che rotolava dal capo del congiunto. Nel 1936 Giorgio VI in verità sembrò farlo controvoglia, ma sostenuto – per sua fortuna – dalla volontà di ferro della moglie. Le due figlie di Giacomo II furono invece parte attiva del complotto per scacciarlo, e in questa riedizione secentesca del *Re Lear* gustarono una dopo l'altra i frutti del filiale tradimento. Per prima salì al trono la più anziana Mary, che divise il potere con il consorte Guglielmo III; ma fu anche la prima a lasciare questo mondo, seguita poco dopo dal marito, nel 1702.

Toccò allora alla secondogenita Anne, a meno di quarant'anni già obesa, zoppa e afflitta dalla gotta. Appassionate amicizie femminili, soprattutto quella con Sarah duchessa di Marlborough, hanno fatto immaginare agli storici un certo *penchant* lesbico, che non le impedì comunque il numero spaventoso di diciassette gravidanze nell'arco del suo matrimonio con Giorgio di Danimarca. Purtroppo, un solo figlio superò l'infanzia ma

William, duca di Gloucester, un fanciullo idropisiaco, morì nel luglio 1700 a soli undici anni. I sostenitori degli Stuart speravano che a questo punto la regina, priva di eredi diretti, designasse a succederle il fratellastro James Francis Edward, quello che i nemici spacciavano per contrabbandato al momento del parto nel letto della madre Maria Beatrice di Modena. Ma era cattolico, e sebbene pronto a farsi anglicano, Anne non voleva saperne. Dove andare a cercare un altro erede?

Gli Stuart avevano dei cugini tedeschi che discendevano dalla figlia di Giacomo I, Elizabeth, andata in sposa al re di Boemia. Aveva avuto tredici figli, ma la maggior parte erano morti senza eredi oppure si erano squalificati per il trono inglese convertendosi al cattolicesimo. Era rimasta protestante la figlia minore, Sophia, che nel 1700 era vedova dell'Elettore di Hannover, un piccolo principato della Germania settentrionale, e aveva già settant'anni. In caso di sua morte, il figlio Georg Ludwig, che aveva ereditato la corona di Hannover, sarebbe diventato il primo in linea per il trono britannico.

L'*Act of Settlement*, cioè la legge che stabiliva la successione in favore di Sophia e dei suoi eredi, entrò in vigore all'inizio del 1701. Ma gli Hannover dovettero aspettare un pezzo per mettere piede in Inghilterra. Finché lei era viva, la regina Anne aveva fatto capire a chiare lettere che non voleva vederli sull'isola. Infine, il mattino di domenica 1° agosto 1714, Anne si spense nella reggia di Kensington a soli quarantanove anni, stroncata da una serie di ictus. Poche ore dopo, alle due del pomeriggio dello stesso giorno, Giorgio I fu proclamato re a Londra.

Sin dalla sua prima apparizione i nuovi sudditi britannici notarono una cospicua mancanza al fianco del sovrano. La moglie, Sophie, che gli aveva dato il principe ereditario George Augustus, era completamente assente dalla scena di Corte a St

James's. Eppure era viva e vegeta. Ma imprigionata da anni in un remoto castello tedesco. La sua tragica storia era destinata a influenzare enormemente i sentimenti reciproci di padre e figlio. Nei primi anni di vita del principe George Augustus, la madre si era imbarcata in una prolungata e flagrante relazione adulterina con Philipp von Königsmark, un conte svedese che serviva nell'esercito hannoveriano. Non solo gli amanti facevano poco per nascondersi, ma affidavano anche alla corrispondenza le espressioni più infuocate della loro passione. Per dire, in una lettera del 16 luglio 1693, Königsmark descrive piuttosto dettagliamente un orgasmo di Sophie, ricordandole lo sguardo in deliquio e il suo grido: «Arriviamo insieme!» L'effetto delle missive, una volta diffuse (in un modo o nell'altro) nei salotti d'Europa, si può facilmente immaginare.

La fine di questo amore fu decretata in modo orribile e sanguinoso. Una notte del 1694 il conte Philipp si avviava verso la camera della sua Sophie lungo i corridoi bui della reggia di Leine, nel cuore della vecchia Hannover. All'improvviso, dall'ombra sbucarono alcuni uomini che lo immobilizzarono e lo strangolarono. Il corpo fu gettato nel fiume sottostante. L'identità degli assassini non era un mistero per nessuno: un killer italiano a pagamento e tre personaggi fedeli all'Elettore di Hannover, suocero di Sophie. Ma la Corte, ovviamente, si chiuse in un assoluto mutismo, fingendo di non accorgersi della scomparsa dello sfortunato svedese.

La vendetta contro la moglie fedifraga seguì invece la farsa di un procedimento legale. Poiché l'adulterio era stato reso pubblico, la materia era affare di Stato e Sophie fu trascinata davanti a un tribunale. Che la sollevò finalmente dalla compagnia dell'odiato marito, decretando il divorzio. Ma la condannò anche agli arresti domiciliari nello sperduto castello di Ahlden. Con una pena aggiuntiva, e la più atroce: le fu proibito di rivedere il figlio. E all'epoca in cui lei sparì il ragazzo aveva appena undici anni. Più di due decenni dopo, ancora circolavano per l'Europa le chiacchiere sulla sua effettiva paternità: «È sicuro che James Stuart è figlio di Giacomo II come vostro marito è figlio del conte Königsmark», scriveva nel 1716 un anonimo beffardo alla principessa Caroline.

Quando la sventurata Sophie si innamorò del focoso conte svedese, aveva già dovuto sopportare in realtà parecchio di più dell'abituale quota di tradimenti prerogativa dei maschi reali. A Londra, nella sala del trono di St James's Palace, Giorgio I appariva di solito accompagnato da due signore, molto dissimili: erano, per voce unanime, le sue due amanti tedesche di lunga data. Ehrengard Melusine von der Schulenburg, nota semplicemente come Melusine, era alta e secca a tal punto che gli inglesi le avevano affibbiato il nomignolo di *May Pole*, il palo al centro delle danze popolari di maggio.

La sua compagna era l'esatto contrario: bassa e grassa tanto da meritarsi l'appellativo di «Elefante». Il suo vero nome era Sophia Charlotte von Kielmansegg. Quando fecero la loro apparizione a Londra, nel 1714, i giornali britannici – temibili anche allora, e forse più di oggi – le definirono testualmente «due vecchie baldracche che avrebbero trovato pochi clienti perfino nei bordelli di Drury Lane», quelli più a buon mercato.

Se ai londinesi la scheletrica Melusine parve subito perfino «più noiosa del re», l'obesa Sophia Charlotte venne descritta come «due acri di guance cosparse di vermiglio, e un oceano di collo che tracima». Il quadretto collima con quanto scriveva lord Chesterfield, uno dei critici più feroci del sovrano: secondo lui, Giorgio I non lasciava passare nessuna donna «che ci stesse, fosse molto grassa e avesse grossi seni». Ma agli inglesi, che non si sono mai sforzati troppo di comprendere gli stranieri, sfuggiva che la situazione reale nella Corte georgiana era ancora più strana della finzione messa in scena. L'«Elefante» era in realtà la sorellastra del re, prodotto dell'adulterio del padre con la moglie del suo primo ministro. Come si usava all'epoca, i principi mantenevano moglie e amanti, e figli legittimi e «bastardi» si mescolavano negli affetti dei genitori.

Per le malelingue, veramente, non era solo affetto fraterno quello tra Giorgio I e Sophia Charlotte. Ma di un legame incestuoso non è mai emersa prova certa, mentre si sa che lei non rifuggiva da altre relazioni. Quanto al re, non pronunciò mai una parola sulla moglie segregata né sull'assassinio del suo amante. L'uomo era anche timido ma dotato di una volontà di ferro, e di un'abilità altrettanto ferrigna di conservare per anni i suoi risentimenti. Anche verso il figlio. Così, la grande trasformazione nelle fortune degli Hannover non fu la fine ma l'inizio dei loro problemi. Per duecento anni – ma anche dopo, quando diventarono Windsor – a ogni generazione avrebbero offerto lo stesso spettacolo: padri e figli che si detestavano a vicenda. Ma pochi, ora vedrete, con la stessa intensità dei primi due Giorgi.

12
La disputa del battesimo

La vulgata di Corte faceva risalire al 1705 il primo disaccordo pubblico tra Giorgio I e il figlio, e in effetti George Augustus si era lamentato a voce alta del regalo da spilorcio che il padre gli aveva fatto quell'anno per le nozze con Caroline. Ma fu il trasferimento a Londra a rendere sempre più amare, e pubblicamente, le relazioni tra i due. Già nel 1715, secondo testimoni, il principe appariva «in pessimi rapporti con il padre, e non parlano l'uno con l'altro». Altri riferiscono che sembravano più interessati a provocarsi a vicenda che a domare la seria ribellione guidata negli stessi mesi dal pretendente cattolico al trono, James Francis Edward Stuart.

La crisi si fece anche più grave l'anno dopo, quando Giorgio I se ne tornò tutta l'estate in vacanza nel suo amato Hannover. I precedenti suggerivano che nominasse il figlio reggente del regno al suo posto, ma lui rifiutò. Uno schiaffo per il principe, che lasciò lui «in agonia, e la principessa tutta un fuoco», annotò Mary Cowper. «Sono pazzi, e per i loro fini privati ci distruggeranno tutti».

Non era solo una questione di carattere, o di odio alimentato dalla sorte toccata alla madre di George Augustus. Dietro la faida famigliare c'erano precise ragioni politiche. Soprattutto quello che sarebbe stato definito *the reversionary problem*, letteralmente «il problema del ritorno». In realtà la *reversion* definiva la promessa di un posto o una carica nel momento in cui si fossero resi vacanti. Come scriveva il cinico Hervey, «tutti vengono a Corte nella speranza di arraffare qualcosa, e se non c'è niente da ottenere al momento, è naturale cercare qualche *reversion*».

Un principe possedeva ovviamente la più grande di tutte, giacché l'obiettivo cruciale della sua vita – diventare re – si realizzava solo alla morte del padre. Era inevitabile che amici e sostenitori si facessero impazienti di ghermire il potere. E questa impazienza disegnò il modello della politica britannica nel Settecento, in cui il re e il suo erede avrebbero costantemente guidato in Parlamento fazioni opposte. Anche perché la Gloriosa Rivoluzione del 1689 aveva stabilito un precedente pericoloso: la *reversion* reale poteva avvenire anche non per causa di morte. Quando Mary e Anne accettarono il sostegno dell'aristocrazia Whig (non lealista) per rimuovere dal trono il padre Giacomo II, accettarono di fatto che un re potesse essere *licenziato*.

Con la mistica della regalità se ne andarono anche gran parte dei poteri del monarca, ulteriormente erosi alla morte senza figli della regina Anne. Il Parlamento – dominato dai Whig – che invitò Giorgio I sul trono, non perse occasione per ridurre ancora il suo raggio di azione. Il re non poteva concedere nessun titolo o feudo ai suoi connazionali tedeschi. Non poteva dichiarare guerra o lasciare il Paese senza il consenso del Parlamento. E ovviamente non poteva cambiare religione. Sia pure così limitato, conservava però il potere ultimo, cioè quello di scegliere i ministri del suo governo, così che, come osservò nel 1716 sir Robert Walpole, «nessuno può condurre gli affari del re [cioè gli affari di Stato, *N.d.A.*] se non è appoggiato a Corte». E Walpole, primo inglese a esercitare effettivamente la funzione di un primo ministro (sia pure senza il titolo), sapeva di che parlava. Il risultato fu che non solo le Camere dei Lord e dei Comuni diventarono campo di battaglia politico, ma nella stessa Corte si fronteggiavano due partiti, quello di «quanti si erano votati al portatore della corona, e degli altri invece devoti a chi aspettava». Di scaramuccia in scaramuccia, la guerra totale fu innescata dalla «disputa del battesimo».

I principi sfrattati per un malinteso linguistico

I rapporti tra padre e figlio erano gelidi quando il 13 novembre 1717 la principessa Caroline, che aveva già partorito un maschio e tre femmine, diede alla luce un altro piccolo principe. Il parto avvenne alle sei del mattino nel suo appartamento a St James's Palace, dove i Galles erano alloggiati sin dal loro arrivo in Inghilterra nel 1714. Informato del lieto evento, il sovrano si recò a visitare la nuora. Volle anche andare a vedere il nuovo nipotino già messo al petto della balia. Ma tutti notarono che si era ben guardato dal rivolgere la parola al figlio.

Il piccolo doveva essere battezzato, e si dovevano quindi scegliere i padrini. I genitori avevano già cominciato ad affrontare la questione, non secondaria nell'etichetta principesca, quando il re intervenne costringendoli a cambiare la loro prima scelta. Giorgio I impose che a tenere il neonato al fonte battesimale fosse il favorito duca di Newcastle, Lord Ciambellano e il più alto dignitario di Corte. Costretti a obbedire, i principi di Galles erano però infuriati dall'intromissione reale in quello che consideravano affar loro. E la cerimonia del battesimo, nella camera di Caroline, si risolse in una catastrofe.

A un lato del letto c'erano tutte le lady della principessa, dall'altro la sgradita figura del duca di Newcastle, l'invitato che si trovava lì solo per l'insistenza del re. A cerimonia finita, il cattivo sangue generò un acceso e spiacevole scambio verbale tra George Augustus e il Pari del regno. Il Ciambellano lasciò l'appartamento convinto che il principe lo avesse sfidato a duello. Il giorno dopo la notizia aveva fatto il giro dei palazzi di Londra e il re furioso mandò dei messaggeri a chiedere conto al figlio: era vero che aveva detto al duca di Newcastle le oltraggiose parole «Voi mascalzone, vi combatterò»?

Non meno furioso l'erede replicò che non aveva detto «*fight you*» (combattervi) ma «*find you*» (trovarvi): nel senso che avrebbe trovato il duca per dargli una solenne lezione verbale, perché – esplose – «mi ha spesso mancato di rispetto, e particolarmente in quest'ultima occasione, insistendo a far da padrino a mio figlio». Insomma, un gigantesco equivoco originato dall'atroce accento della Westfalia che deturpava l'inglese di George Augustus. In ogni caso, il principe si rifiutava di scusarsi. E il re di perdonare. Poiché l'offeso duca continuava a protestare, Giorgio I ordinò a figlio e moglie di liberare il loro appartamento nella reggia di St James's. Proprio così. Il monarca li sfrattava dalla casa di famiglia.

Amici e servitori dei principi di Galles si trovarono all'improvviso le porte del palazzo letteralmente sbattute in faccia. Quando Henrietta Howard si presentò per prendere servizio presso la sua principessa, gli Yeomen della Guardia le incrociarono davanti le alabarde: «Quale fu il mio sbalordimento!» racconta la damigella-amante. «Cercai di insistere che era mio dovere presentarmi dalla principessa, ma mi risposero: 'Niente da fare, di qua non può passare'.» E il peggio doveva ancora venire.

Giorgio I, infatti, aveva dato ordine di allontanare da casa figlio e nuora ma non aveva incluso i nipotini. Una distrazione? Macché. I bambini della coppia, cioè le tre figlie Anne, Amelia e Caroline, nonché il neonato di nemmeno un mese, dovevano tutti restare a St James's. Sulle prime George Augustus e Caroline non potevano credere alle loro orecchie. Poi, sbalorditi e sgomenti, scoprirono che secondo la legge inglese il re poteva in effetti pretendere i loro figli. Solleciti dignitari snocciolarono loro i precedenti legali: tutti confermavano che un monarca aveva pieno diritto di prendere il controllo dei suoi eredi.

L'Europa indignata dall'«orco di St James's»

Alle nove di sera del 2 dicembre 1717 la principessa Caroline e l'affranto consorte lasciarono St James's Palace. Furono costretti ad abbandonare i loro bambini, che rimasero a palazzo sotto la supervisione di una governante. La povera Caroline, teneramente attaccata ai figli, «passava da uno svenimento all'altro mentre le sue piccole principesse le dicevano addio». Piangeva a dirotto anche il principe, che non si era mai mostrato capace di controllare le sue emozioni: «Così poco padrone di sé, il nostro Grande Padrone!» commentava sarcastico lord Berkeley di Stratton. Quando furono finalmente riparati nella casa di lord Grantham a Dover Street, che sorgeva poco lontano, George Augustus continuò a piangere per due ore e la principessa venne meno parecchie volte. Anche la scorta d'onore degli Yeomen fu ritirata, e da allora in poi l'erede al trono avrebbe dovuto muoversi per la città senza protezione e senza riguardi alla sua dignità reale.

I londinesi seguirono gli eventi con orrore, stretti com'erano tra la minaccia di insurrezioni giacobite (ovvero di partigiani di Giacomo II Stuart) e la faida famigliare degli Hannover. Ma per scrittori satirici e compositori di ballate popolari fu la pacchia. Giorgio I veniva dipinto intento a scrivere al figlio intingendo la penna nella bile anziché nell'inchiostro. E Caroline mentre strillava alle sue damigelle, impegnate a fare i bagagli, di non dimenticare il vaso da notte. Insomma «tanto stupido baccano», come sintetizzò un cronista, riuscì a coprire di ridicolo la famiglia reale e a regalare ai critici l'opportunità di offrirne un'immagine comica.

In breve tempo i principi di Galles si trovarono una nuova residenza a Leicester House, spaziosa magione secentesca, ben lontana però dall'essere un palazzo. Ma lì si attrezzarono per una lunga guerra di attrito. In seguito allo sfratto dalla reggia, Giorgio I aveva anche ordinato che nessuno potesse servire contemporaneamente le due case. I cortigiani dovevano scegliere: o di qua o di là. L'editto reale non lasciava dubbi: «A tutte le persone che si recheranno a visitare il principe e la principessa di Galles, sarà proibito di giungere alla presenza di Sua Maestà».

Quest'ultima mossa trasformava la disputa in una specie di concorso di popolarità e gettava nello sgomento i cortigiani. I seguaci di George Augustus cercavano di tenere un basso profilo per paura della collera del re, e i sostenitori di quest'ultimo erano egualmente cauti a dichiararsi per timore della vendetta dell'erede. Nella battaglia il principe poteva comunque schierare un'arma decisiva: la moglie. Per sua fortuna, Caroline dominava perfettamente l'arte di coltivare l'opinione pubblica. Aveva il buon senso di capire che per i trapiantati Hannover far crescere la tenera pianticella del favore pubblico era questione di vita o di morte. Pertanto cominciò a corteggiare i potenziali sostenitori, a mostrare considerazione per i grandi titolati e la più radiosa gentilezza verso i minori. Il suo salotto divenne famoso per il calore che lei irradiava, al punto che gli ospiti se ne andavano magnificamente gratificati «dalla semplicità del suo comportamento e dalla sua affabilità».

Ma i cannoni rimanevano sempre puntati contro il re. Se Giorgio I teneva un ricevimento a St James's, il commento della nuora non poteva essere più sprezzante: «Nessuna donna per bene ci andrebbe». La sua casa invece si riempiva di lady e intellettuali, e frequentare il suo salotto equivaleva a un atto di reclutamento nell'armata dei suoi sostenitori. Una poetessa, e occasionale cortigiana, come lady Mary Wortley Montagu rese chiaro il sostegno di molti anche della sua generazione ai giovani ribelli reali: «Noi vecchie bellezze siamo tenute a esibirci nei giorni di mostra per tener su il prestigio della Corte del principe».

I Galles potevano anche vincere questa ridicola sfida, ma a un prezzo elevatissimo. Per loro era difficile, e talvolta impossibile, vedere i figli a St James's Palace. Una volta, all'ennesimo diniego della governante, George Augustus fu colto da una tale rabbia «che avrebbe letteralmente preso a calci la donna se la Principessa non si fosse interposta». Le figlie, già grandicelle, soffrivano quanto loro. «Abbiamo un così buon papà e una così buona mamma», disse una di loro, «eppure siamo orfani.» E quando le chiesero se il nonno andava spesso a trovarle, la risposta fa stringere il cuore ancor oggi: «Oh no, non ci vuol bene abbastanza».

L'intera Europa sapeva, come scrisse la duchessa d'Orléans, che «il re d'Inghilterra è davvero crudele con la principessa di Galles. Sebbene non abbia fatto niente, le ha portato via i figli». E ancora non si era verificata la tragedia che avrebbe coronato questa farsa. All'inizio del 1718 Giorgio I stabilì che per l'estate la Corte si sarebbe trasferita nel palazzo di Kensington. Circondata da giardini e campi, e all'epoca oltre gli estremi confini di Londra, la residenza era tutt'altro che reale ma offriva un'atmosfera più rilassata e salubre nei mesi estivi. Il piccolo George William, il bimbo nato pochi mesi prima e il cui battesimo aveva scatenato l'infernale lite, fu mandato avanti con *nanny* e domestici. Ma, una volta a Kensington, il bambino cominciò a soffrire di tosse e a mostrare difficoltà di respiro. Fu una malattia brevissima. Una violenta crisi di convulsioni ne provocò la morte.

Per i genitori fu, com'è ovvio, un colpo terribile. E, date le circostanze del decesso, rischiava di essere anche un terremoto istituzionale. Perciò le cause della morte e l'esame autoptico rivestivano un'importanza eccezionale. A esaminare il corpicino fu convocato un ampio gruppo di luminari medici, incluso l'archiatra della stessa principessa Caroline, sir David Hamilton. Il loro rapporto rivela che trovarono «una grande quantità d'acqua» nella testa del piccolo, l'intestino infiammato e una cisti nel cuore. L'intenzione di proteggere il re, e il suo staff medico, da ogni accusa di negligenza o cattiva pratica appare evidente nelle conclusioni: «Soprattutto è chiaro che era impossibile che questo giovane principe potesse vivere».

I risultati dell'autopsia non furono di nessun conforto alla povera madre. La principessa Caroline apparve duramente provata dal dolore. E dal rimorso: se avesse ingoiato l'orgoglio, e messo fine alla lite con il suocero, forse il bambino sarebbe vissuto? O almeno sarebbe morto tra le sue braccia? Fatto sta che la tragica fine del piccolo mise in moto un lento processo di riappacificazione. Padre e figlio non cedevano però sul punto delle scuse, che il primo pretendeva e il secondo rifiutava. Alla fine fu la marea della politica a costringere la famiglia reale a uno sforzo più serio per metter fine alla diatriba di cui l'Inghilterra era stufa.

Sir Robert Walpole, il miglior statista dell'epoca, il politico che «niente spaventa, niente sbalordisce», aveva bisogno di nuovi alleati nella sua lotta contro le altre fazioni del partito Whig. Ed era convinto che una famiglia reale finalmente unita potesse offrirgli il sostegno così necessario. Alla sua naturale eloquenza aggiunse un argomento estremamente persuasivo per Sua Maestà: lo convinse che la riconciliazione con il figlio valeva le 600.000 sterline che sarebbero state pagate in aggiunta ai suoi appannaggi. Tra minacce velate e lusinghe, Walpole ripeté l'operazione con George Augustus, che d'altro canto non poteva più permettersi da nessun punto di vista – emotivo, politico, finanziario – di resistere al padre. Una lettera di sottomissione al re fu compilata dal politico e firmata dal principe. Così all'erede fu permesso, il 23 aprile 1720, di rientrare con il cuore pesante in quel St James's Palace da cui era stato tenuto fuori per oltre due anni. Il perdono fu concesso in un freddo incontro di appena cinque minuti. Ma abbastanza per dire che padre e figlio erano tornati a parlarsi.

Due sere dopo, il 25 aprile, le due Corti nemiche si sarebbero finalmente riunite nel salone delle feste della reggia. E per altri sette anni si sarebbero esibite nella finzione di un'impossibile pacificazione. La quiete sarebbe tornata solo con la scomparsa di uno dei contendenti. Il più vecchio infine sgombrò il campo nel 1727, e Giorgio II occupò il suo posto sul trono. Libero di fare al figlio ciò che il padre aveva fatto a lui.

Il mistero del testamento scomparso

Questa volta, vent'anni dopo la ridicola «guerra del battesimo», la scena d'apertura è nel cortile della reggia di Hampton Court, nella calda notte del 31 luglio 1737. Una carrozza aspetta con gli sportelli spalancati mentre marito e servi cercano di issarvi a bordo una principessa che ha già cominciato il travaglio. È il momento culminante della nuova faida, stavolta tra il principe ereditario Frederick e i reali genitori. Giorgio II aveva trascorso anni a litigare con il padre, e ora la storia sembra voler ripetere se stessa. Evidentemente, come annota Horace Walpole, «odiare il figlio maggiore era un po' nel sangue della famiglia».

Diffidenza e rancore affondano, anche in questo caso, nell'infanzia. Quando nel 1714 gli Hannover si trasferirono in massa a Londra, Giorgio I volle che il nipote Frederick rimanesse invece nella patria tedesca. Il primogenito di George Augustus e Caroline aveva solo sette anni, ma c'erano solide ragioni politiche perché il bambino non seguisse i genitori: per mantenere un saldo controllo sul principato, era opportuno che il posto rimanesse presidiato da una figura di primo piano della famiglia. Purtroppo quella figura era ancora nel pieno dell'infanzia, e quel che dovette provare alla partenza di mamma e papà fu probabilmente un gran senso di abbandono.

Affidato alle cure dello zio paterno, gli venne insegnato l'inglese e da Londra riceveva regolarmente pacchi di documenti parlamentari così come modellini delle navi da guerra britanniche. Dopotutto, era il Paese su cui prima o poi avrebbe dovuto regnare. Abbastanza precocemente ci si occupò anche della sua educazione sessuale. O, per essere più precisi, se ne occupò una certa Madame d'Elitz, appartenente alla famiglia Schulenburg: la stessa, come forse ricorderete, da cui veniva la secca Melusine amante di Giorgio I. Abbastanza perché gli inglesi, che notoriamente adorano i *calembours*, ci scherzassero sopra: «*There's nothing new under the sun, or the grandson either*», cioè «Niente di nuovo sotto il sole, e nemmeno sotto il nipote» (*sun*, il sole, e *son*, figlio – *grandson*, nipote – suonano allo stesso modo).

Anche dopo la morte del nonno Giorgio I, che con gran rabbia del padre il ragazzo considerava il suo «miglior amico», Frederick fu lasciato languire a Hannover. Finché, nel 1728, il ventunenne erede al trono fu all'improvviso convocato a Londra. E i problemi cominciarono davvero. Come era accaduto per il padre ai tempi in cui era principe di Galles, così anche il nuovo erede diventò presto il punto di raccolta per l'opposizione in Parlamento, tutti gli scontenti che erano ormai stanchi del lungo dominio di sir Robert Walpole. Per gli osservatori esterni era ovvio che i politici cercavano di dividere, e quindi di governare, la famiglia reale. Ma questa elementare verità sfuggiva alla passiva stupidità del giovane principe, apparentemente nelle mani dei suoi suggeritori. Molly Lepell, la più bella delle damigelle della regina, sposata al diarista lord Hervey, lo compiangeva pubblicamente: «Pover'uomo! Non si accorge che ogni colpo che è diretto al padre rimbalza contro di lui».

A rendere ancora più tese le relazioni tra i due si aggiunse il mistero sul testamento di Giorgio I. Come mai il re suo figlio, appena lo ebbe ricevuto dall'arcivescovo di Canterbury, si affrettò a farlo sparire? Horace Walpole presume che l'avaro Giorgio II volesse in questo modo evitare di pagare i vari lasciti disposti dal padre. Ma stranamente la storica amante Melusine von der Schulenburg ricevette l'eredità del sovrano, abbastanza cospicua da permetterle di acquistare una villa a Isleworth, nel Middlesex. E anche una delle figlie illegittime che aveva avuto da Giorgio I accettò 20.000 sterline in un accordo extragiudiziale.

La verità è che il testamento fu fatto sparire perché conteneva la radicale proposta di separare la Gran Bretagna e l'Hannover alla morte di Frederick, nipote del vecchio re: nelle sue ultime volontà Giorgio I disponeva che la corona inglese fosse destinata al figlio maggiore e ai suoi discendenti, e quella del principato tedesco al figlio minore. Cosa c'era, in questi piani, che disturbava Giorgio II? Gli storici moderni pensano che il sovrano avesse in testa un altro progetto, e cioè di consegnare il piccolo Hannover a Frederick, mentre sul trono inglese sarebbe salito il figlio cadetto William Augustus, nato tra l'altro già in Inghilterra, e di gran lunga preferito dai genitori.

Frederick non sarebbe mai stato un buon sovrano britannico, pensava il padre, che condivideva il severissimo giudizio del precettore del giovane: «Il principe possiede la natura più viziosa e il cuore più falso che uomo abbia mai avuto, né sono i suoi vizi i vizi di un gentleman ma i più bassi imbrogli di un canagliesco lacchè». Farebbe riflettere, questa spaventosa sentenza, se il testimone che la riporta non soffrisse lui per primo di dubbia reputazione. Sì, è sempre lui, il viceciambellano John Hervey, così bravo a intingere la penna nel veleno per demolire gli altri, ma lui stesso un cortigiano esperto nell'arte dell'adulazione, della corruzione e della seduzione, senza distinzione di stato civile o di sesso.

L'incredibile fuga della principessa con le doglie

Forse cuore di mamma offrirà un minimo di tenerezza? Nemmeno per idea. Proprio al perfido Hervey, che le parlava male del figlio, Caroline apriva senza ritegno il pozzo dei suoi sentimenti. Un giorno che i due erano in conversazione nel salotto della regina, Frederick passò proprio sotto la finestra e lei esplose: «Guardalo, chissà dove va... Quel rottame! Quel mascalzone! Vorrei che il terreno si aprisse in questo istante e quel mostro affondasse nel buco più profondo dell'inferno». Se vi sembra, giustamente, un pensiero orrendo da parte di una madre, aspettate di sentire quali curiosità nutrisse sul figlio: non sapeva decidersi se credere alle voci che lo volevano impotente o a quelle che lo giudicavano promiscuo, con uomini e donne. A Hervey, notoriamente bisex, la regina chiese pertanto di interrogare in merito la dama più licenziosa della buona società, lady Dudley, per la buona ragione – sottolinea la sovrana – che «lei è andata a letto con mezza città oltre che con Fretz [il nomignolo del figlio, *N.d.A.*], e dunque deve sapere se è come gli altri uomini o no».

In questa curiosità morbosa si manifesta ovviamente la solita reale paranoia circa la produzione di eredi. Alla quale venne finalmente deputata l'ingenua principessa Augusta, reclutata nello sperduto Staterello tedesco di Sassonia-Gotha-Altenburg. La povera ragazza aveva ricevuto la più sommaria delle educazioni, e certo nemmeno una lezione di inglese: la mamma era infatti convinta che, dopo tanti anni di regno hannoveriano, l'Inghilterra ormai parlasse tedesco. E poiché la fanciulla conosceva soltanto due parole di francese, toccò alla regina Caroline tradurle il rito religioso del matrimonio nella cappella di St James's, suggerendole all'orecchio le opportune risposte. Dopodiché, i novelli sposi furono messi a letto da tutta la famiglia e dalla nobiltà del regno, tra i persistenti timori di Caroline che il figlio non fosse all'altezza dei suoi doveri coniugali.

A dispetto delle sue preoccupazioni, il matrimonio sembrò

invece ingranare abbastanza bene, soprattutto per una famiglia così disfunzionale. Augusta era una giovane intelligente, e presto il suo inglese diventò migliore di quello dell'intera casa reale, che pure viveva a Londra da una vita. Fu anche molto abile ad andare d'accordo con i suoceri, atteggiandosi a mogliettina sottomessa e innocente. Frederick finì con l'innamorarsene, ma questo non cambiò il suo carattere né i suoi rapporti con i genitori. La situazione, anzi, andava peggiorando.

Il principe evitava di farsi vedere nel salotto materno, e spingeva il padre all'esasperazione mettendosi in combutta con i suoi peggiori nemici politici. Su Pall Mall fu visto brindare alla «Libertà» davanti a una folla compiacente. Informata, Caroline, che non aveva certo mai rifuggito il favore del pubblico, dichiarò: «La popolarità mi disgusta sempre, ma quella di Fretz mi fa vomitare». L'erede però era abile e sapeva giocare le sue carte, per esempio sfruttando la ferma opposizione del Paese alla nuova legge che cercava di limitare l'abuso di gin (antica storia d'amore, quella tra il gin e l'Inghilterra...). Fece il giro delle taverne mostrandosi con il bicchiere pieno in mano mentre la folla attorno gridava: «*No gin! No King!*» ovvero: «Niente gin, niente re!» La rappresaglia del padre monarca non tardò ad arrivare. Se ne andò in vacanza a Hannover lasciando la reggenza alla moglie anziché al figlio. E fece bocciare dai suoi sostenitori in Parlamento, sia pure di stretta misura, l'aumento di appannaggio sollecitato da Frederick.

Si era a questo punto quando quella notte di fine luglio 1737 la principessa Augusta iniziò il travaglio. Quello che seguì è puro romanzo picaresco. L'intera famiglia reale si era trasferita per l'estate nella reggia di Hampton Court, sul Tamigi un po' fuori città. Il tempo della gravidanza di Augusta stava per scadere e la regina Caroline voleva che il parto avvenisse lì, e soprattutto sotto i suoi occhi. Era la solita ossessione reale per il temuto «scambio di bambino» – ricordate le storie sul pretendente Stuart contrabbandato in culla? –, aggravata dalla totale sfiducia verso il figlio. Per ragioni diametralmente opposte, il principe voleva invece che il suo erede nascesse a St James's Palace e lontano dagli occhi di sua madre: un vero schiaffo per i reali genitori. Che la sera del 31 luglio, dopo una giornata calda e fitta di impegni pubblici, si ritirarono presto nei loro appartamenti. Favorendo, senza saperlo, i piani del figlio.

Il detonatore fu la rottura delle acque. Secondo alcuni testimoni sarebbe avvenuta verso le sette di sera, secondo altri intorno alle undici. Comunque l'evento comportava un preciso protocollo, non solo medico, da seguire. Bisognava convocare subito l'ostetrica, riscaldare pentole d'acqua, stendere lenzuola pulite sul letto e, trattandosi di nascita reale, chiamare i necessari testimoni: la regina, in primo luogo, e poi i lord del Privy Council, il Consiglio Privato del re. Non accadde nulla di tutto questo.

Incurante della salute della moglie diciottenne, nonché del bimbo che aveva in grembo, Frederick si accinse a far sparire la puerpera dalla casa dei genitori prima che l'erede venisse al mondo. Non si sa come, riuscì a farle scendere le scale fino alla carrozza che aspettava nel cortile. E mentre lui la spingeva da dietro, il maestro di danza e uno dei suoi scudieri le tiravano le braccia per issarla nel cocchio. Inutili le preghiere di lady Hamilton, una delle dame di compagnia, che supplicava il principe di lasciare in pace la povera ragazza in preda a dolori atroci. Frederick non stette nemmeno a sentirla (sebbene anche lei, non ve ne stupirete, fosse stata una sua amante). Fece salire a bordo anche due cameriere e il suo valletto Vreid, che era un esperto chirurgo, e ingiunse al cocchiere di frustare a sangue i cavalli fino a St James's.

In seguito, per difendersi dall'ira reale, il principe sostenne che il trasferimento gli era stato chiesto dalla moglie. E che lui aveva aderito per il desiderio di trovare nella reggia londinese cure più adeguate e migliori condizioni igieniche. Nessuno credette alla finzione del «maritino tenero e preoccupato». Al contrario, Augusta supplicava di non essere mossa nelle sue dolorose condizioni, e solo il caso impedì che partorisse in carrozza nell'ora e mezzo di terribile viaggio, su 15 miglia di strada tutta buche e dossi. Arrivati alla reggia, Frederick ordinò di spegnere le luci, per non far notare l'insolita attività, e mandò a chiamare lord Wilmington e l'arcivescovo di Canterbury: aveva bisogno di testimoni, e questi erano i due membri più malleabili del Privy Council.

Finalmente sbarcata dalla carrozza con gli abiti inzuppati, la povera principessa fece appena in tempo a venire adagiata su un letto. Poiché nessuno aveva avvertito dell'arrivo, le lenzuola erano umide e furono rimpiazzate con tovaglie da pranzo. E mentre i valletti si precipitavano dai vicini per chiedere panni e acqua calda, Augusta si sgravò all'improvviso di un corpicino «che era solo un po' più grande di un buon, largo stuzzicadenti». L'arcivescovo, che doveva essere il principale testimone, arrivò quindici minuti dopo che la principessina Augusta (come la madre) era venuta al mondo. Solo a quel punto un messaggero fu inviato a Hampton Court ad avvertire i reali nonni.

Svegliata in piena notte, la regina Caroline pensò dapprima che il palazzo andasse in fiamme, poi le dissero che si trattava del parto e allora chiese la vestaglia da camera per andare a pochi metri, nell'appartamento della nuora. «La vestaglia, certo, Madam», le rispose la dama di compagnia, Mrs Titchborne, «e anche la vostra carrozza. La principessa è a St James's.» «Siete impazzita?» la interruppe la sovrana. «O state ancora dormendo, mia buona Titchborne?» Quando scoprì che cos'era successo, saltò subito in vettura diretta a Londra, mentre la collera di Giorgio II esplodeva in una delle sue eruzioni più spettacolari.

A St James's la regina trovò la nipotina nelle stanze della madre ancora avvolta nei lini da tavola. «Dio ti benedica, povera creaturina», la salutò, «sei arrivata in un mondo spiacevole!» Soprattutto, in una *famiglia* molto spiacevole. Alle quattro di notte, dopo aver sorbito una tazza di cioccolata con il fedele Hervey, Caroline si rimise in carrozza per tornare a Hampton Court, dove trovò il consorte sempre più furioso per l'imperdonabile offesa ricevuta dal figlio. Se non altro, la visita notturna della regina aveva dissipato i timori che l'erede avesse messo nella culla reale il bambino di qualcun altro, ma «se invece di questa povera, brutta topolina avessi visto un grande, grosso, baldo bambino», ammise quella stessa notte al confidente Hervey, «i miei sospetti non sarebbero stati fugati».

In ogni caso, il «parto della fuga» era stata una vera e propria dichiarazione di guerra, e Giorgio II reagì con tutta la sua potenza di fuoco. Esattamente come suo padre, vent'anni prima, lo aveva sbattuto fuori da St James's Palace su due piedi, così ora lui sfrattò il suo erede. Frederick, Augusta e la loro bambina furono cacciati dalla reggia senza neanche avere il tempo di fare i bagagli. I domestici raccolsero le loro cose nelle ceste della lavanderia. E in un'altra esatta replica del passato, il 12 settembre il re emanò un'ordinanza che proibiva «a tutti i Pari e a ogni persona al servizio del Re e della Regina di visitare le Loro Altezze Reali i Principi di Galles», pena il divieto d'ammissione alla presenza delle Loro Maestà.

Di nuovo, come vent'anni prima, il regno si ritrovava con

due Corti l'una contro l'altra armata. E i sudditi cominciavano ad averne abbastanza di questi stupidi litigi. Se continua così, prevedevano i più pessimisti, «la corona sarà già da gran tempo perduta quando la principessina sarà in età di portarla». Ma Frederick non godeva nemmeno lontanamente della popolarità che accompagnava i suoi genitori al tempo della faida con Giorgio I. Presto si rese conto che aveva bisogno di una riappacificazione, soprattutto con la madre. Né lui né nessun altro sapeva che il tempo per fare pace sarebbe stato molto più corto di quanto immaginato. Il 9 novembre 1737 Caroline cominciò a soffrire per un terribile dolore allo stomaco. Era l'ernia ombelicale che aveva tenuto nascosta per vent'anni – per vanità, pudore, chissà – e che mal curata l'avrebbe portata alla tomba in poco più di una settimana, il 20 novembre.

I giorni felici, eccitanti, feroci, della dinastia hannoveriana si estinsero con lei. Il lutto spense ogni gaiezza nella Corte. Ma il lungo regno del vedovo Giorgio II, fino al 1760, avrebbe ancora regalato momenti, se non d'allegria, quantomeno di involontaria comicità.

La disfida delle sedie tra le due amanti reali

La scomparsa della moglie fu un colpo durissimo per Giorgio II. È vero che negli ultimi anni l'invecchiamento della bellissima principessa di cui da giovane era stato innamorato pazzo lo aveva spinto verso più giovani amanti. E questo aveva fatto soffrire Caroline, che ancora desiderava il marito. Lei non aveva mai considerato un disgustoso dovere quello di dormire con lui, e dopo la nascita dell'ultima figlia Louise lamentava pubblicamente la sua perdita di piacere. Del resto, non solo il fidatissimo Hervey ma pure il premier (*de facto*) Walpole discutevano apertamente con lei le sue paure di un declinante magnetismo sessuale. Né l'uno né l'altro trovavano queste preoccupazioni scandalose, e anzi Walpole le consigliava di non aspettarsi, dopo i trentacinque anni, di avere lo stesso fascino dei trentadue: doveva imparare piuttosto «a non contare tanto sul suo fisico ma sulla sua testa, per esercitare influenza».

La regina apparteneva del resto all'ultima generazione di donne che ebbero la fortuna di vivere prima che una pesante cortina fosse calata sulla libido femminile. Per il resto del Settecento, e non parliamo poi dell'Ottocento, le donne furono considerate incapaci di desiderare o godere il sesso. Si trattò di una radicale inversione a «U», giacché sino a metà del diciottesimo secolo prevaleva semmai l'idea contraria. Le donne erano considerate per loro natura molto più lascive e infuocate degli uomini, il loro desiderio era percepito come insaziabile e addirittura pericoloso per i loro partner: «Come può un uomo essere in condizione di fare il suo dovere... dopo essersi esaurito in un eccesso di abbracci coniugali?» Cent'anni più tardi, il desiderio femminile fu dichiarato «dormiente, se non addirittura non esistente», e i medici vittoriani misero in dubbio che una lady o un'operaia potessero mai provare un orgasmo.

Così, il declino della sua carica sessuale amareggiò gli ultimi anni di vita di Caroline. Ma proprio alla fine il marito seppe fare commovente ammenda. In realtà la gravità della malattia della regina rivelò, a dispetto della sua reputazione di bruto, la profondità dei sentimenti di Giorgio II. Forse nelle ore del dolore ricordò il romanzo e il mistero che avevano accompagnato i primi passi del suo corteggiamento. Travestito, cavalcando di notte per non essere riconosciuto, era piombato a Celle, in Germania, per spiare la bella principessa bionda che il giorno dopo doveva attraversare la città. La vide e se ne innamorò perdutamente. La chiese subito in sposa, il 22 giugno 1705, e intanto la bombardava di lettere appassionate: «Non desidero nient'altro così tanto che gettarmi ai piedi della mia Principessa e giurarle eterna devozione: solo voi, Madam, potete farmi felice».

In un certo senso era ancora vero, più di trent'anni dopo. A dispetto di infedeltà, musi lunghi e qualche scoppio di vera crudeltà, Giorgio amava ancora la sua regina. E quando uno dei medici osò affermare che la malattia era terminale, la reazione del re fu tipica delle sue esplosioni di rabbia: gli sferrò un pugno in faccia. Ma nemmeno il suo dolore e rimpianto potevano salvarla. Però, dalla scoperta della malattia sino alla fine, l'impareggiabile scrittore di lettere d'amore ritrovò il suo posto accanto alla compagna che se ne andava, senza staccarsi un momento dal suo letto. Lei, d'altro canto, in mezzo a sofferenze atroci continuava a dirsi soprattutto preoccupata «per il dolore del re».

In una delle ultime conversazioni lucide con il marito, gli restituì un anello che le aveva donato e lo pregò di sposarsi di nuovo dopo la sua morte. Lui non poteva rispondere. Alla fine, asciugandosi gli occhi e singhiozzando a ogni parola, riuscì a balbettare in francese: «*Non... J'aurai... des maîtresses*», cioè: «No... Avrò... delle amanti». Messa così fa ridere, ma voleva dire che avrebbe potuto avere delle amanti, sì, ma mai più prendere un'altra regina. Poche ore dopo Caroline spirò «tenendo la mano del Re tra le sue».

E lui fu di parola. Nessun'altra regina dominò su St James's Palace sino alla sua morte. Ma poiché gli Hannover sembrano dotati della singolare capacità di rendere volgare tutto ciò che toccano, un guizzo di ridicolo s'insinua pure nel «dopo» di questa autentica storia d'amore. Ci fu chi pensò che Giorgio

II sarebbe morto di dolore, chi, come il duca di Marlborough, espresse l'opinione che un evento del genere si verifica molto raramente, e chi – i più cinici – predisse che il sovrano avrebbe pianto la consorte per quindici giorni e poi avrebbe scelto «due o tre donne per andarci ogni tanto a letto».

In realtà, il lutto ufficiale durò, tra i brontolii della Corte annoiata, anche più di tre mesi, con il divieto di feste e abiti di seta. E sebbene dopo qualche tempo il monarca non si facesse mancare la compagnia femminile, che amava, di anni ne passarono quasi cinque prima che prendesse in considerazione la nomina di una *maîtresse-en-titre*, cioè la favorita ufficiale che era allora in carica – come una specie di moglie surrogata – in tutte le Corti europee. La scelta preoccupava molto sir Robert Walpole, che continuava a dominare la politica britannica: la signora avrebbe potuto rivelarsi avida, mostrare troppa ambizione, trascinare il re in mezzo a ogni sorta di gentaglia. In più il sovrano s'avvicinava ai sessant'anni, un'età considerevole per gli standard dell'epoca, e lo spettacolo di un vecchio a caccia di gonnelle era a un tempo comica e orripilante.

«Un uomo che a quest'ora del suo giorno si abbandona ai trastulli dei giovani, e si immagina innamorato, è abbastanza ridicolo», lo sferzava Hervey, che con la scomparsa di Caroline aveva perso pure la sua protettrice. Ma Giorgio aveva bisogno di una donna accanto. Più che per gratificazione sessuale, per la necessità di essere rassicurato e coccolato. E finalmente, dopo aver selezionato parecchie candidate, aveva appuntato la sua attenzione sulle due più forti concorrenti per il titolo di favorita. La battaglia delle amanti reali si avvicinava alla conclusione.

Una sera dell'ottobre 1742 i soliti habitué di Corte trascinavano il tempo fra tavoli da gioco, pettegolezzi e manovre di potere nel palazzo di Kensington, che il re preferiva alla vecchia reggia. Le signore che si dividevano il suo letto erano entrambe presenti. Da un lato sedeva Amalie von Wallmoden, che aveva conquistato il cuore del sovrano durante una vacanza a Hannover nel 1735. Capelli scuri, occhi ammiccanti, era nipote di una delle prime amanti di Giorgio I, ma a quanto pare anche le favorite reali si passano il testimone di generazione in generazione. Amalie era sposata a un magistrato di Hannover che si provò doverosamente compiacente quando Giorgio II mise gli occhi sulla moglie. Alla morte di Caroline, Walpole, che giocava ormai al burattinaio della famiglia reale, fece in modo di far arrivare la signora a Londra nella speranza di tirar su il morale del sovrano. Amalie ci riuscì così bene che divorziò dal marito, ottenne la cittadinanza inglese e Sua Maestà la investì del titolo (e dei feudi) di contessa di Yarmouth.

Ma era una vittoria a metà. Sulla forte posizione di Amalie pesava il fatto che fosse hannoveriana – nazionalità poco popolare tra gli isolani –, parlasse malamente l'inglese e fosse mortalmente noiosa, a letto non meno che nei salotti. E infatti, dall'altro lato della sala a Kensington, sedeva una contendente molto determinata della bruna tedesca. Mary Howard, contessa vedova di Deloraine, aveva il vantaggio di essere bella, inglese e completamente priva di scrupoli. Sulla sua colonna dei meno figurava invece in primo luogo la dipendenza dall'alcol, stigmatizzata dal nemico Walpole: «Ha la maggior parte dei vizi del suo sesso, più quello del nostro, il bere». «Puzza di vino spagnolo», si lamentava talvolta perfino l'amante reale. Ma forse anche più grave per le sue fortune era la circostanza che le figlie del monarca, di cui era stata la governante, la detestassero di cuore e facessero di tutto per danneggiare le sue chance. Il resto della Corte la considerava stupida e arrogante, capace di «fare veramente miracoli in fatto di idiozia».

La sera dell'ottobre 1742 in cui finalmente si decise la contesa tra Mary e Amalie, i giochi di carte erano in pieno svolgimento, il salotto affollato, i ventagli in azione e gli intrighi coperti dalla solita noncurante affettazione. Le amanti rivali ogni tanto si lanciavano di sottecchi sguardi d'odio e di minaccia. Sembrava un'occasione come tante altre, ma fu più tardi descritta come la notte del «gran fracasso a Kensington». Lady Deloraine giocava a carte, passatempo che amava, e probabilmente non era del tutto sobria, dunque più vulnerabile di fronte ai burloni. Il momento ideale, per una delle principesse che aveva angariato come governante, di prendersi la rivincita. La maggiore indiziata risultò la più intelligente e audace, Amelia.

Sta di fatto che quando Mary si alzò per un attimo dal tavolo da gioco, una manina reale le tirò la sedia all'indietro, e quando lei tornò a sedersi finì invece rovinosamente per terra. La sua caduta, sotto gli occhi di tutti, risultò tanto ignominiosa quanto comica. La sventurata fu coperta di risate, e la cosa peggiore per lei fu scoprire che anche il re si divertiva un mondo. Fu probabilmente il momento in cui si rese conto che Giorgio II condivideva il disprezzo che gli altri le manifestavano, e l'agnizione le fece perdere la testa. Con uno scatto di nervi si vendicò tirando a sua volta la sedia di sotto al re.

Fu il disastro. Il monarca era notoriamente «vulnerabile nella parte che toccò il suolo». In effetti le emorroidi lo avevano piagato per tutta la vita, e la sua caduta fu molto più dolorosa di quella di Mary in tutti i sensi, per il suo posteriore e per la sua dignità. Giorgio ne fu così ferito e arrabbiato che Mary Deloraine fu definitivamente scacciata in disgrazia. Di conseguenza, la bruna Amalie fu riconosciuta come la compagna non ufficiale del re. L'adulazione si spinse a raffigurarla accanto a lui, in miniatura, in cima al dessert servito dalla contessa di

Northumberland. Depone a favore del suo senso della misura che questa maldestra apoteosi del suo concubinaggio le provocò più che altro imbarazzo.

E l'ostracizzata Mary Deloraine? Sembrò che la sfortuna non aspettasse altro per travolgerla. Il figlio più piccolo morì improvvisamente, lei si ammalò e fu esiliata nella villa di Twickenham, diventata una specie di magazzino delle amanti scartate. Appena due anni dopo la disfatta nel salotto era già morta. Secondo qualcuno, uccisa dall'umiliazione.

Giorgio II le sopravvisse per altri sedici anni. E pochi mesi dopo la meschina scenata di Kensington, a sessant'anni suonati, trovò modo di coprirsi di nuovo di gloria conducendo i suoi soldati nella battaglia di Dettingen, durante la guerra di Successione austriaca. Fu l'ultimo re britannico a guidare i suoi uomini sul campo. Agli ufficiali che cercavano di convincerlo ad allontanarsi fece una lavata di capo. Poi si rivolse alla fanteria con un breve ma memorabile appello: «E adesso, ragazzi, adesso per l'onore d'Inghilterra, fate fuoco e siate coraggiosi, e i francesi scapperanno presto!» Peccato che per il vincitore di Oudenarde e di Dettingen la morte sia arrivata non quand'era in sella al suo destriero ma sulla seggetta del *water-closet*. Un infarto lo uccise al gabinetto il 25 ottobre 1760.

13
Una sposa dalla stalla

NESSUN astro reale sembrò mai più brillante dell'erede al trono apparso a Londra alla fine del Settecento. Per l'opinione pubblica era senza alcun dubbio «il più affascinante e raffinato d'Europa». Come il principe di una favola, era non soltanto bello ma dotato di talenti e di incanto. Un autentico arbitro di eleganza. Tutto in lui era squisito: il taglio dell'abito, lo splendore dei modi, il giro delle frasi come la precisione della citazioni. Fantastico cavallerizzo, non era da meno come schermidore. E con il fucile, una mira infallibile. Ai dadi o alle carte sbaragliava i giocatori più incalliti. Né aveva nulla da temere dall'alcol: poteva bere tranquillamente quanto il duca di York, famoso all'epoca per il vezzo di scolarsi prima di pranzo sei bottiglie di Claretto di Bordeaux «senza nessun cambiamento nel suo contegno».

Ai piaceri materiali dell'esistenza questo sovrano d'ogni grazia accompagnava – giura uno dei suoi biografi – un appetito inesauribile per la conoscenza. Possedeva una grande padronanza delle lingue classiche ed era capace di conversare fluentemente in francese, tedesco e italiano. I migliori scrittori inglesi, e i poeti in particolare, erano tutti familiari a Sua Altezza Reale, e si può ben dire che in fatto di belle lettere pochi critici potevano vantare un gusto migliore o un giudizio più raffinato. Coltivava con pari passione la musica e, negli ovvi limiti di un *amateur* ben dotato, si distingueva sia nel canto sia nelle esecuzioni strumentali. Quanto alle belle arti, era ben più che un *connoisseur*, un intenditore: molti dei migliori artisti contemporanei potevano testimoniare della sua munificenza come mecenate. Stando a questo ritratto, verrebbe il sospetto che anche il biografo ne abbia beneficiato.

Non aveva dunque difetti, questo principe sublime? Giusto uno: l'incostanza del cuore. Ma poteva d'altronde un simile paragone di fascino ed eleganza evitare di conquistare un migliaio di sensibili cuori femminili?

Certo, l'idea di rinunciare a una donna non sfiorò mai il desiderio di George Augustus Frederick, ventunesimo principe di Galles, figlio maggiore del Re Pazzo Giorgio III e destinato a succedergli come Giorgio IV. È lui, infatti, il principe della favola, nella realtà protagonista del peggior matrimonio degli Hannover-Windsor prima di quello di Carlo e Diana duecento anni dopo. Le somiglianze tra queste due avventure coniugal-dinastiche, e tra i loro protagonisti, sono in effetti così straordinarie da lasciare sbalorditi. E non avrò bisogno di sottolinearle perché nel racconto che segue balzeranno agli occhi da sole.

Non è soltanto la consueta teoria di titoli ereditari ad accomunare Carlo all'antenato: entrambi anche – in quanto eredi al trono – duchi di Cornovaglia, Steward ereditari di Scozia, duchi di Rothesay, conti di Carrick e baroni Renfrew. L'allora principe di Galles condivideva con l'attuale la tendenza ad avere un'opinione su tutto e a non tenerla certo riservata. Pure lui coltivava la passione per l'architettura, a cui ha regalato con il Padiglione Reale di Brighton uno dei più sontuosi esempi di «moresco» britannico. E soprattutto manifestava al massimo grado l'inclinazione all'autoindulgenza che, pur apparendo naturale per chi nasce nella porpora, minaccia sconquassi per le loro sfortunate spose. Specie quando, come nel caso in questione, Sua Altezza Reale mostra scarsa considerazione per il reato di bigamia.

L'amore proibito del principe Florizel

Tra le primissime passioni di George Augustus Frederick (gli Hannover come tutti i reali non mostrano fantasia nella scelta dei nomi, son sempre gli stessi...), i cronisti settecenteschi annoverano una lady Augusta Campbell, le più note lady Melbourne e duchessa di Devonshire, ma soprattutto Mrs Mary Robinson, tra le attrici più famose del momento. Il giovane George, non ancora maggiorenne, la vide sul palcoscenico e la volle. Il dramma shakespeariano *The Winter's Tale* (*Il racconto d'inverno*) diventò la primavera del loro amore, e dalla scena i due protagonisti Perdita e Florizel si trasferirono nei romantici giardini di Kew (allora residenza reale), per incontri al chiaro di luna che spinsero infine Perdita-Mary a piantare il marito. Il suo Florizel le mandò allora una propria riccioluta miniatura accompagnata da un cuore di carta su cui era scritto: JE NE CHANGERAI QU'EN MOURANT, non cambierò che alla morte. Di fatto Sua Altezza cambiò molto prima. Nel 1781 lasciò la desolata attrice per gettarsi ai piedi di Elizabeth Armistead, la più famosa etera del giorno, e in seguito consegnò il suo cuore a una cantante di second'ordine, Mrs Billington, ma anche questa durò poco. La tappa successiva fu una certa Mrs Crouch, alla quale il principe regalò gioielli per un valore (all'epoca astronomico) di 5.000 sterline, oltre a mantenerla in un sontuoso appartamento in Berkeley Square.

Per anni Sua Altezza continuò a svolazzare di fiore in fiore, come avrebbe fatto del resto sino al compimento del suo settimo decennio, da erede al trono come da principe reggente, da adolescente come da sovrano, e senza alcuna distinzione tra donne giovani o mature, stupide o intelligenti, generose o profittatrici. Ma almeno una volta, una sola volta nella sua vita, finì veramente con l'innamorarsi, e questo amore, pur in mezzo a mille intermittenze, lo avrebbe accompagnato con la sua testimonianza sin nella tomba. Allo scoccare dei ventun anni il principe di Galles incontrò la sua ninfa Egeria, l'unica che in ogni momento gli abbia mostrato un affetto autentico e un'indistruttibile lealtà. Anche, anzi soprattutto, quando lui non meritava né l'uno né l'altra.

Maria Fitzherbert aveva sei anni più di lui, ventisette, al momento del fatale incontro. Veniva da una vecchia famiglia cattolica, e appena diciannovenne era andata sposa a un vedovo ventisei anni più vecchio. Che a nemmeno dodici mesi dal matrimonio se n'era andato all'altro mondo senza lasciare uno straccio di testamento, e pertanto affidando la moglie solo alla generosità del cognato ed erede. Tre anni dopo, nuove nozze per Maria, con Thomas Fitzherbert, ma anche stavolta è un matrimonio lampo: una tubercolosi si porta via prematuramente il pover'uomo, che lascia la vedova ora ventiquattrenne padrona di una residenza piccola ma molto chic a Park Street, una piacevole parallela di Park Lane. Nell'estate del 1784 la Londra elegante ha già trovato in Maria un nuovo idolo, e metà dei giovani aristocratici le fa la corte.

Bella? Affascinante sì, ma non una bellezza convenzionale. Il ritratto che ne ha lasciato il pittore di Corte Richard Cosway mostra una gran massa di capelli riccioluti, secondo l'uso del tempo, sopra un naso lungo e aquilino al centro di un ovale paffuto. Ma la bocca è delicata, gli occhi scuri, l'incarnato di un bocciolo e il seno perfetto. Soprattutto l'espressione dolce e cortese riflette la gentilezza del carattere che la rendeva davvero la più amabile delle donne. Maria non è certo una *femme fatale*, ma appena la scorge nel palco d'opera di lady Sefton il principe di Galles si scopre all'istante «davvero innamorato pazzo di lei».

Chi non si sentirebbe immensamente adulato dall'ammirazione dell'erede al trono? Maria Fitzherbert non fece certo eccezione. Ma era una donna di carattere e di princìpi, e per di più profondamente religiosa. Non c'era alcuna possibilità che diventasse la sua amante. Finché l'8 luglio 1784 il reale chirurgo la raggiunse sull'orlo della disperazione per informarla che il principe di Galles si era dato una pugnalata e soltanto la sua presenza gli avrebbe salvato la vita. Se non altro per umana compassione, Mrs Fitzherbert accettò di recarsi a Carlton House, residenza di George, purché accompagnata da una dama di alto lignaggio e reputazione come la duchessa di Devonshire. Nella sua camera il principe le attendeva pallido, macchiato di sangue e con un bicchiere di brandy accanto al letto: lì per lì dichiarò che non desiderava vivere se Maria non lo avesse sposato. Terribilmente agitata e confusa, la giovane vedova si fece prestare un anello dalla duchessa, l'innamorato glielo mise al dito e le due donne fuggirono via.

La mattina dopo Mrs Fitzherbert, tornata in sé, capì l'enormità di quanto accaduto nella notte. Lei e l'amica duchessa firmarono un documento che dichiarava «interamente nulle le promesse ottenute in simile maniera». E poiché nemmeno l'atto legale le sembrava sufficiente a tenerla al riparo dal folle d'amore, Maria decise di partire immediatamente per il continente. Il principe, che non aveva ancora venticinque anni, non poteva lasciare l'isola senza il consenso del re. Ma la fuga dell'amata, anziché raffreddarlo, servì solo a rendere incontrollabile la sua passione.

«Una mogliettina, semplice e carina come te...»

Non passava giorno senza che il focoso George minacciasse i politici suoi amici, da Charles James Fox a James Harris, barone Malmesbury, di rinunciare alla corona e scappare in Europa. Inoltre, considerando che era già sposato a Mrs Fitzherbert (promessa vincolante e validissima), assicurava che non avrebbe mai e poi mai contratto alcun matrimonio ufficiale. E intanto, giorno dopo giorno, nei successivi undici mesi non cessava di inseguire la fuggitiva con lettere che erano piuttosto dei tomi. Lei passava da Parigi a Aix-la-Chapelle, da qui in Olanda, dall'Olanda alla Svizzera. E ogni mattina lo spasimante, corriere dopo corriere, le spediva oltre Canale lettere d'amore che avrebbero commosso pure Venere. Si trattava di papielli lunghi anche trenta o quaranta pagine, e quella che infine costrinse Maria a capitolare fu la missiva di quarantadue fogli inviata il 3 novembre 1785: una proposta di matrimonio in piena regola, per la quale il principe si era assicurato pure la benedizione della famiglia di lei.

Bastò una generosa donazione di 500 sterline a convincere un prete indebitato a celebrare una cerimonia che era, in se stessa, un delitto contro lo Stato. Il principe aveva meno di venticinque anni e non aveva chiesto il consenso reale al matrimonio: secondo il *Royal Marriage Act*, approvato poco più di dieci anni prima, l'unione non aveva valore. Inoltre la sposa era cattolica, e in questo caso l'*Act of Settlement* del 1701 decretava la perdita della corona per l'erede al trono. Ma, a voler essere romantici, *omnia vincit amor*: «Vieni dunque, oh vieni, la più cara delle Mogli, la migliore e la più sacra delle donne, vieni e incorona per sempre con la tua benedizione [...] chi rimarrà per sempre sino agli estremi momenti della sua esistenza *immutabilmente Tuo*», cantava per lettera il principe con metrica degna di un lirico greco.

Mrs Fitzherbert si arrese e accettò di tenere il matrimonio segreto finché il principe fosse rimasto in vita. Aveva quasi trent'anni e il più affascinante e il più adorante degli uomini l'aveva chiesta in moglie. Si dava il caso che fosse anche il futuro re d'Inghilterra, ma i rimanenti cinquantadue anni della vita di Mary avrebbero provato che non l'aveva sposato per questo bensì perché l'amava veramente. Il 15 dicembre 1785 la coppia si unì segretamente in matrimonio nel salotto della casa di lei a Park Street, officiante il reverendo Robert Burt di Twickenham, testimoni il fratello e lo zio della sposa. Le nozze diventarono presto il segreto più risaputo di Londra. Lei prese da sola un palco all'Opera, cosa che in precedenza solo la duchessa di Cumberland aveva osato fare, e lui non mancava mai di starle accanto in tutte le occasioni pubbliche. I caricaturisti Thomas Rowlandson e James Gillray sintetizzarono la situazione nelle vignette intitolate «Il matrimonio di Figaro, ovvero essere o non essere regina: questo è il problema».

Di certo Maria lo era in tutto tranne che nel titolo. E, d'altro canto, era così «amabile e di buon carattere che chiunque avvicinasse il circolo della sua influenza si sentiva portato a chiudere gli occhi di fronte a ogni riconoscimento della sua vera posizione». Amante o moglie illegittima? In ogni caso lei dominava l'aristocratico sobborgo di Park Street, la sua carrozza (con i paggi in livrea simile a quella reale) sfilava superba per le strade del quartiere e i saloni della nuova, lussuosa residenza su Pall Mall si riempivano di magnifici ricevimenti, illuminati dalla presenza costante del principe di Galles. Era chiaro a tutti che lui l'adorava, e i reali fratelli (ignari del matrimonio) la accettavano devotamente: i duchi di York e Clarence le erano amici, e quello di Sussex dichiarò che «nessuno mai l'ha rispettata e le ha voluto bene più di quanto facessi io».

L'atmosfera idilliaca dei primi anni di matrimonio trasformò anche una lillipuziana cittadina di pescatori in una stazione balneare destinata alla fama e alla prosperità. Brighton, sulla costa del Sussex, diventò la scena della felicità del principe e della sposa segreta. Lì George realizzò, con lignee cupole a cipolla e minareti, la sua fantasia di un Oriente romantico. Nel padiglione di Kubla Khan, sotto la supervisione dell'architetto Henry Holland, un platano gigantesco si slanciava contro la volta azzurra a cupola della sala dei banchetti. Nel salotto settentrionale le cornici splendevano di un migliaio di campanelle dorate, e le pareti della stanza della musica avvampavano di una lacca scarlatta e dorata. La sultana di quest'Oriente onirico era Maria Fitzherbert. «E uno», proclamava il *Morning Post*, «può difficilmente evitare di esclamare: una simile donna vale un regno!»

Anche il principe di Galles sembrava pensarla così, finché nel novembre 1788 il padre Giorgio III non soffrì il primo attacco di follia. L'episodio, che durò tre mesi, ricordò brutalmente al gaudente erede al trono non solo la fragilità della vita umana ma anche il suo dovere dinastico di assicurare la successione. Tuttavia non fu una severa consapevolezza istituzionale a sottrarre alla dolce Maria il cuore del suo principe. No, furono piuttosto le grazie della figlia di un vescovo irlandese, l'intrigante e avida Frances lady Jersey. E in questa circostanza il «principe azzurro» che avete visto fin qui tutto passione e tenerezza verso la sua bella rivela anche il lato ignobilmente codardo del suo carattere. La mattina del 23 giugno 1794 Maria Fitzherbert riceve dall'amato la consueta lettera colma di devozione. Lo stesso pomeriggio gliene arriva un'altra, in cui lui le annuncia che non avrebbe mai più rimesso piede in casa sua.

Una donna di minor valore, o forse meno innamorata, si sarebbe vendicata all'istante mettendo in piazza il matrimonio segreto. Lei, al contrario, si chiuse nel silenzio più assoluto, ritirandosi lontano dalla buona società sulle pendici modeste di Marble Hill, a Twickenham. Agli amici dichiarò che «il principale oggetto della sua vita era di curarsi della felicità di lui». Parole che, di fronte alla vigliaccata del principe, oggi farebbero fremere di rabbia non solo le femministe. Ma restano, nonostante tutto, un monumento all'ideale di *amour fou* coltivato per qualche secolo in Occidente.

Una notte e non più, e soltanto per soldi

Non c'era nulla di meno romantico, invece, della situazione in cui versava l'erede al trono. Infatuato, sì, della sua lady Jersey, ma anche sopraffatto da una montagna di debiti. La costruzione del Padiglione di Brighton e la sontuosa sistemazione della residenza londinese di Carlton House, più spettacolare della stessa reggia, avevano lasciato Sua Altezza in rosso per la fantasmagorica (allora) cifra di 375.000 sterline. Il re, momentaneamente rinsavito, rifiutò di appoggiare l'appello del figlio al Parlamento perché fosse la nazione a pagare. A meno che avesse acconsentito a sposarsi. Aveva facoltà di scegliere tra due candidate. O la nipote della regina, Luise di Mecklenburg-Strelitz, che era bella, regale e piena di talenti. O la nipote del re, figlia della sorella maggiore Augusta, cioè Caroline di Brunswick. Il diavolo ci mise la coda, e gli fece scegliere la peggiore.

O forse solo quella che all'amante lady Jersey sembrava la rivale meno temibile (sì, l'avete già sentita: Camilla dietro la scelta di Diana...). Sta di fatto che, messo all'angolo e costretto a sposarsi, George puntò il dito su Caroline. Può essere che a spingerlo sia stata la sua passione per l'Esercito, e lei era figlia di un valoroso soldato. Oppure che l'abbiano ingannato le miniature che gli erano state offerte. O anche che la scelta sia stata solo il frutto di un calcolo cinico. Quale che sia la ragione, il principe accettò di sposare, senza nemmeno averla mai vista, Caroline di Brunswick. La incontrò per la prima volta solo qualche mese dopo, il 5 aprile 1795, alla vigilia del matrimonio, e la sua reazione si capisce dalla battuta consegnata alla storia: «Harris, vi prego», disse al barone Malmesbury, «non mi sento bene. Datemi un bicchiere di brandy».

Lo choc del principe più raffinato della cristianità di fronte a una promessa sposa decisamente poco graziosa e rozza si può immaginare. Ma c'era anche di peggio. Caroline era cresciuta in quello che appare un ducato da operetta, qual era Brunswick alla fine del Settecento: un posto dove di primavera e d'estate il duca teneva corte nei giardini del palazzo. Idilliaco o rurale che fosse, di certo le abitudini d'igiene del modesto principato erano molto più lasche di quelle in uso alla Corte di Londra. In breve, al primo incontro con il promesso sposo, la principessa puzzava come se avesse appena lasciato una stalla.

Si capisce che Sua Altezza Reale abbia chiesto un brandy per riprendersi. E che al barone Malmesbury, che con tatto suggeriva piuttosto dell'acqua, abbia replicato seccamente di no prima di lasciare stanza e fidanzata annunciando che andava a parlare con la madre. Ma l'effetto di questo trattamento fu parimenti devastante sulla povera forestiera arrivata fin là per diventare un giorno regina. Sbalordita, esclamò in francese al solito Malmesbury, che aveva fatto da sensale matrimoniale: «Mio Dio! Ma è sempre così che si comporta, il principe?» E, tanto per chiarire che la cattiva sorpresa era stata reciproca, si premurò di aggiungere: «Penso che sia molto grasso [ed era vero, *N.d.A.*], e per niente bello come nel suo ritratto».

La verità è che mai coppia fu peggio assortita, e il barone Malmesbury, inviato a prelevare la sposa a Brunswick, se ne rese conto al primo sguardo ma senza ovviamente poter fare nulla. Caroline aveva ormai ventisette anni, era rubizza, goffa e impaziente. E vestiva poco meglio di una contadina del suo paesino ma suppergiù con la stessa classe e discrezione. Non aveva bellezza e nessuna favolosa dote. Se non fosse stata la figlia della sorella preferita del re d'Inghilterra, avrebbe trascorso la vita nella città natale, probabilmente sposata a qualche nobilotto di seconda classe. Ma questa parentela così importante era pure la radice della sua sventura. Perché la vena di follia esplosa clamorosamente in Giorgio III scorreva silenziosa pure nella principessa. Due suoi fratelli erano manifestamente imbecilli, e la posterità non ha faticato a intravedere i semi della pazzia anche in molte sue clamorose eccentricità. Possibile che nessuno ne abbia sospettato, alla Corte di San Giacomo? E che nessuno si sia chiesto che genere di prole avrebbe prodotto questa unione tra primi cugini?

Come che sia, garrula, esibizionista, ridanciana e chiacchierona, per di più priva di buone maniere, Caroline andò alle nozze come un vitello al macello. Ma il promesso sposo non era da meno. Agli occhi dell'opinione pubblica il principe appariva come costretto per fame al matrimonio: arrivava all'altare contro la sua volontà e contro le sue preferenze, solo per ottenere il pagamento dei vecchi debiti e la sicurezza di poterne contrarre di nuovi per soddisfare le sue costose fantasie. Sposava la cugina in cambio della colossale somma di un milione di sterline, ma tutti sapevano che gli aveva ispirato da subito solo ripugnanza. Del resto, Londra intera la giudicava «una delle donne meno attraenti e più repellenti, soprattutto per un uomo raffinato, che si potesse trovare in mezzo alle famiglie reali tedesche».

Ma non c'era più niente da fare. Alla vigilia delle nozze l'erede al trono incaricò il fratello duca di Clarence di trasmettere un breve messaggio a Maria Fitzherbert: «William, dille che è l'unica donna che amerò per sempre». Il giorno dopo, mercoledì 8 aprile 1795, l'arcivescovo di Canterbury officiò una cerimonia nuziale che a tutti sembrò piuttosto un funerale. Il principe piangeva senza ritegno, e in modo particolare quando il prelato ripeté due volte, e certo con intenzione, se vi era alcun impedimento legale al matrimonio.

Nella descrizione di lady Maria Stuart, testimone oculare, George «sembrava come la Morte e pieno di confusione, come se volesse nascondersi agli sguardi di tutto il mondo. Credo che sia molto da compatire». E la sposa? Al contrario, esaltata dall'eccezionale salto delle sue fortune, appariva al settimo cielo: non faceva altro che sorridere e accennare con il capo a destra e a manca. Quando arrivò il momento del ricevimento, la torta nuziale rimase in gran parte non consumata e i vasti avanzi furono spediti a tutto il personale di servizio.

Non ci furono testimoni della prima notte, ma gli accenni successivi dei protagonisti danno la misura del disastro. Caroline raccontò che il fresco maritino aveva trascorso l'intera nottata sdraiato ubriaco sul pavimento, vicino al camino. Lui, che la detestava, confessò di aver avuto la sensazione che la virtù della consorte fosse già stata «esplorata». A peggiorare la situazione, se possibile, c'era il fatto che George aveva nominato l'amante lady Jersey come dama di compagnia della moglie: un esempio da manuale di quello che un'altra tradita principessa di Galles avrebbe definito, due secoli dopo, «un matrimonio un po' troppo affollato».

In breve, due o tre settimane dopo il sì la coppia non viveva già più come marito e moglie. La luna di miele fu un disastro aggiuntivo. E il principe, furioso perché il suo appannaggio non era stato aumentato abbastanza, cominciò a insultare la sua sposa in ogni possibile modo. Svuotò il suo appartamento privato di tutti i mobili di qualità e arrivò a riprendersi i braccialetti di perle che le aveva regalato. Come se non bastasse, li donò invece all'amante lady Jersey, che li sfoggiava pubblicamente in presenza di Caroline. E la regina madre Charlotte di Mecklenburg odiava così tanto la nuora che per spregio sosteneva apertamente la relazione adulterina del figlio. Insomma, un inferno, che si sperava potesse essere placato dalla nascita di un erede.

E in effetti il 7 gennaio 1796, a nove mesi esatti meno un giorno dalla data delle nozze, Caroline, principessa di Galles, dava alla luce una bimba battezzata Charlotte Augusta, come la madre e la nonna. Ma chi aveva sperato in una riappacificazione coniugale non aveva capito nulla. Al contrario, l'avvento della sospirata erede convinse il principe di aver ormai assolto alla sua parte del contratto e di aver quindi diritto a una riguadagnata libertà. L'8 aprile, primo anniversario di nozze, Caroline fu lasciata a cenare da sola mentre il marito, come sempre con lady Jersey al braccio, passava la serata in compagnia di mammà e delle sorelle.

Re Giorgio III, finalmente informato del disastroso stato delle cose, impose alla coppia di salvare almeno le apparenze (come avrebbe fatto duecento anni dopo la pronipote Elisabetta con Carlo e Diana). E dunque di continuare a vivere sotto lo stesso tetto, presentandosi assieme in occasione di qualche impegno pubblico. Caroline si disse pronta a un matrimonio puramente nominale purché il marito cambiasse atteggiamento nei suoi confronti. La risposta del principe fu un «no» secco. E su richiesta della consorte mise nero su bianco il suo ripudio.

La lettera, datata dal castello di Windsor il 30 aprile 1796, è un capolavoro di algida brutalità. «Le nostre inclinazioni non sono in nostro potere», scrive Sua Altezza alla moglie ormai scartata, «né nessuno di noi due dovrebbe essere tenuto a risponderne all'altro, giacché la natura non ci ha fatti adatti l'uno all'altra.» Di conseguenza, ognuno per i fatti suoi, con l'impegno che nemmeno «nell'evento di un incidente a mia figlia, che confido la Provvidenza vorrà sempre allontanare», nemmeno in questo tragico caso «muterò i termini della nostra separazione proponendo, in qualsiasi momento, un rapporto di natura più particolare».

Insomma, nemmeno la peggiore sciagura li avrebbe più riportati a letto assieme. Era stato solo un *one-night stand*, l'affare di una notte. E, a un milione di sterline, certo il meglio retribuito nella storia della prostituzione maschile.

La mina vagante, ovvero processi tra le lenzuola

Caroline del Galles diventò Caroline di Blackheath. Il principesco ripudio la costrinse a lasciare la residenza reale di Carlton House per trasferirsi a Montagu House, sull'elegante collina al limitare campestre della città. Lì, come racconta lord Minto, che era tra i suoi ammiratori, «i tavoli venivano apparecchiati in una piccola striscia di giardino sotto un filare di alberi», e la vita tornava a offrire qualche consolazione alla moglie abbandonata. All'inizio, le notizie da palazzo che la facevano maggiormente infuriare riguardavano i tentativi del principe di Galles di riappacificarsi con l'amata Mrs Fitzherbert, dopo aver rotto infine con lady Jersey. Sarcastica, commentò con alcuni amici dell'erede al trono di «sperare che suo marito non la considerasse di alcun impedimento per la riconciliazione che tanto gli stava a cuore». Il messaggio fu doverosamente riportato, e Sua Altezza con altrettanta soavità replicò che la principessa di Galles era davvero di buon carattere. Presto lo avrebbe sperimentato sulla sua pelle.

Perché Caroline si convinse che il modo migliore di vendicarsi del fedifrago era ripagarlo con la stessa moneta. A tradimento, tradimento e mezzo. Così la villa di Blackheath diventò il cuore dei pettegolezzi londinesi, il luogo di mille licenze, vere o inventate, l'alcova ospitale di mille amanti. Singolarmente, la principessa non faceva nulla per smentire queste storie che – dirà molti anni dopo lord William Pitt Lennox, allora bambino – «gareggiavano in popolarità con quelle delle *Mille e una notte*». Fosse una strategia o semplice leggerezza o un'impronta della follia di famiglia, il suo atteggiamento consentiva ai tanti ospiti maschili libertà che la morale dell'epoca giudicava sconvenienti. Erano tempi in cui stringere teneramente la mano di una donna, come Caroline consentiva di fare ai suoi amici, sconfinava pericolosamente nella lascivia. E gettava ombre nerissime sulla reputazione di una lady. Lei non se ne curava, e in modo contorto sembrava pensare che almeno un po' della sua vergogna sociale potesse danneggiare anche l'odiato marito.

Al principe non poteva importare di meno, al momento. Nel 1798, allontanata (sempre per lettera) l'intrigante lady Jersey, si era messo all'opera per riconquistare il primo amore. O piuttosto la prima moglie. Non fu impresa facile, perché stavolta Mrs Fitzherbert non era affatto remissiva. Non ci fu emissario, pure del più alto rango, non ci fu pressione della stessa famiglia reale che potesse spingerla a vivere assieme al marito della principessa di Galles. Era, come si è detto, una donna di princìpi. E anche stavolta, per piegarla, George ricorse al ricatto: o tornava da lui o lui avrebbe rivelato al mondo che in realtà erano già marito e moglie. Con effetti devastanti non solo sul piano personale ma per la stessa pace del Paese. Fu un altro fratello, il duca di Cumberland, a essere incaricato stavolta di portare il messaggio mentre perfino la regina Charlotte implorava Maria di riconciliarsi con il figlio. Ma lei non cedette, almeno non prima di aver sollecitato l'altissima sanzione del Papa, nientemeno. Solo quando Pio VII, appena eletto nel marzo 1800, diede la sua benedizione, la cattolica Mrs Fitzherbert tornò ad apparire accanto al principe di Galles, dissolvendo per sempre le ombre del disgustoso matrimonio dinastico.

Tanta felicità non sembrava affatto disturbata dalle notizie che arrivavano dalle frange della città. Nella villa di Blackheath il comportamento di Caroline si faceva sempre più sfrenato, e sconsiderato. La sua mancanza di misura nelle maniere e nel linguaggio, anche di fronte alla figlia bambina, scandalizzavano a tal punto lady de Clifford, governante della piccola Charlotte, che minacciò più volte di riferire tutto al re. Ma l'inferno, come ricorda Shakespeare, non ha furia pari a quella di una donna abbandonata. L'elenco dei presunti amanti di Caroline si allungava di giorno in giorno. E anche se in massima parte erano fantastici, non mancavano quelli che invece se ne gloriavano apertamente, come il pittore Thomas Lawrence (che la ritrasse con la figlia) o il politico George Canning. Quando dei vicini malevolenti sparsero la voce che due bimbi trovatelli, raccolti in casa dalla compassionevole Caroline, erano in realtà figli bastardi delle sue avventure, il principe di Galles vide l'occasione di colpire.

La «delicata inchiesta», come fu ufficialmente definita, sul conto della principessa non approdò a nulla. La Commissione Reale, presieduta dall'avvocato generale dello Stato su incarico diretto dell'erede al trono, strizzò ben oltre il legittimo i domestici della principessa alla ricerca di prove che la inchiodassero. Ma dopo mesi e mesi di investigazioni e interrogatori e schizzi di fango sulla stampa, il rapporto dei commissari fu costretto a concludere che in effetti la presenza dei bimbi in casa della principessa era solo il frutto del suo buon cuore e non della sua cattiva condotta. Ciononostante, scrissero gli inquisitori, il comportamento di Sua Altezza sollevava gravi interrogativi... E il documento finì sulla scrivania del re in attesa del suo giudizio.

Era davvero colpevole, Caroline, di molteplici relazioni adulterine? Certo non sarebbe stata umana se, di fronte alle ostentate infedeltà del marito, non avesse avuto voglia di rendergli pan per focaccia. È altrettanto sicuro che lei stessa amava alimentare attorno a sé una sorta di leggenda nera che si nutriva di comportamenti scioccanti. Per esempio, in un'epoca in cui i décolleté femminili erano decisamente misurati, quelli della principessa erano semplicemente scandalosi. Esibiva il seno abbondante con una generosità e un'audacia non proprio da gentildonna. Un visitatore del suo salotto si sentì costretto a guardare da un'altra parte quando Caroline gli si presentò davanti «abbigliata molto poco giudiziosamente, avvolta in una leggera vestaglia rosa». E il severo William Wilberforce, l'apostolo anti-schiavitù, la pregò in nome della loro amicizia di «coprirsi il collo» (e il petto) quando andava all'Opera. In breve, le evidenze dei tradimenti sono scarse ma le prove della sua fragilità troppe perché anche la posterità possa assolverla pienamente.

Re Giorgio III invece lo fece. Anche perché Caroline alzò la voce e minacciò di pubblicare tutto il carteggio con il marito se le accuse non fossero state abbandonate e lei ripristinata pienamente nello status che le spettava. La «delicata inchiesta» svanì nel nulla come un filo di fumo e la principessa ottenne addirittura un appartamento nella reggia di Kensington Palace. Il monarca stabilì anche che l'educazione della figlia Charlotte dovesse essere responsabilità comune dei genitori e che la fanciulla potesse incontrare la madre due volte la settimana.

La tregua durò solo fino all'ultimo, e definitivo, attacco di follia di Giorgio III. Nel 1811 il principe di Galles diventò principe reggente, e fu lesto ad applicare i suoi nuovi e ampi poteri anzitutto alla vita domestica. Nel 1813 la situazione era tale che la giovane Charlotte doveva chiedere permesso per visitare la madre perfino nel giorno del suo compleanno. E le veniva concesso solo a condizione che non si fermasse più a lungo di un incontro mattutino.

Trasformata in oggetto di conquista nella interminabile guerra tra i genitori, la povera ragazza visse probabilmente un'adolescenza tormentata. Ma il reggente non riuscì a staccarla dalla madre se non quando Caroline, ormai disperata e isolata, prese la decisione di godersi quel che le restava della vita. E poiché questo, per evidenti motivi, non le era possibile in Inghilterra, se ne fuggì all'estero. Verso il sole. Verso il mare. Verso la tumultuosa promessa di sensualità che era il Mediterraneo, per lei come per tanti altri altolocati viaggiatori nordici.

E nudo se ne va il Genio della Storia

Tra il 1814 e il 1820 la matura e matronale principessa tedesca si trasformò, immersa nella luce abbagliante del Mezzogiorno, in una sorta di pagana divinità dell'amore. Questo almeno è il ritratto che ne dà la leggenda, ma la realtà non sembra scostarsene troppo. In una frenesia di viaggio e di scoperta, Caroline attraversò Francia, Germania, Svizzera e Italia, si fermò sul lago di Como e a Capri, arrivò a Gerusalemme, sbarcò a Tunisi, andò per nave e per carrozza, sedusse re e banditi, comprò casa a Milano e un'altra a Pesaro, danzò seminuda a Napoli mascherata come Genio della Storia, incontrò mille uomini, ma da uno non si separò mai se non nella battaglia finale, e proprio questo legame diventò l'ultima arma nelle mani del marito.

Bartolomeo Bergami era stato furiere nell'armata italica di Napoleone e incontrò la principessa appena arrivata a Milano. Alto, atletico, basettoni e baffi a manubrio, era il prototipo del latin lover. Caroline lo assunse come maggiordomo, ma presto fu evidente che il bell'italiano non accendeva solo i lumi di casa ma anche le passioni della sua padrona. E aveva il buon gusto di non pretendere l'esclusiva: tutta Italia sapeva che a Napoli la regale baccante aveva conquistato con un assalto frontale quell'altro bel prototipo di maschio latino che era Gioacchino Murat, re del Mezzogiorno italiano prima della disfatta finale di Napoleone.

Il guaio è che, trasportate dai viaggiatori inglesi del Grand Tour, le notizie sulle imprese amatorie della consorte separata del reggente arrivavano pure a Londra. George non perse tempo a far nominare un'altra Reale Commissione da spedire questa volta in Italia al fine di raccogliere materiale incriminante con la stessa tecnica della prima: torchiare i domestici per scoprire i segreti innominabili della padrona. L'obiettivo del principe era sempre lo stesso. Trovare le prove per far votare dal Parlamento il divorzio da Caroline. Ma stavolta non erano solo il disgusto e l'odio personale a muoverlo. Nel 1817 la sfortunata figlia Charlotte era morta di parto e il reggente coltivava l'idea di sposarsi di nuovo e mettere al mondo altri eredi. Il lavoro delle spie fu pronto in tempo per lo *showdown*. Il 29 gennaio 1820 re Giorgio III esalò l'ultimo respiro. Il reggente diventò re. E Caroline, benché abbandonata, diventava la sua regina.

Lei non perse tempo a reclamare la sua eredità. Cioè la sua metà di corona. Lasciò Bergami in Italia e si precipitò in Inghilterra. Il marito le offrì la gigantesca rendita di 50.000 sterline all'anno, un vero appannaggio reale, purché se ne rimanesse sul continente, ma lei rifiutò. Voleva la vendetta. Allora Giorgio IV ordinò al suo governo di procedere. Nell'agosto 1820 il Parlamento di Westminster si vide presentare un testo di legge – il *Bill of Pains and Penalties* – che stabiliva la dissoluzione del matrimonio per colpa della regina sulla base del suo adulterio. Ne seguirono mesi di battaglia politica che minacciarono seriamente la stabilità della monarchia.

La Caroline che era tornata a Londra a cinquant'anni suonati somigliava meno a una regina – dicono i testimoni – che a una cortigiana di mezza età mentalmente squilibrata. Ma sta di fatto che la sua residenza nel quartiere di Hammersmith, Brandenburgh House, diventò il punto di coagulo di tutti gli scontenti e i radicali del regno. La gente arrivava in processione da ogni parte dell'isola per presentare petizioni nelle mani della sovrana, esaltare la sua virtù, invocare sulla sua innocenza la protezione vindice del cielo. Nell'ombra si muovevano, sapienti burattinai, gli uomini della City – dall'avvocato difensore Henry Brougham ad Alderman Wood – che sfruttavano il caso per assestare un nuovo colpo al potere reale. Ma il popolino ne sapeva poco, e aveva trasformato Caroline in una teutonica Giovanna d'Arco dei poveri e degli infelici.

Il processo davanti alla Camera dei Lord non faceva che rafforzarne l'immagine e coprire di ridicolo il re. L'accusa chiamava a testimoniare dall'Italia domestici e lacchè, parrucchieri e cocchieri, lavandaie e facchini, e i fogli satirici sghignazzavano non solo dei loro racconti – diventò famoso il «non mi ricordo» del servo Majocchi – ma soprattutto del governo e del sovrano. Dopo due mesi di dannosissima farsa, il gabinetto di lord Liverpool, che aveva così disperatamente tentato di compiacere il re, si decise infine a ritirare la legge per evitare il peggio.

Per Caroline fu il trionfo. Le case di Londra rimasero illuminate tutta la notte. Nell'enorme porto sul Tamigi una sarabanda di luminarie correva pure sugli alberi e le chiglie di tutti i vascelli in rada. Le carrozze che lasciavano la capitale esibivano in segno di trionfo i nastri bianchi simbolo dell'innocenza della regina. I club di Pall Mall, che all'inizio del processo scommettevano contro di lei, adesso, dal Brooks's al White's, esponevano tutti fra le torce le sue iniziali. Le campane suonavano a festa e nei teatri, prima della rappresentazione, gli attori invitavano il pubblico a intonare *God Save the Queen*. Fiumi di messaggi di congratulazioni arrivavano a Brandenburgh House da tutta l'isola, e la regina decise di andare a un servizio di ringraziamento nella cattedrale di St Paul's in mezzo a una cavalcata di gentiluomini, ognuno con una rosetta bianca al bavero e altre due sul capo del cavallo. La gente si rallegrava di aver evitato il pericolo di una rivoluzione e tornava felice ai piaceri della vita quotidiana. Nel momento splendido della vittoria Caroline avvertì amaro il presentimento dell'oblio.

Un'incoronazione e un funerale

Con la memoria del grande processo che gradualmente si spegneva, Caroline si vide costretta a vivere in una relativa quiete nel bucolico ambiente rivierasco di Hammersmith. Per converso, più la sua immagine pubblica si affievoliva, più cresceva la popolarità del re, finalmente libero di dar fondo alla sua prodigalità per inscenare celebrazioni sontuose e allestire palazzi sfarzosi. Ma la cerimonia a cui poteva finalmente cominciare a pensare, ora che la moglie senza più seguaci viveva da autoreclusa a Brandenburgh House, era soprattutto una: l'incoronazione. Giorgio IV la fissò per il 19 luglio dell'anno successivo, il 1821, e diede istruzioni – come riferisce lady Williams-Wynn – perché fossero invitati «tutti i suoi fratelli e sorelle (cioè tutti gli altri sovrani, *N.d.A.*) da ogni parte del mondo, per venire ad assistere alla sua Incoronazione, e ha mandato un dono di 2.000 sterline alla sorella Honolulu perché possa venire vestita decentemente». Una sola regina era esclusa: la sua. Sua moglie.

Povera Caroline. Ormai era la caricatura di una donna, la parodia di una sovrana. Gli anni da vagabonda sommati a quelli delle persecuzioni coniugali l'avevano privata di ogni traccia di dignità. Talvolta lei stessa sembrava rendersene conto, come quando confidava di annoiarsi a morte ai ricevimenti della buona società. Con uno dei sostenitori più fedeli, il parlamentare Thomas Denman, fu di una franchezza disarmante: «Il fatto è che ho vissuto tanto a lungo fra i turchi, gli ebrei e gli infedeli, che non sono più adatta alla buona compagnia...» Anelava probabilmente a tornarsene nella villa di Pesaro dove c'era Bergami ad aspettarla. Ma a trattenerla a Londra era sempre l'odio per l'uomo che l'aveva trattata così crudelmente, e la speranza della vendetta.

Non si rendeva conto che la marea era cambiata. La folla adorante di pochi mesi prima si era stancata di dispute e la considerava ormai «il peggior pomo della discordia che donna sia mai stata». La sua apparizione nei teatri veniva accolta da fischi e «buu» di disapprovazione. Al contrario, il re si crogiolava nella luce abbagliante di un'inattesa popolarità. La sua visita al teatro di Drury Lane fu festeggiata da un uragano di applausi e la replica, poche sere dopo, al Covent Garden fu ancora più fragorosa. Di fronte a Sua Maestà in abito da feldmaresciallo, l'inno nazionale fu eseguito tre volte, intervallato dalle ovazioni e dall'invocazione «Long live the King, George the Fourth!», lunga vita a re Giorgio IV. Quanto alla sua regina, l'opinione pubblica – mostro notorio – l'aveva divorata, digerita e buttata via come un giornale del giorno prima.

Non rassegnata, Caroline passò l'intera primavera a scrivere lettere di fuoco al primo ministro e all'arcivescovo di Canterbury, per sapere quale posto avrebbe avuto nella cerimonia dell'incoronazione. Nessuno, le fu risposto. Il re, semplicemente, non voleva vederla. Era lui, d'altronde, che, quando a maggio gli avevano annunciato il decesso del suo peggior nemico, aveva chiesto: «È morta, finalmente?» Imbarazzati, i cortigiani avevano chiarito che parlavano di Napoleone.

Così non sorprende che, consultati i precedenti, il Privy Council del monarca sentenziasse: la regina non aveva nessun diritto di essere incoronata con il marito se lui non voleva. Incapace di arrendersi, Caroline si convinse che se non poteva entrare a Westminster Abbey come protagonista ci sarebbe andata almeno come spettatrice. Sarebbe bastato a rovinare la festa di George. Chiese un biglietto d'invito. Le fu rifiutato. E lei tentò la prova di forza che le avrebbe inflitto l'umiliazione finale.

La notte tra il 18 e il 19 luglio Londra non dormiva. Fiumi di folla solcavano la città in attesa della processione dell'incoronazione e le Guardie del Re, in grand'uniforme, erano già schierate lungo tutto il percorso. Caroline aveva minacciato di presentarsi comunque all'abbazia alle otto del mattino, ma in realtà intendeva cogliere le autorità di sorpresa. Alle cinque e mezzo la sua carrozza si fermò davanti al tempio, e il suo ciambellano lord Hood scese per chiedere al guardiano sul portone «ammissione per la regina».

L'uomo rispose che aveva ordine di non far entrare nessuno senza il biglietto d'invito per i Pari. Lord Hood giocò la carta dell'autorità: «Osi rifiutare l'ingresso alla tua regina?» L'altro non si fece smontare: «Si può entrare solo con il biglietto d'invito». Lord Hood estrasse un biglietto intestato a un certo Mr Wellington e lo offrì a Caroline. «Ma entra solo uno», avvertì il guardiano, e di fronte all'ignominia di accedere da sola, senza uno straccio di seguito, perfino la regina arretrò e si arrese. Risalì in carrozza ingoiando le lacrime mentre la folla che aveva seguito la scena le urlava dietro: «Vergogna!» «Vai via!» «Tornatene a casa!» Qualcuno, più circostanziato, la invitò a «tornare da Bergami».

Probabilmente a quel punto non vedeva l'ora di farlo. Ma non ne ebbe il tempo. Dapprima una coltre di mistero sembrò calare su Brandenburgh House. La mattina del 23 luglio il *Morning Post* annunciava che la regina d'Inghilterra era fuggita, in Scozia forse, o in Italia. Ma una sera a fine luglio il fedele Denman la trovò in casa in mezzo a una grande compagnia, «che danzava, rideva e giocava chiassosamente, coi nervi chiaramente a fior di pelle». Pochi giorni dopo, il 5 agosto, gli amici riportavano allarmati che Caroline soffriva di un'infiammazione degli intestini. Il 6, il dottor Baillie la visitò dichiarando che non c'era ragione di temere: l'ostruzione intestinale sembrava rimossa. Il pomeriggio del giorno dopo, verso le tre, la regina ebbe una ricaduta, e fu presto chiaro che non c'era più niente da fare.

Chiese che le portassero un certo vestito e la mettessero a sedere per un po'. L'abito che aveva voluto indossare era tutto merletti, un'opera d'arte che era costata 500 ghinee, ed esibiva uno strascico lungo sei metri. Era l'abito in cui, ventisei anni prima, aveva sposato suo cugino il principe di Galles. Così vestita fece testamento, salutò gli amici e i servitori e aspettò la morte sospirando: «Alla fine mi hanno distrutta, ma li perdono. Muoio in pace con il genere umano». Alle dieci e mezzo di sera era tutto finito. Il giorno dopo il *Times*, listato di nero, annunciava che «la più grande, forse la migliore donna dei suoi giorni, è stata schiantata da quella che può essere chiamata una morte prematura».

Nemmeno nel momento estremo Giorgio IV si mostrò generoso. Il premier lord Liverpool scrisse al re – che era in visita a Dublino – suggerendo il lutto nazionale, per chiudere in modo dignitoso l'infelice affare. Dopotutto, osservò, «in nessuna famiglia privata, quali che possano essere stati gli errori o i peccati di un individuo, si dispensa comunque dal lutto». Sua Maestà respinse l'idea. E al corteo funebre che da Hammersmith portava la bara di Caroline verso la nave diretta in Germania, per la sepoltura a Brunswick, fu vietato di attraversare la City. Il governo temeva manifestazioni ostili in nome della defunta. Che invece scoppiarono proprio a causa del divieto.

In morte, «Caroline, offesa regina d'Inghilterra» – come aveva voluto si scrivesse sul feretro – sembrò riguadagnare la popolarità dei giorni migliori. La mutevole folla londinese, che le aveva voltato le spalle, in quell'occasione ingaggiò con l'esercito una battaglia di strada per costringere il corteo funebre a passare nel cuore della città, attraverso i quartieri dei suoi sostenitori. Le Guardie reali spedite dal governo usarono le armi da fuoco e ferirono due uomini, una pallottola addirittura forò il cappello del cocchiere del carro mortuario. Ma le barricate erette strategicamente dai rivoltosi ottennero l'effetto sperato, spingendo il feretro prima verso lo Strand e poi nel mezzo della City, dove il Lord Mayor accorse per celebrare la defunta a Temple Bar. Alla fine la bara fu imbarcata a Harwich, per essere sbrigativamente interrata nella cattedrale di Brunswick.

È lì che ancora riposa Caroline regina d'Inghilterra, non una donna cattiva, ma sfortunata e infelice. E anche onesta abbastanza da riconoscere, in un momento di saggezza, le virtù della perenne rivale Mrs Fitzherbert. Come riferì più tardi una sua dama di compagnia, non solo ne parlava sempre bene ma diceva che «lei è la vera moglie del principe. Una donna eccellente. È un grande peccato per lui essersi separato da lei».

Giorgio IV lo sapeva benissimo, anche se la sua incontrollabile natura di gaudente nel 1811 lo aveva spinto ancora una volta, l'ultima, ad allontanare Maria dalla Corte per fare spazio alla favorita del momento, lady Hertford. Non si sarebbero rivisti mai più. Ma alla prima notizia dell'agonia del re, nel giugno 1830, Mrs Fitzherbert non esitò un momento, e vecchia, stanca e malata com'era, saltò sulla carrozza da Brighton a Londra. Giorgio però non poteva più rispondere alle sue lettere colme di ansia e di amore. Spirò il 26 giugno e sul trono salì il fratello duca di Clarence.

Pochi giorni dopo il nuovo re Guglielmo IV si preoccupò di far avere a Maria nove suoi ritratti che erano in possesso del defunto. Ne mancava uno: una miniatura eseguita da Cosway e incorniciata di brillanti, gemella di quella che lei aveva conservato del marito. Che trentaquattro anni prima aveva scritto nel suo testamento: «Desidero che il mio costante compagno, il ritratto della mia amata moglie, la mia Maria Fitzherbert, venga sepolto con me, legato attorno al mio collo con il nastro che usavo portare da vivo, e che sia collocato giusto sopra il mio cuore». Proprio lì vide la miniatura il duca di Wellington, rimasto solo accanto alla bara aperta. Almeno in morte, il monarca troppo egoista per avere cuore mostrava di conservarne uno.

14

I peccati della nonna d'Europa

Dopo le follie e le dissipazioni di Giorgio IV (e dei suoi reali fratelli) l'ascesa al trono di una virginea diciottenne scatenò comprensibilmente l'entusiasmo dei sudditi. In quell'estate del 1837, una fanciulla bionda dagli occhi azzurri e dalle guance rosate ereditava la corona dal gottoso zio Guglielmo IV. Un cambiamento radicale. E nessuno immaginava che la ragazza minuta e modesta di quei primi giorni sarebbe diventata la più potente monarca inglese, tanto da dare il suo nome a un'epoca. Ci sono intere librerie che raccontano il regno più lungo di sempre: sessantatré anni e sette mesi.

Nella storia la figura di Vittoria giganteggia come la statua che i suoi discendenti le hanno eretto davanti a Buckingham Palace, all'imbocco del Mall. E davvero, nella cornice abbagliante e magnifica della Corte più ricca del tempo, la regina piccola e rotondetta si trasformava talmente da apparire l'incarnazione stessa della maestà. Perfino un autocrate come lo zar Nicola, in visita a Londra, ne rimase colpito. Tocca, come spesso accade, alla cronaca famigliare riconsegnarcela in dimensioni più contenute. Egoista, capricciosa, cocciuta. Con l'età, altera e arrogante. E al centro di una ragnatela parentale solcata da intrighi e odi nella migliore tradizione degli Hannover.

L'iniziale luna di miele aveva a che fare più con la storia che con la sua ancora evanescente personalità. Il cambio di monarca coincideva di fatto con la fine tardiva del Settecento libertino, che sull'isola si chiudeva davvero solo in quei primi decenni dell'Ottocento. Il principe reggente, poi divenuto Giorgio IV, e i suoi fratelli dissoluti erano stati, in fondo, uomini del loro tempo, tutto Lumi, follie e cinismo. Ma il nuovo secolo s'era già innamorato dei sentimenti e delle romanticherie. Smaniava per un Medioevo di damigelle in pericolo e coraggiosi cavalieri che animavano i romanzi di sir Walter Scott (adorati da Vittoria, assieme al melodramma). Fu dunque naturale per i sudditi fedeli «angelicare» la giovanissima donna diventata loro regina. Tanto più che la sua freschezza veniva esaltata dal contrasto d'immagine con gli zii.

«Quei vecchi sgradevoli, viziosi ed egoisti, testardi e ridicoli», li bastona Lytton Strachey, grande critico dell'età edoardiana che è pure il biografo più impertinente di Vittoria. «Con il loro perpetuo peso di debiti, di impicci e di cattiva fama, erano svaniti come la neve d'inverno, e ora finalmente, coronata e radiosa, giungeva la primavera.» Fino all'inverno che avrebbe chiuso oltre sei decadi di regno, gli inglesi conobbero molte facce della «Fata», come la chiamò Benjamin Disraeli, il prediletto tra i suoi tanti premier: regina gloriosa, certo, ma pure sposa felice e prolifica – tanto da diventare un giorno la «nonna d'Europa» –, e ancora vedova maniaca, matriarca misantropa, madre castratrice. La Vittoria privata che incontrerete nelle prossime pagine è quella che rivela anche la sua personalità autentica.

In attesa di scoprirla, lord John Russell, eminente statista liberale, salutò l'avvento della nuova sovrana esprimendo le speranze dell'intero Paese, che ella diventasse «un'Elizabeth senza tirannia e un'Anne senza debolezze». Il regno cominciava sotto i segni più fausti. Ma il modo in cui Alexandrina Victoria era stata sbalzata sul trono, scalando con l'aiuto della morte una posizione dietro l'altra, appare decisamente tortuoso, per non dire rocambolesco. A partire dal concepimento.

La grande corsa dei duchi alla culla

I nonni di Vittoria, Giorgio III e la regina Charlotte, avevano avuto quindici figli, e ben tredici erano arrivati alla maggiore età. Fatto raro, in quell'epoca senza antibiotici. Le sei principesse erano rimaste zitelle o, se sposate, senza figli. Dei loro sette fratelli, solo tre avevano contratto matrimonio secondo le nuove norme sulla successione reale stabilite dal loro reale padre nel 1772, come clausola di salvaguardia contro unioni inadeguate. Proprio questo divieto, come abbiamo visto, impedì al primogenito ed erede Giorgio di presentare al mondo come legittima consorte la borghese Maria Fitzherbert. Ma il solo risultato fu che, pur con tanti figli, il Re Pazzo e la moglie si ritrovarono con un'unica nipote legittima o ufficialmente riconosciuta: Charlotte, solitario risultato del tempestoso matrimonio tra l'allora principe di Galles e la cugina Caroline.

Nel maggio 1816 la giovane erede al trono andò sposa al solito principe tedesco, Leopoldo di Sassonia-Coburgo-Saalfeld, bell'aspetto, aitante, valoroso maggior-generale di cavalleria nell'Armata Russa. L'unione risultò popolare, ma di breve felicità. Diciotto mesi dopo, nel novembre 1817, Charlotte partoriva un bimbo morto. E il giorno dopo lo seguiva nella tomba. L'Inghilterra fu teatro di una straordinaria esplosione di dolore popolare, quale raramente si era visto.

Non si trattava solo del cordoglio per la perdita di una principessa meno piacevole di quanto la dipingessero i suoi sostenitori. Il fatto è che la gente era preoccupata. La vastissima famiglia di Giorgio III, a quel punto un vecchio cieco e totalmente fuori di testa, sembrava ormai destinata all'estinzione, con gli inevitabili torbidi e tumulti che accompagnano sempre la fine di una dinastia. Non c'era infatti nessuna chance che Giorgio IV e la moglie separata potessero avere figli. E degli altri reali fratelli, solo due – i duchi di York e di Cumberland – erano regolarmente sposati. Ma senza prole. La speranza di produrre un erede restava affidata a Guglielmo, Adolphus e Edward, duchi rispettivamente di Clarence, Cambridge e Kent.

Allettati dalla prospettiva di generosi appannaggi parlamentari, i tre gaudenti scapoloni piantarono in asso amanti e gozzoviglie e si misero alla ricerca di mogli adeguate. Nel luglio 1818, Edward convolò a nozze con la sorella maggiore del vedovo Leopoldo di Sassonia-Coburgo. Anche la sposa, Victoria, era vedova (del principe di Leiningen), e già madre di due figli. Il marito, molto più anziano, era morto nel 1814 lasciandole la reggenza del minuscolo principato tedesco: un posto dove si faceva letteralmente la fame. Dopo il continuo passaggio di eserciti durante le guerre napoleoniche, non ci furono quasi più vacche nello Staterello, e non c'era erba bastante per un branco di oche. Due anni prima, a Victoria era già stato proposto di sposare il duca di Kent, ma lei aveva declinato. Adesso, con la prospettiva di mettere al mondo un figlio destinato al trono inglese, accettò.

Anche gli altri partecipanti a questa singolare corsa si davano da fare. Nello stesso anno, sia il duca di Clarence sia quello di Cambridge sposarono, tanto per cambiare, due principesse tedesche. Ma l'avversario da battere era Clarence, che veniva secondo nell'ordine di successione dopo il principe reggente. Puntuali, nel giro di un anno, quattro nascite reali allietarono gli Hannover nel 1819. Cominciò a marzo la sposa di Clarence, Adelaide di Sassonia-Meiningen, mettendo al mondo la principessa Charlotte: la piccola non visse che poche ore. Per contrasto, il figlio del duca di Cambridge, nato negli stessi giorni, era un bambino sanissimo che infatti raggiunse tranquillamente gli ottantacinque anni. A maggio seguirono le altre due nascite: ultimo a vedere la luce fu il principe Giorgio di Cumberland, un bimbo delicato che sarebbe stato l'ultimo re di Hannover. Tre giorni prima di lui, il 24 maggio, e due gradini più sopra nella scala verso il trono, era venuta al mondo anche la figlia dei Kent.

Il padre avrebbe voluto chiamarla Elisabetta, nome di regali presagi. Ma il principe reggente Giorgio, il fratello maggiore che lo detestava cordialmente, non perse occasione di fargli uno sgarbo. Si presentò al battesimo comunicando che uno dei padrini sarebbe stato l'imperatore Alessandro II di Russia. Così, quando l'arcivescovo di Canterbury chiese quale nome si volesse imporre alla piccola, il reggente senza esitazione dichiarò: «Alessandrina». Forse ne possiamo aggiungere un altro, provò a suggerire paonazzo il duca di Kent. «Certo», replicò il fratello: «Magari Giorgina?» «O Elisabetta?» tentò ancora il padre. L'arcivescovo girava la testa dall'uno all'altro come in una partita di tennis. Alla fine il reggente fece calare la mannaia: «Benissimo, chiamatela come la madre. Ma prima ci vuole Alessandrina».

Non fu la sola delusione, per il povero duca di Kent. Il generoso appannaggio che si aspettava dal Parlamento come premio per aver fatto il suo dovere dinastico tardava a materializzarsi. E lui, dichiarandosi troppo povero per poter vivere in Inghilterra, si aggirava tra Belgio e Germania presenziando a sfilate militari e visitando caserme. Il duca di Wellington, a cui toccava ogni tanto di trovarselo accanto, gli aveva appioppato beffardo il soprannome di «caporale» e raccontava che pure le sorelle lo ritenevano completamente stupido. Ma non tanto da far nascere l'erede lontano dalle patrie sponde.

Quando era stato certo della gravidanza della duchessa, Edward aveva affittato una carrozza, e lui stesso si era messo a cassetta. In vettura erano stipate la moglie incinta, la figliastra Feodora, e poi bagagli, cameriere e bambinaie. A briglia sciolta si era scaraventato attraverso Germania e Francia, correndo su strade sconnesse e sostando in locande di quart'ordine. Ma a Londra erano arrivati sani e salvi. Vittoria venne alla luce in quelle stanze di Kensington Palace che oggi ospitano la culla del suo lontano discendente, il principe di Cambridge.

All'inizio la figlia dei Kent non suscitò particolari attenzioni. Riempiva, è vero, una culla reale. Ma anche le altre, una volta che tutti i figli di Giorgio III si erano decisi a prendere moglie, promettevano abbondante raccolto. I duchi di Clarence venivano prima, in ordine di successione, e sebbene la bimba che la duchessa aveva partorito fosse morta subito, c'erano buone chance di un'altra maternità. Come poi effettivamente accadde. Non solo. La duchessa di Kent era ancora giovane e il duca in buona forma. Così pareva assai probabile che di lì a non molto la piccola Vittoria avrebbe avuto un fratellino, destinato comunque a scavalcarla – per la legge che privilegiava i maschi – nella precedenza al trono.

Con gran dispiacere di papà Edward, nemmeno la Camera dei Comuni, che decideva sugli appannaggi reali, sembrò molto toccata dalla nascita della principessa. Come spesso accade con le promesse dei politici, anche in questo caso il Parlamento si rimangiò le intese a mezza bocca, rifiutandosi di aumentare la somma concessa ai Kent. 7.000 sterline erano e 7.000 rimasero, anche se le spese erano invece raddoppiate. Il duca minacciò di tornarsene con la figlia sul continente e intanto, inseguito dai creditori, si trasferì con la famiglia per l'inverno a Sidmouth, sulla costa del Devonshire.

Partì lasciandosi dietro parecchi membri della famiglia reale con un piede nella tomba. A cominciare dall'ottantaduenne Re Pazzo Giorgio III. Ma anche il principe reggente Giorgio appariva stremato dagli stravizi, alla pari con il secondogenito duca di York. La moglie di quest'ultimo era pure gravemente malata. Edward di Kent aveva invece ragione di ritenersi uno degli uomini più in salute d'Inghilterra. E se ne vantava spesso ad alta voce: «I miei fratelli non sono robusti quanto me. Io ho fatto sempre una vita regolare, e così sopravvivrò a tutti quanti. La corona toccherà a me e ai miei figli». A rafforzarlo in questo convincimento c'era la profezia di una chiromante di Bruxelles, che aveva predetto il trono per la sua discendenza e ben due decessi reali entro quell'anno fatale, il 1820. Il re ci sembrava vicino, e il duca di York – ragionava il compassionevole fratello – pareva il principale candidato a seguirlo da presso.

Edward doveva gran parte della buona forma alla passione per le passeggiate. Uscì per farne una, lungo il mare del Devon, ma Sidmouth non era in Costa Azzurra e l'inverno non proprio mite. Si bagnò i piedi e, tornato a casa, si scordò di cambiarsi le calze. Si prese un raffreddore che presto degenerò in bronchite e infine si trasformò in infiammazione polmonare. Il 22 gennaio l'uomo più sano d'Inghilterra era in punto di morte. Prima di spirare, fece giusto in tempo ad affidare la tutela della sua bimba di nemmeno un anno alla madre duchessa. Una settimana dopo il padre Giorgio III lo seguiva nella tomba. La chiromante ci aveva azzeccato, anche se il duca di Kent non era più lì a rallegrarsene. In compenso le fortune della sua bambina compivano un netto balzo verso l'alto. Vittoria era adesso a ragionevole distanza dal trono.

La distanza si accorciò ulteriormente quando, nei primi mesi del 1821, anche la seconda figlia dei duchi di Clarence morì ad appena novanta giorni. E non c'erano più culle da riempire. Tra l'infante principessa di Kent e la corona restavano solo due vecchi malandati: il vizioso re Giorgio IV e, dopo la morte del duca di York nel 1827, il fratello minore duca di Clarence, che divenne re nel 1830 come Guglielmo IV. A quel punto l'undicenne Vittoria fu proclamata dal Parlamento erede presunta dell'impero britannico. E per i liberali inglesi, ormai maggioranza nell'opinione pubblica, anche l'unico ostacolo che si frapponeva all'ascesa al potere del suo temutissimo zio, il duca di Cumberland, quinto figlio di Giorgio III e capofila dello schieramento reazionario.

Lo scontro politico fra Tory e Whig si era fatto a tal punto aspro che qualche anno dopo, quando un pazzo sparò alla giovane regina mancandola, i liberali avrebbero sospettato Cumberland di complottare per eliminare la nipote. Ma per Vittoria ancora adolescente la vera guerra si svolgeva dentro le mura di casa. L'atto del Parlamento che riconosceva il suo diritto al trono aveva anche nominato la madre «reggente designata» nel caso Guglielmo IV fosse morto prima che l'erede arrivasse alla maggiore età. Alla duchessa di Kent la prospettiva fece letteralmente perdere la testa, con nefaste e durature conseguenze sulla pace domestica.

Madre e figlia, due nemiche in letti gemelli

Di re Guglielmo IV i suoi sudditi dicevano che era «per un quarto brigante e per tre quarti buffone». Ma verso la nipote destinata a succedergli appariva affabile, gentile e ben disposto. Esattamente il contrario del suo atteggiamento verso la cognata Victoria. Che a essere onesti, però, un po' se la cercava. Preoccupata soltanto della sua posizione personale, la duchessa di Kent si era fatta petulante e arrogante. E, sobillata dal suo maggiordomo-confidente, l'ex ufficiale irlandese sir John Conroy, pretendeva di essere ovunque ricevuta con onori sovrani.

Aveva insistito, per esempio, perché il suo yacht, navigando sul canale del Solent, fosse accolto da tutte le navi da guerra e da tutti i forti sulle sponde con le salve di cannone riservate al monarca. Infuriato, il re le fece scrivere privatamente perché la smettesse con queste trovate. Lei rifiutò sgarbatamente. Guglielmo fu costretto a emanare un ordine formale per vietare spari a salve per qualsiasi vascello, eccetto il suo e quello della consorte. Ed era ancora niente rispetto alla pubblica lavata di capo che il cognato le riservò, davanti a centinaia di cortigiani, per avere snobbato le celebrazioni di compleanno di quella brava donna che era la regina Adelaide.

La situazione non era per niente più placida tra le mura dell'appartamento che la duchessa e la figlia occupavano a Kensington Palace con il loro piccolo seguito. Ambizioni politiche, gelosie, antipatie personali provocavano violenti risentimenti appena sotto la superficie. La madre appariva fin troppo affezionata al suo maggiordomo Conroy, la figlia per converso più legata all'amatissima governante, la baronessa Lehzen, che non a mammà. Soprattutto dopo averla sorpresa una sera in atteggiamento eccessivamente familiare con sir John. La principessina riferì tutto alla fidata Lehzen, e questa all'amica Madame de Spath, che ebbe l'ardire di muovere qualche appunto alla duchessa. Licenziata in tronco. La baronessa-governante, invece, che godeva della protezione del re, era intoccabile. Ma da quel momento la casa dei Kent fu divisa in due campi avversi, e Vittoria si collocava saldamente con la sua Lehzen in quello opposto alla madre.

Il conflitto presenta anche palesi coloriture politiche. La speranza della duchessa è che il vecchio e malato re Guglielmo tiri le cuoia prima della maggiore età della figlia: questo aprirebbe a lei le porte della reggenza. A soffiare sulle sue ambizioni è sempre il maggiordomo-tuttofare. Conroy è volgare, rapace, con evidente inclinazione al dongiovannismo. Ma la matura duchessa, in rotta con il cognato re, ne appare sempre più succuba mentre Vittoria lo detesta, da quella certa sera. E comunque lo reputa, a ragione, responsabile dei disastri finanziari di casa. Lui, d'altro canto, sa di poter prosperare solo se riesce ad avvelenare i pozzi dei rapporti famigliari. Ma sbaglia a giudicare il carattere della ragazza.

Nel 1835 il re pare prossimo a morire. L'interrogativo più discusso a Corte è se ce la farà a trascinarsi sino ai diciotto anni di Vittoria. O se invece bisognerà prepararsi a una reggenza. Nell'ipotesi che questa finisca alla sua padrona, sir John Conroy non ha niente da temere. Si preoccupa invece di tutelarsi nel caso di un'immediata accessione di Vittoria al trono. La principessina, ancora convalescente da una brutta febbre tifoidea, si vede annunciare in stanza sir John armato di carta e penna. Senza preamboli, il cortigiano le chiede di firmare la promessa scritta di nominarlo segretario particolare.

Non pensa, evidentemente, di incontrare difficoltà: Vittoria non ha fama di essere intelligente, mentre appare timida, debole, oppressa dal suo isolamento. Perciò niente è più sorprendente del suo categorico no. È la prima volta che dà prova del suo carattere e della determinazione che la fa uscire vincitrice da un confronto decisamente tempestoso. Uno squarcio rivelatore della sua natura, che qualche anno dopo lady Lyttelton, governante della famiglia reale, descriverà così: «Tutto questo suo straordinario carattere è percorso da una vena di ferro».

Sir John lo scoprirà a sue spese: pagherà la tentata prevaricazione con l'immediato licenziamento, appena Vittoria salirà al trono. Che lui comunque tenta di allontanare. Poco prima della morte del re, con la complicità della sua padrona, manovra per posticipare la maggiore età della ragazza ai ventun anni, mettendo nel frattempo la reggenza nelle mani amorevoli (per lui) della duchessa di Kent. Anche questo colpo, però, fallisce.

Quando la svegliano alle sei del mattino, il 20 giugno 1837, per darle la notizia che lo zio re Guglielmo è morto, Vittoria scende a ricevere l'omaggio dell'arcivescovo di Canterbury e del ciambellano, lord Conyngham: lascia sulla porta la madre e la governante, ed entra da sola nel salone dove i due vecchi si inginocchiano per baciarle la mano. A diciott'anni appena compiuti, la nuova regina è poco più di una bambina ma non mostra esitazioni, nemmeno quando poco più tardi viene a porgerle omaggio il primo ministro lord Melbourne, capofila dei liberali.

Nel suo diario Vittoria annota di averlo ricevuto «da sola, naturalmente, come sempre farò d'ora in avanti». E *sola* è la parola più ricorrente nelle sue annotazioni di quei giorni, ripetuta con un senso di liberazione e quasi di incredulità. Finalmente può scrollarsi di dosso il giogo che più le pesa: quello della madre. In questo, Vittoria si mostra totalmente *hannoveriana.* Come tutti gli avi, e i successori, appare ansiosa di sbarazzarsi dei genitori. E rovescerà sui figli, come vedremo, il peso di un incontenibile egoismo.

La prima decisione personale della nuova sovrana è di far spostare il suo letto dalla camera di mammà. D'ora in poi vuole dormire da sola. La duchessa di Kent, mai troppo intelligente o sensibile, non la prende bene. E la aspettano umiliazioni ancora più pesanti. Non solo la figlia la vedrà il meno possibile, ma esige addirittura che si faccia annunciare prima di entrare nel suo appartamento. E se la madre infrange la disposizione, di proposito o per distrazione, viene richiamata all'ordine senza complimenti. «Non ho più nulla da attendermi. Non sono più nessuno», si lamenta lei, mentre Vittoria confida a lord Melbourne la sua irritazione verso la genitrice: «Dimentica chi sono».

È la conclusione inevitabile del conflitto sordo che si combatte tra le due sin dalla prima adolescenza di Vittoria. E che le aveva reso intollerabile l'obbligo di dormire nella stanza della duchessa. Nessuna meraviglia che la fine di questa coabitazione forzosa sia il primo atto del suo regno. Ma non basta separare le camere da letto. Per liberarsi definitivamente dell'ingombrante presenza della madre, Vittoria sa che deve compiere un passo più impegnativo. Sposarsi.

«Albert, poi, è così bello!»

La prima volta che Vittoria scrive del giovane che sarà suo marito, non lascia dubbi sulla sua ammirazione. Lo zio materno Leopoldo – suo confidente, precettore, mentore –, ora salito sul trono del Belgio, nel maggio 1836 ha organizzato una visita a Londra dei suoi nipoti Sassonia-Coburgo, figli del fratello maggiore, che è anche il capo della casata. Non è una semplice scampagnata di principini. Leopoldo ha sempre pensato di combinare il matrimonio tra Vittoria e il cugino Albert. All'alleanza con i tedeschi della casata Sassonia-Coburgo, re Guglielmo d'Inghilterra ha però sempre preferito l'ipotesi di stringere un legame dinastico con gli Orange olandesi. Perciò la Corte di San Giacomo tenta di far saltare il viaggio a Londra dei nipoti di Leopoldo. Sobillata da lui, Vittoria punta i piedi. Così, accompagnati dal duca padre, Ernst e Albert arrivano finalmente sul Tamigi.

Dalla reggia di Kensington, il 23 maggio, la principessa riferisce entusiasta le sue impressioni allo zio-pronubo: «I miei cugini sono due giovanotti affascinanti. [...] Sono entrambi molto buoni, molto simpatici, molto amabili, e di carattere allegro come si conviene ai giovani. Ciò non toglie che siano molto riflessivi e desiderosi di impegnarsi attivamente in qualcosa. Albert, poi, è così bello!» Non passa neppure un mese, e in una seconda lettera – il 17 giugno – Vittoria già manifesta le sue intenzioni: «Consentitemi, amatissimo zio, di dirvi come Albert mi abbia conquistata, e come ami tutto di lui. Ha tutte le qualità desiderabili per rendermi perfettamente felice. È così buono, così saggio, così garbato, così affettuoso! E poi il suo aspetto, le sue sembianze sono le più accattivanti che si possano immaginare».

Ci vuole insomma l'esplosione culturale del romanticismo, e una fanciulla-regina padrona del suo destino, perché a Londra si prenda in considerazione un matrimonio reale dettato dall'amore (almeno da un lato...) anziché dalle mere convenienze dinastiche. Non che Vittoria dimentichi mai il suo ruolo o il suo dovere prioritario verso i sudditi e la nazione. E certo non avrebbe ceduto a Cupido se il «suo» Albert non avesse manifestato serietà, intelligenza, carattere. Ma le lettere della ragazza diciassettenne, anche un po' insignificante in verità – piccola, grassottella, poco mento come tutti gli Hannover –, mostrano l'accendersi di una vera passione, di un'autentica attrazione fisica. Poiché però il dovere viene prima (e questa diventerà la massima dell'«epoca vittoriana»), e al momento il compito essenziale per Vittoria è prepararsi alla corona incombente, l'amore viene messo tra parentesi. I due giovani non si sarebbero rivisti per tre anni, e non avrebbero nemmeno corrisposto per lettera, se si eccettua un breve messaggio di congratulazioni di Albert quando la cugina sale al trono.

Nella lunga separazione, il dubbio si insinua. Albert è stato preparato sin dall'infanzia alla prospettiva di sposare l'erede della corona britannica, ma non per questo se ne mostra troppo entusiasta. Nelle lettere al fratello Ernst rivela qualche diffidenza nei confronti del carattere di Vittoria. Il giovane Sassonia-Coburgo-Gotha è serio, sensibile, forse incline alla malinconia. La cugina, che ama appassionatamente il ballo, gli appare troppo impulsiva, e soprattutto eccessivamente frivola. Almeno per lui, traumatizzato nell'infanzia dal dramma famigliare scatenato dall'infedeltà della madre. Che gettava qualche ombra anche sulla purezza del suo lignaggio.

La storia aveva fatto il giro delle Corti d'Europa. Luise di Sassonia-Gotha-Altenburg aveva sposato il duca Ernst di Sassonia-Coburgo-Gotha ad appena diciassette anni. Lui ne aveva il doppio. Il primo figlio, Ernst, era tale e quale il padre, nell'aspetto e nei comportamenti: capelli scuri, carnagione bruna, e da adulto – come il genitore – un ossessivo cacciatore di gonnelle e sifilitico. Ma Albert, nato un anno dopo e il favorito di mamma, era differente: gentile, perfino con un tratto femminino, e intellettualmente molto sveglio. Era insomma così diverso dal fratello che nella minuscola corte di Coburgo-Gotha si mormorava che fosse in realtà figlio del ciambellano, il barone ebreo Ferdinand von Meyern. Sta di fatto che, in età più avanzata, lo stesso Albert fece un'osservazione singolare: «È una benedizione quando c'è una piccola imperfezione nel puro lignaggio reale e viene infuso un po' di sangue fresco».

Di certo, la personalità del principe era radicalmente diversa da quelle dei suoi parenti più stretti. Albert amava le arti, era uno studioso e un lavoratore instancabile in una famiglia di dissoluti fannulloni. Abbastanza per alimentare i pettegolezzi sulla supposta paternità ebraica. Lo storico britannico Andrew N. Wilson si è divertito a speculare su questa ipotesi. E, coniugandola alle chiacchiere sull'effettiva paternità di Vittoria – non il duca di Kent ma il detestato sir John Conroy –, ha sottolineato che in tal caso le famiglie reali europee, inzeppate di figli e nipoti di Vittoria, discenderebbero da un ebreo tedesco e un soldato irlandese. Se fosse vero – ironizza Wilson – è sorprendente che questi casati abbiano manifestato così scarsamente le qualità attribuite dagli stereotipi a ebrei e irlandesi, come l'arguzia e il bell'aspetto.

Che Albert fosse o no illegittimo, è sicuro che la mamma si vendicò del marito «adultero seriale» ripagandolo con la stessa moneta. Alla fine, quando il figlio prediletto aveva solo cinque anni, Luise si attirò la furia del duca *cocu* per l'ennesimo tradimento con un bell'ufficiale. Fu bandita dalla corte e ripudiata. Lei si sposò l'amante, Alexander von Hanstein, ma non le fu concesso di rivedere mai più i figli. Nemmeno prima che il cancro se la portasse via a soli trent'anni.

Il trauma segnò per sempre Albert. Con le ragazze si mostrava a disagio e impacciato. E per tutta la vita, come non si sarebbe stancato di ripetere al gaudente figlio Bertie, mostrò repulsione per la promiscuità sessuale che aveva avvelenato la sua infanzia. Per reazione, diventò un maniaco ossessivo dell'ordine e della catalogazione. Era morbosamente attaccato al fratello, alle due nonne, alla vita tranquilla del suo lillipuziano principato tedesco. La prospettiva di trovarsi al centro degli intrighi di una grande Corte come quella inglese certo non lo rassicurava.

Anche Vittoria, ormai sul trono, aveva evidenti ripensamenti. Con zio Leopoldo, che insiste perché inviti il cugino a Londra, mette le mani avanti, alquanto ipocritamente: sia chiaro che «io non ho mai dato la mia parola», cioè non mi sono mai impegnata a sposarlo. L'esitazione ha svariate spiegazioni. La prima ha a che fare con il suo carattere. Alla fanciulla regina probabilmente appare chiaro, come osserva la biografa Anka Muhlstein, che la sua tendenza autoritaria le permetterebbe di fare a meno di un marito, mentre non si giudica abbastanza forte per prevalere su un futuro coniuge.

A questo si aggiunga che lei non è più la ragazzetta ingenua del 1836. Ora che è sovrana, la Corte di San Giacomo si è scrollata di dosso la sonnolenza del vecchio re ed è tornata a scintillare di balli sino a ora tarda. Sua Maestà è sempre in pista. Il valzer, che le piace da morire, le è vietato dall'etichetta. Ma si sfoga, eccome, nella quadriglia. E i bei ragazzi le piacciono. L'entusiasmo provato per la bellezza di Albert al primo incontro si ripete ogni volta che sperimenta il fascino virile.

Ed è precisamente a questo che Vittoria cede quando finalmente il cugino riappare a Londra nell'ottobre 1839. I due fratelli Sassonia-Coburgo arrivano il giorno 10 e la regina perde letteralmente la testa: «Albert è di una bellezza sconvolgente, è così affascinante!» scrive a zio Leopoldo. E nel diario le annotazioni hanno un tratto marcatamente sensuale: «Quei meravigliosi occhi azzurri, quel naso perfetto, quella bocca squisita sottolineata da due baffi leggeri, quella splendida figura, quelle larghe spalle, quei fianchi sottili». Questo è puro desiderio e in cinque giorni Vittoria decide di soddisfarlo, nel solo modo legittimo: il 15 convoca Albert e gli dice che «sarebbe davvero felice» se lui la sposasse. Il principe obbedisce e per la sovrana si spalancano le notti paradisiache del piacere coniugale, turbate solo dalle spiacevoli conseguenze: le gravidanze.

La «regina dei mutandoni» nel paradiso dei sensi

In un Ottocento ancora ben lontano dalle fantasie tecnologiche e dalle mattane mediatiche dei giorni nostri, il matrimonio reale era una faccenda per pochi intimi. Anche perché gli inglesi si erano quasi dimenticati come fare: sull'isola, l'ultima cerimonia nuziale di una sovrana regnante si era tenuta nel lontano 1554, protagonista la regina Mary «la Sanguinaria». Quasi trecento anni dopo il protocollo mostrò di annaspare alquanto. Le nozze tra Vittoria e Alberto, arrivato due giorni prima da Coburgo, vennero celebrate il 10 febbraio 1840 nella Cappella Reale del palazzo di St James. E dal punto di vista del cerimoniale andarono molto vicine al mezzo fiasco che era stata l'incoronazione di Vittoria, due anni prima.

Dei pasticci combinati in quella circostanza è la stessa regina a regalarci il resoconto nei suoi diari. La monarchia inglese, così fiera oggi di offrire ai sudditi (e ai telespettatori di tutto il pianeta) il miglior spettacolo possibile in termini di pompa e augusta solennità, all'epoca si mostrava invece alquanto sciatta. Nella solenne consacrazione della nuova sovrana sotto le volte di Westminster Abbey accadde di tutto. Il vescovo di Durham, collocato accanto alla regina per anticiparle ogni passo della cerimonia, dimenticò del tutto il proprio compito. Il povero lord Rollo, vecchio e malato, tentò di salire le scale del trono per rendere omaggio alla fanciulla incoronata ma perse l'equilibrio e cadde all'indietro: non rassegnato, tentò di nuovo la scalata, costringendo Vittoria ad alzarsi per andargli incontro. L'incidente più imbarazzante fu provocato dall'arcivescovo di Canterbury, che riuscì a infilare l'anello reale al dito sbagliato: la povera ragazza riuscì a sfilarselo ma con grande sforzo e maggior dolore...

Il matrimonio, essendo meno complicato, andò fortunatamente meglio. Ma non tanto. La sposa, stando ai testimoni, «aveva gli occhi gonfi di lacrime ma dal suo contegno irradiava una grande felicità». Il consorte tedesco, promosso Sua Altezza Reale il Principe Albert, sembrava invece parecchio a disagio, impacciato, «agitato nelle sue risposte». Non è dato sapere se l'agitazione fosse anche frutto delle umiliazioni che aveva dovuto mandare giù alla vigilia delle nozze. *In primis*, il Parlamento, che aveva sempre concesso al consorte reale un appannaggio annuo di 50.000 sterline, lo ridusse per Albert a sole 30.000. Quindi la sua richiesta di assicurare i posti chiave dell'entourage a fidati tedeschi fu respinta, anche dalla moglie, perché «gli stranieri sarebbero risultati impopolari». Infine, come ruvido memento su chi davvero portasse i calzoni in casa, Vittoria lo avvertì che la luna di miele a Windsor sarebbe stata necessariamente breve, visto che lei era la regina «e gli affari di Stato non possono fermarsi e attendere davanti a niente».

E tuttavia, almeno dal punto di vista di Vittoria, la prima notte di nozze fu un successo. È curioso: l'epoca vittoriana è consegnata alla storia come il trionfo del moralismo ipocrita e sessuofobico, il tempo in cui per volontà reale si mettevano i mutandoni pure alle gambe del pianoforte. Ma solo di recente è uscito dagli appartamenti privati di Buckingham Palace il ritratto languido e carnale che la sovrana ventiquattrenne si era fatto dipingere da Franz Winterhalter: era il suo regalo di compleanno al marito, nel 1843, e il dipinto è così scopertamente sensuale che Albert, considerandolo una specie di «ritratto segreto», lo conservava nella sua camera da letto. Insomma, la regina che è diventata sinonimo di *pruderie* non era affatto *prude* quando si trattava del suo piacere. Ed era pronta a confessarlo non soltanto ai suoi diari ma anche, senza imbarazzo, a un vecchio gentiluomo (sia pure notoriamente libidinoso) come il premier lord Melbourne.

La sera delle nozze, appena arrivati a Windsor, la giovane sopraffatta dalla stanchezza si era ritirata sul suo sofà, incapace perfino di mangiare qualcosa. Ma «malata o no, io non ho MAI MAI [maiuscolo nell'originale, *N.d.A.*] passato una simile serata!» scrive deliziata a Melbourne. «È stata un'esperienza gratificante e travolgente... Il mio CARISSIMO CARISSIMO CARO Albert sedeva su uno sgabello al mio fianco, e il suo amore e affetto oltre misura mi donarono sentimenti di amore e felicità celesti, che prima non avrei mai potuto sperare di provare. Mi strinse nelle sue braccia e ci baciammo, e poi ancora e ancora».

Presto la mattina dopo i due erano a passeggio nel parco di Windsor, la regina quasi senza fiato cercando di tenere il passo con la lunga falcata del marito. Alla duchessa di Bedford, che li osservava, Vittoria sembrò «fin troppo innamorata di lui, ma lui nemmeno un po' di lei». Il cinico lord Greville andò invece subito al sodo: gli parve strano che «una notte nuziale dovesse essere così breve», e certo non era questo «il modo di provvederci di un principe di Galles». Si sbagliava, eccome, sebbene con gran disappunto della sovrana.

Vittoria intendeva certamente rinviare a più tardi la gravidanza, che odiava e temeva. Desiderava almeno un anno di «felice godimento» con Albert. Ma se Kate Middleton è riuscita perfettamente a centrare l'obiettivo, duecento anni fa le cose andarono molto diversamente per la focosa sovrana. Nel giro di poche settimane era incinta. Il parto era previsto in dicembre, e nel frattempo lei era tutt'altro che felice. Non ne poteva più delle infinite precauzioni che le erano imposte (dopotutto, la cugina Charlotte era morta di parto vent'anni prima), così come della crescita inarrestabile del giro vita o della rinuncia ai piaceri della danza e delle cavalcate. Unica consolazione, la presenza costante di Albert, sempre accanto a lei per aiutarla ad alzarsi o a sedersi, a sdraiarsi o a muoversi, a scrivere o a leggere. Un partner perfetto.

E un papà anche più che perfetto. La primogenita Victoria, in famiglia Vicky – ma fino a sette anni la chiamano Pussy – nasce con tre settimane d'anticipo, il 21 novembre 1840. Albert, la duchessa di Kent e i medici della sovrana sono nella stanza. I politici, da Melbourne a Palmerston a Russell, in quella a fianco. Basta con i testimoni estranei. Le ultime doglie, con grande sollievo della puerpera, durano appena una decina di minuti. Ed ecco il primo vagito di Vicky. «Oh, Madam, è una principessa», annuncia gravemente il ginecologo. «Non si preoccupi», risponde lei, «il prossimo sarà un principe.» E non si sbaglia.

In realtà Vittoria è felicissima di avere per prima una femmina. Ma non per le ragioni sentimentali che si possono immaginare, piuttosto per motivi molto più prosaici. È lei stessa a spiegarli, senza molto tatto, proprio alla sua primogenita quando è lei, diciotto anni dopo, a partorire il primo figlio: «I maschi provocano così tanta sofferenza, e certe volte una acquista esperienza con il primo figlio. Perciò una bambina è di solito meglio». Il marito Albert, che invece desiderava un maschietto, appena gli portano la bimba se ne innamora perdutamente. È l'inizio di un rapporto padre-figlia assolutamente eccezionale anche per gli standard di una famiglia molto unita.

A Buckingham Palace, il boudoir e la sala per la colazione vengono trasformati nella nursery reale e la piccola principessa consegnata a una routine molto rigida. Almeno nei rapporti con la madre, che la vede due volte al giorno. Ma Albert non si lascia ingabbiare dall'etichetta. Entra ed esce dalla nursery, tanto che le sue continue visite, come l'abitudine di mettersi a quattro zampe per giocare con la piccola, provocano molti commenti a Corte, non sempre benevoli. Ma è lui a cogliere il primo sorriso della bimba, e anche la prima parola: che è, ovviamente, «Papà».

Il fatto è che Vittoria adorava il processo per produrre i bambini ma molto meno il risultato. Aveva per la prole un'avversione che non si curava di nascondere. Pensava che i piccoli fossero «spaventosi quando sono svestiti», almeno fino all'età di quattro mesi. E l'idea di allattarli lei stessa le era semplicemente ripugnante. Ma almeno per la prima figlia manifestò un certo entusiasmo, descrivendo nelle lettere allo zio re Leopoldo la salute e la bellezza della bimba, e quanto somigliasse «al suo carissimo padre»: non un piccolo complimento, vista la passione della sovrana per il marito. Che produsse presto un altro risultato.

Stavolta la regina si mostrò letteralmente furiosa di essere «incinta di nuovo» così presto, quasi prima che Vicky fosse battezzata. Ma almeno mantenne la promessa di offrire al Paese un principe. Albert Edward, il dissoluto Bertie che le sarebbe succeduto sul trono come Edoardo VII, nacque il 9 novembre 1841. Vittoria, come sempre consorte devota, si augurò che crescesse saggio ed equilibrato come il suo adorato marito. Ma sappiamo già che l'erede avrebbe avuto priorità molto diverse da quelle del padre. In ogni caso – quasi un presagio – stavolta la nascita non fu seguita dall'esaltazione della prima ma da una vera e propria depressione post-natale che si accompagnò alla prima seria crisi coniugale.

Albert era sinceramente rattristato dai cattivi rapporti tra la moglie e la suocera, e non a torto ne attribuiva la causa alle continue interferenze della baronessa Lehzen. Vittoria aveva allontanato la madre ma si era tenuta vicina la governante. Il principe consorte la giudicava soltanto «una pazza, ordinaria, stupida intrigante, ossessionata dalla sete di potere, che si considera una semidea». Per lui era soprattutto intollerabile che la baronessa continuasse a interferire negli affari domestici della regina come se il matrimonio non fosse mai stato celebrato. Alla nascita del principe di Galles, la donna arrivò a suggerire che le entrate del ducato di Cornovaglia, riservate all'erede al trono, fossero versate direttamente a lei per le spese della nursery. Anche se la moglie la considerava irrinunciabile, Albert era risoluto a liberarsi della donna. E la sua determinazione si rafforzò quando la salute della piccola Vicky diede segni di deterioramento.

Nel gennaio 1842 la coppia reale tornò a Windsor da una visita a Claremont, residenza della duchessa di Kent. Appena rientrati andarono dritti nella nursery e trovarono la piccola pallida e magrissima. Ne seguì una violenta discussione tra il principe e la governante, che fece perdere letteralmente il controllo alla regina. Vittoria accusò Albert di voler cacciare la baronessa Lehzen anche a costo di uccidere la loro bambina. Lui lasciò la stanza senza una parola, ma la notte tornarono a litigare. Mentre lei piangeva di rabbia, lui ricorse a carta e penna. Medico e governante – scrisse – stavano uccidendo la bambina con cure sbagliate e una dieta folle: «Io non voglio avere più niente a che fare con questo: porta via la bambina e fai come vuoi, e se muore l'avrai sulla tua coscienza». La regina comprese che un compromesso era necessario. Lehzen fu rispedita in Germania con una generosa pensione annuale, e una nuova governante venne nominata al suo posto. La pace tornò in famiglia, e anche i rapporti tra Vittoria e la madre migliorarono rapidamente. Alla fine di quell'anno travagliato, la sovrana era incinta per la terza volta, ma accettò la gravidanza meno a malincuore.

Il 25 aprile 1843 diede alla luce una seconda figlia, Alice, e un altro maschio, Alfred detto «Affie», seguì il 6 agosto 1844; poi, dopo un intervallo fortunato di quasi due anni arrivò anche Helena («Lenchen»), giusto il giorno dopo il ventisettesimo compleanno della regina. Che di figli ne avrebbe avuti altri quattro. L'ultima, Beatrice, nasce nel 1857: Sua Maestà ha appena trentotto anni, ma il suo medico, sir James Reid, l'avverte che altre gravidanze sarebbero troppo pericolose. «Oh, sir James», protesta lei, «dunque non avrò più piacere a letto?» Non può sapere che l'aspetta un dolore straziante. E sulla tribù dei figli il pervicace egoismo di Vittoria, esasperato dal lutto, è destinato a produrre gli effetti più devastanti.

Gloriosa regina, madre castratrice

L'adorato Albert ha appena quarantadue anni quando una febbre improvvisa se lo porta via in soli quindici giorni. Spira il 14 dicembre 1861, e la data segna la rottura definitiva tra la vita privata e quella pubblica della regina. Sino a quel momento Vittoria ha condotto un'esistenza luminosa, in un'armonia apparentemente senza sforzo tra gli affari dello Stato e quelli famigliari. Era felice, e voleva che gli altri lo sapessero, come scrive allo zio Leopoldo: «Se voi sapeste *quanto* felice, quanto beata mi sento e come sono *orgogliosa* di avere per me un essere *così* perfetto come mio marito...» Un giorno, la governante dei bambini parla di qualcuno ricorrendo a un'espressione comune, «felice come una regina», poi si mostra un po' confusa, ma la sovrana la rassicura: «Non c'è bisogno che vi correggiate, lady Lyttelton. Una regina è effettivamente una donna felice». Non più da quel 14 dicembre, che diventerà per lei, e quindi per tutta la famiglia, la data più luttuosa nella storia del genere umano.

Con Albert aveva dato vita, in effetti, a un team perfettamente funzionante. Presto aveva riconosciuto che le doti intellettuali del marito erano di gran lunga superiori alle sue. Unite alla dedizione al lavoro e al senso del dovere, lo rendevano una persona di straordinario rilievo, e non solo per lei. Vittoria incarnava la Corona e Alberto era solo il principe consorte. Ma nella sua interpretazione del ruolo, e grazie alle sue capacità indubbiamente eccezionali, si considerava quasi una sorta di primo ministro a vita. E pure quelli autentici riconoscevano la sua importanza. Scriverà il premier Benjamin Disraeli: «Con il principe Alberto abbiamo seppellito il nostro sovrano. Per ventuno anni questo principe tedesco ha governato l'Inghilterra con un'energia e una saggezza della quale nessuno dei nostri re aveva mai dato prova». Un panegirico che non convinceva tutti, e anzi il suo interventismo avrebbe forse prodotto una coalizione repubblicana capace di rovesciare la monarchia. Ma questo pensiero non sfiorò nemmeno l'inconsolabile Vittoria, che da quel momento divenne, per la restante metà della sua vita, «la vedova di Windsor».

Veste in crespo nero. Instaura a palazzo il lutto stretto. Vieta le feste, la musica, l'allegria. Cancellata la celebrazione di compleanni, gli unici anniversari da onorare religiosamente diventano quelli di Albert: il giorno della sua morte come quello della nascita, del loro fidanzamento, delle loro nozze. La regina cancella Londra dalla mappa dei suoi spostamenti, e si muove solo tra le residenze che le ricordano la gioia comune, da Windsor a Osborne, sull'isola di Wight, da Osborne a Balmoral. In ognuno di questi castelli, la camera da letto di Albert rimane intatta. Letto rifatto, abiti pronti a essere indossati, perfino i rasoi e le spazzole disposti in bagno nel solito ordine. E, trent'anni dopo la morte, il premier Gladstone si lamenterà che un domestico interrompa regolarmente il suo colloquio serale con la regina per portare dell'acqua calda al fantasma di Albert.

Autoritaria ed egocentrica per natura, Vittoria lo diventa anche di più per effetto della sventura. L'avvenire delle figlie è totalmente subordinato alla sua volontà. Come scrive allo zio Leopoldo, «è assolutamente indispensabile che abbia accanto a me una delle mie figlie sposate. Non posso essere sempre in cerca di un aiuto». Ma dopo aver maritato con una certa fretta le prime quattro, l'ultima è ben decisa a tenersela vicino. Fratelli e sorelle vanno via uno dopo l'altro, e Beatrice rimane a casa come dama di compagnia permanente della madre. Non può nemmeno lasciare il palazzo se non per andare in visita dai fratelli. Non ha diritto di accettare altri inviti, nemmeno quelli del primo ministro. A tavola con la regina è vietato pronunciare la parola matrimonio, per evitare di turbare la giovane.

A dispetto di tante precauzioni, a trent'anni anche Beatrice scopre l'amore. Si tratta del principe Enrico di Battenberg e perfino la docile, sottomessa ultimogenita osa stavolta ribellarsi. Vuole sposarlo, e di fronte all'iniziale opposizione della regina scoppia lo scandalo. Madre e figlia non si parlano più, per mesi comunicano solo con brevi messaggi scritti. Vittoria è costretta a cedere, ma solo a condizione che i freschi sposi vadano a vivere vicino a lei. È la scelta migliore della sua vecchiaia. Enrico, di cui lei sa apprezzare la bellezza, la conquista con la sua vivacità, il suo buonumore. Quando muore anzitempo, ucciso in Africa da una febbre infettiva, la sovrana piange «il suo raggio di sole».

Ce n'è solo un altro, a quanto pare, capace di scaldarla. E non c'è nulla di nobile nel suo sangue, e nemmeno nel suo comportamento. Rozzo, ignorante, perfino scurrile, John Brown è un semplice *gillie*, un guardacaccia scozzese, del defunto Albert. La regina lo conosce dai giorni felici di Balmoral. Dalla caccia Brown era passato all'organizzazione dei picnic e delle escursioni della coppia reale. In quelle circostanze si occupava di controllare la carrozza o badava alla cavalcatura della sovrana. Se invece i due optavano per una lunga passeggiata a piedi, ecco Brown farsi avanti per sollevare Vittoria tra le braccia e portarla di peso ogni volta che il percorso si faceva impervio. Si rende utile, è allegro, ha la battuta pronta. Un giorno dice alla regina che si è fatta troppo pesante e non ce la fa più a sollevarla. La reazione è, giustamente, una sonora risata. Perché i coniugi reali sono troppo consapevoli dell'eccezionalità del loro rango per avere amici che si collochino solo un gradino più sotto. E di conseguenza sono più a loro agio con i domestici che non con gli aristocratici.

Quando Vittoria rimane vedova, e sola – senza un'amica, senza una confidente – il ruvido *gillie* richiamato a Osborne dalle natie Highlands rappresenta il suo solo contatto con il mondo. Un soffio d'aria fresca che la spinge a ritrovare perfino un certo gusto della vita. Il calore umano del virile scozzese in gonnellino torna a riempirle la casa e le fa sentire meno cocente il suo dolore, come confessa lei stessa alla figlia maggiore, quasi con un senso di colpa. Brown diventa rapidamente un favorito, che prende ordini solo dalla sovrana. La vede a tu per tu almeno due volte al giorno. Libero dai ranghi gerarchici della servitù, il suo potere cresce a dismisura. E, in contemporanea, anche il suo stipendio. Dalle 120 sterline annue iniziali, arriva dieci anni dopo a 400. Anche le chiacchiere e le maldicenze dei salotti londinesi aumentano allo stesso ritmo.

La cattiva fama degli Hannover contribuisce ad alimentarle. La regina non appartiene forse a una dinastia famosa per gli sfrenati appetiti sessuali? I soliti bene informati sostengono che lo scozzese ha il talento di soddisfarli. E la svizzera *Gazette de Lausanne*, una specie di tabloid del tempo, non esita a diffondere la notizia che Sua Maestà ha contratto matrimonio morganatico con il suo servitore, diventando a tutti gli effetti «Mrs Brown». A dare maggior risalto alla calunnia provvede l'ambasciatore inglese a Berna, che incautamente denuncia il giornale per diffamazione. La pubblicità è assicurata.

A fomentare la leggenda degli amori tardivi di Vittoria contribuisce la memoria della passione anche fisica della sovrana verso il marito. Ma pure la sua reazione quando le conseguenze di un raffreddore si portano via il fedele Brown, nel 1883. A Balmoral gli viene eretta una statua nobilitata da un'epigrafe di Alfred Tennyson, il poeta di Corte: «Amico più che servitore, leale, sincero, coraggioso». Busti di Brown spuntano nei giardini di Windsor e di Osborne, e infine la sovrana redige di persona una biografia dello scozzese. Solo il decano di Windsor la convince a darla alle fiamme.

Riesce impossibile credere che una persona così conscia del suo eccelso posto nel mondo come Vittoria abbia allacciato una relazione sentimentale con John Brown. Ma è certo che l'umile guardacaccia abbia esercitato sulla regina un'influenza enormemente superiore alla sua posizione. In questo modo ha contribuito ad allontanarla ulteriormente da una prole che lei non amava. I figli vedevano nel domestico, al quale era permesso di contraddire la monarca senza pagare pedaggio, un usurpatore del loro ruolo. Ma è proprio quel ruolo che Vittoria non riconosce loro. Non li considera mai molto, e sembra non riuscire a perdonare che non somiglino abbastanza al paragone di perfezione del defunto marito.

Il rimprovero vale soprattutto per il primo maschio ed erede, Bertie. Alla figlia maggiore Vicky la sovrana scrive testualmente che «il contatto quotidiano con lui mi riesce né più né meno insopportabile. È animato dalle migliori intenzioni, lo so, ma in lui il tatto, il cuore, il cervello sono di una mediocrità lamentevole». Nessuna sorpresa che per i successivi quarant'anni la regina si ostini a mantenere il figlio in una condizione inadeguata per un erede al trono. Consentire il contrario, cioè accordargli una qualche funzione rappresentativa della Corona, avrebbe significato accostarlo in qualche modo al rango e alle mansioni che erano state del padre. E questa per Vittoria era né più né meno una bestemmia.

Disraeli e Gladstone apprezzano il principe e vorrebbero assegnargli un ruolo di primo piano, ma urtano contro il muro di gomma della mamma regina. Le sue riserve sono sempre giustificate dalla frivolezza e dai comportamenti scandalosi del figlio. Ma tutti sanno che l'accidia forzata a cui lo costringe la madre è la nutrice principale dei suoi vizi. A Bertie resteranno solo gli ultimi nove anni di vita, passati sul trono, per mostrare al mondo che era qualcosa di più di un banale debosciato dongiovanni.

Se il principe di Galles è per Vittoria «quello sconsiderato», nemmeno gli altri si salvano dalle sue staffilate. La irritano perfino la dolcezza e l'indulgenza della nuora Alexandra. Non sopporta lo scialacquio a cui indulge il secondo maschio Affie. Critica l'impertinenza della femmina cadetta, Alice, che vorrebbe ridare un po' di vivacità alle serate a Windsor, così noiose che il marito si addormenta regolarmente. La conclusione di Sua Maestà è sconsolata: «I figli sono motivo di terribile ansietà», scrive nel 1870. «I dispiaceri che ci danno superano di gran lunga la gioia che ci procurano.»

È il paradosso di una donna che proprio grazie alla sua folta discendenza siede in cima a una piramide di relazioni internazionali. Alla fine della sua vita, i suoi nipoti occupano – o si preparano a farlo – i troni di Russia, Germania, Norvegia, Svezia, Danimarca, Grecia, Romania, Spagna, Iugoslavia. Ma quando è stata male, quasi sul punto di morire, e la sua dama di compagnia lady Churchill ha proposto di chiamare i figli, «Mio Dio, no!» ha esclamato il Maestro della Real Casa, sir Thomas Biddulph: «Questo vorrebbe dire ucciderla del tutto».

15
La guerra dei Galles

SE le virtù di Vittoria riuscirono a riparare i guasti del tentato divorzio tra Giorgio IV e Caroline, ai giorni nostri le virtù di Elisabetta hanno invece corso il rischio di essere disfatte dal divorzio del primogenito.

Vi sarete resi conto che, al netto dell'invadente presenza della televisione, il disastroso matrimonio del quarto Giorgio è praticamente identico alla catastrofe di Carlo e Diana. Le analogie, impressionanti, investono ogni aspetto delle due storie. Le debolezze dei protagonisti. L'interesse di Stato nelle nozze. Il gran daffare delle spie negli angoli bui dell'una e dell'altra tragedia. Le sofferenze dei figli, giocati come pezzi di scacchi nello scontro brutale tra i genitori.

Giorgio IV usò tutto il suo potere per allontanare la figlia Charlotte dalla madre. Appena diventato reggente, sequestrò la ragazza nel castello di Windsor per impedire ogni incontro tra le due, ma dovette arrendersi di fronte alla testarda determinazione dell'erede: quando arrivò il momento della presentazione a Corte, Charlotte si rifiutò di partecipare alla cerimonia se non alla presenza di Caroline. L'appuntamento fu annullato. La fuga all'estero della principessa di Galles, però, spinse infine la figlia a odiarla. E arrivò ad accusarla addirittura di aver cercato di corrompere la sua innocenza di sedicenne, lasciandola sola in camera da letto con il suo amante, il capitano Hesse.

Con i Galles di due secoli dopo, situazione rovesciata. Nel senso che era soprattutto Diana a suggerire agli avidi lettori dei tabloid un disinteresse del marito verso i figli. Non era vero, ma serviva ad affondare la già scarsa popolarità di Carlo. La storia della foto sul panfilo *Britannia* la dice lunga. È una delle immagini più belle e dolci di Diana, perché ne esalta la maternità e il profondo amore per i figli. La vicenda tutta intera me l'ha raccontata l'autrice dello scatto, la fotografa di Corte che ritrasse la principessa mentre i bambini – appena arrivati dall'Inghilterra a bordo dello yacht in visita in Canada – correvano a buttarsi tra le sue braccia spalancate. Quell'immagine finì in prima su tutti i giornali del mondo. Il fatto è che, trenta secondi dopo, la stessa scena – e lo stesso scatto – si ripeteva con Carlo. Ma nessun direttore volle pubblicare la foto. E sui figli, del resto, si consumò pure la rottura definitiva tra i due, in una futile lite su chi dovesse avere i ragazzi durante weekend rivali a Sandringham e a Highgrove.

Tutti coloro che avevano almeno quindici anni nell'agosto 1997 sanno dire dov'erano e cosa facevano quando arrivò la notizia sconvolgente della tragica morte della «donna più amata del mondo»: da tutti, tranne che dal marito. Ma, a dispetto di milioni di pagine di giornale e migliaia di ore di televisione, molti contorni del rapporto tra Carlo e Diana restano sfocati. E forse anche i loro caratteri. Eppure, la loro storia d'amore, o piuttosto il suo fallimento, ha cambiato il corso della monarchia nel secolo a venire come l'abdicazione del prozio Edoardo aveva fatto nel ventesimo secolo.

Sorgeva l'astro di Margaret Thatcher, in quell'estate dell'81 che vide il matrimonio del trentaduenne principe Carlo con lady Diana Spencer, tredici anni più giovane. Per i reali fu certamente l'evento più importante di quell'epoca. Le nozze, il 29 luglio, arrivarono – come quelle della regina – in un anno difficile per l'Inghilterra. E, come nel 1947, l'atmosfera pazzamente festaiola, quasi carnascialesca, contribuì ad alleggerire il clima sociale. Solo che a differenza di Elisabetta e Filippo, che si erano conosciuti e frequentati per anni, Carlo e Diana si erano incontrati meno di una dozzina di volte prima di sposarsi. Il peso di questa scarsa conoscenza si sarebbe manifestato presto.

Ma quel giorno di luglio l'Inghilterra era ubriaca, di birra e di gioia. Settecentocinquanta milioni di persone nel mondo avevano seguito la diretta tv. Una cerimonia perfettamente coreografata che giustificava ancora una volta l'esistenza dei Windsor: almeno la monarchia continuava ad attirare l'ammirazione del pianeta verso l'isola in declino da decenni. Agli albori degli anni Ottanta il problema non era l'austerità post-bellica, come nel '47, ma l'altissima disoccupazione, il calo della produzione industriale, un'inflazione rampante e il clima di guerra sociale provocato dalle durissime misure della Thatcher appena arrivata al potere. Il regno aveva bisogno di una potente distrazione. E il più adatto a fornirgliela, come al solito, era l'erede al trono.

Dalle «Charlie's Angels» all'angelo Diana

Tutti i cronisti di quel fatidico 29 luglio riconoscono che la festa popolare attorno alle nozze fu una specie di «esplosione naïf di frenetico patriottismo». Fin troppo comprensibile in un momento assai duro per la Gran Bretagna. Che era molto diversa dal Paese di oggi. Nei pozzi di carbone scendevano ancora un quarto di milione di minatori, nei cantieri del Nord dozzine di navi appena costruite continuavano a scivolare in acqua, e – come ha ricordato su *The Guardian* il giornalista Ian Jack – «le Rolls Royce che ronzavano davanti alla cattedrale di St Paul's avevano ancora motore britannico. Ma allo stesso tempo i militanti dell'IRA imprigionati morivano per lo sciopero della fame, sommosse urbane erano scoppiate in parecchie città inglesi, due milioni e mezzo di persone (in aumento) vivevano con il sussidio di disoccupazione». Quella coppia da favola che diceva «Sì» sotto la cupola barocca di St Paul's non era la risposta a niente, ma tirava su il morale.

Tanto più che Carlo, superati i trent'anni, aveva corso la cavallina abbastanza a lungo per mettere la testa a partito. Il principe aveva largamente beneficiato «del meglio che il mondo gli offriva», per riprendere la pertinente osservazione del direttore di *The Economist* Walter Bagehot sui fortunati detentori del titolo. A tal punto che il riferimento a una delle più famose serie tv degli anni Settanta, *Charlie's Angels*, passò a indicare il nutritissimo gruppo di signorine che avevano accompagnato l'erede dall'adolescenza alla prima maturità.

Non tra loro, ovviamente, fu scelta la sposa. A vent'anni dal Duemila i Windsor potevano accettare che la madre dei futuri principi non avesse sangue reale, ma ancora esigevano che fosse almeno vergine. Condizione di cui molte delle donne amate da Carlo, nel tempo in cui il femminismo si andava affermando, si erano ormai liberate. Brillanti, anticonformiste, alcune sarebbero comunque rimaste amiche del principe per tutta la vita, compagne della sua passione per gli sport campestri, dai cavalli alla caccia, e soprattutto capaci – come a lui piace – di stare tranquille ad ascoltare. Le sue amazzoni si chiamavano

Sarah Lindsay, Patti Palmer-Tomkinson, lady «Kanga» Tryon... e, ovviamente, Camilla Shand, maritata Parker Bowles.

Carlo la incontrò la prima volta nel 1972, quando erano entrambi poco più che ventenni. Secondo la leggenda, lei puntò dritta verso il principe, sempre timido e imbarazzato (come rivela il suo affaccendarsi da tic coi polsini della camicia), e gli chiese: «Lo sai che il tuo trisnonno e la mia bisnonna sono stati amanti?» L'antenata chiamata in ballo era Alice Keppel, ultima fiamma di re Edoardo VII, e il pronipote del sovrano non tardò a ripetere l'esperienza tre generazioni dopo. Per otto mesi i due furono inseparabili. Carlo sembrava cotto. Lei invece, secondo i pettegolezzi, lo usava per ingelosire il corteggiatore che non si decideva a sposarla, il comune amico nonché ufficiale di cavalleria Andrew Parker Bowles. Di certo Camilla non si illudeva di superare l'esame della regina come ipotetica nuora. Perciò, quando Carlo si imbarcò come ufficiale di Marina nel 1973, si dissero addio nelle stanze di lui a Buckingham Palace, e la bionda, vivace figliola di un ricco mercante di vini accettò felice la proposta di matrimonio del suo bell'ufficiale.

Rimesso piede a terra, l'erede al trono riprese la sua vita di playboy timido. Magari non ne aveva l'aria, ma è abbastanza naturale che se uno è destinato alla Corona d'Inghilterra molte fanciulle se ne sentano fatalmente attratte. I giornali del tempo riportano un'impressionante abbondanza di compagnia femminile, dalla splendida Carolina di Monaco alla figlia del governatore generale di Malta a Sabrina Guinness, ereditiera miliardaria della birra. Le avventure del principe facevano la gioia, e soprattutto gli affari, della stampa popolare. A Carlo bastava invitare la giovane Guinness e la gemella Miranda a un ballo in casa del conte di Pembroke, perché i giornali si riempissero di titoloni: salvo andarsene dalla festa da solo e lasciare le due come Cenerentole alla fine della serata danzante.

Il principe di quel tempo (ma non è escluso lo sia anche oggi) era il prototipo del maschio chauvinista. Dalle sue tante conquiste si aspettava un comportamento docile e obbediente, molto vecchio stile. Alcune ne fecero amara esperienza. Davina Sheffield, una magnifica venticinquenne bionda incontrata da Carlo nel 1976 a un party a Fulham, ricevette un invito al castello di Balmoral che equivaleva, come gli intimi ben sapevano, a un vero e proprio test: serviva a stabilire se la prescelta era adatta a continuare la relazione. La poverina non capì il messaggio in codice. Ci si aspettava che lei rimanesse a casa con le signore di famiglia mentre Carlo e gli altri uomini se la filavano a zonzo attraverso la brughiera scozzese. Davina insistette per andare con loro, e il suo principe senza-cuore (eccone un altro...) la trascinò apposta attraverso il terreno più ostico che potesse trovare. L'infelice abbandonò la Scozia la mattina dopo e, quando i giornali pubblicarono che aveva già avuto una storia d'amore, il suo nome fu semplicemente cancellato per sempre dall'agenda reale.

Ci fu solo un'altra ragazza alla quale Carlo propose il matrimonio poco prima che a Diana. Ma Anna Wallace, figlia di un latifondista scozzese, era un tipetto focoso, pieno di temperamento, e non gradiva affatto il genere di approccio amoroso del principe: freddo, poco romantico, ostentatamente privo di passione (ricordate quando gli chiesero, all'annuncio del fidanzamento con Diana: «Siete innamorati?» e lui, cinico: «Sì, qualunque cosa amore voglia dire»). A far infuriare Anna in modo speciale fu il grande ballo, al castello di Windsor, per gli ottant'anni della Regina Madre. Carlo la invitò, solo per poi ignorarla tutta la sera. E la ragazza ebbe modo di mostrare perché l'avevano soprannominata «Whiplash Wallace», Wallace la Frusta: visto come si metteva, a mezzanotte se ne andò dal castello, e dalla vita del principe.

La ricerca della sposa reale si rivelava insomma più complicata del previsto. E a peggiorare le cose arrivò una frustata vera all'ego maschile (già un po' scosso) dell'erede al trono. Lady Sarah Spencer aveva trascorso con lui una vacanza sulla neve nel 1978, e quando le chiesero se la relazione era destinata a durare rispose lapidaria: «Carlo è una persona favolosa, ma io non sono innamorata di lui. È un romantico che perde facilmente la testa. E io non sposerei mai un uomo che non amo, fosse un netturbino o il re d'Inghilterra. Se me lo chiedesse rifiuterei».

Sfortunatamente per tutti e due, fu alla sorella minore che lui lo chiese. Gli Spencer erano antica aristocrazia, non solo con profonde connessioni a Corte, ma loro stessi con sangue reale nelle vene – legittimo o illegittimo – risalente all'epoca Stuart. Inoltre la più grande delle tre sorelle, Jane, aveva sposato nel 1975 l'assistente segretario privato della regina, Robert Fellowes. Insomma, erano una famiglia perfettamente inserita nel mondo della caccia, del polo, dei piaceri della campagna così cari ai Windsor. Il conte Spencer, padre delle tre sorelle, era stato scudiero di re Giorgio VI, e anche di Elisabetta nei primi anni di regno. E Diana era nata a Park House, un cottage affittato dalla famiglia reale all'interno della tenuta di Sandringham.

Così fu del tutto naturale che Carlo capitasse nella tenuta degli Spencer, ad Althorp, per una delle amate partite di caccia al fagiano. Lì aveva incontrato per la prima volta Sarah, che era poi diventata la sua girlfriend. E lì incontrò anche Diana, nel 1978, in un weekend che era tornata a casa per le vacanze scolastiche di *midterm*. La futura principessa aveva allora poco più di sedici anni.

«Era una simpatica, divertente e attraente sedicenne», la ricorderà più tardi Carlo, confessandosi subito affascinato dalla bionda e goffa ragazzona. Lei si sarebbe poi detta innamorata al primo incontro ma senza nemmeno sognare che il principe, con la sua aria da uomo di mondo e il suo sovrano contegno, sarebbe un giorno diventato suo marito. Si rividero un anno dopo e lui cominciò a farle la corte. Dopo l'assassinio di lord Mountbatten per mano dell'IRA, nell'estate del '79, Diana aveva detto a Carlo quanto le fosse sembrato triste al funerale, e molto solo. Il commento lo aveva toccato e il rapporto era piano piano sbocciato in quello che pareva un amore genuino. Il principe era convinto che il matrimonio fosse un legame destinato a durare una vita, e non nascondeva che per lei sposarlo sarebbe stata una scelta dura. Diana lo scoprì ben presto, quando i fotografi cominciarono a darle la caccia. La sua tattica di sopravvivenza furono, istintivamente, sorrisi timidi e occhi bassi.

Ma certo non bastavano a riempire le pagine dei tabloid, che avevano invece già fiutato «la storia d'amore del secolo». Nei sei mesi tra il fidanzamento e il matrimonio, Fleet Street, la strada dei giornali alla City, era al settimo cielo e non mollava un attimo il pedinamento di Lady Di, ovunque andasse. Le sue amicizie esaminate a una a una, il suo passato studiato al microscopio, perché nessuno credeva che ai tempi moderni esistesse ancora in Inghilterra una cosa come una vergine. E per di più assolutamente strepitosa. Come rivelò l'incidente della foto all'asilo.

Diana fu ritratta con un bimbo in braccio nella scuola materna di Londra dove lavorava. Faceva caldo, indossava una gonna di cotone, e non si era resa conto che, contro sole, l'indumento era in pratica trasparente. Tutti i maschi d'Inghilterra fischiarono idealmente d'ammirazione davanti al magnifico paio di gambe esibite senza volerlo dalla futura moglie di Carlo.

In breve, nessuno dubitava che le nozze celebrate in terra il 29 luglio 1981 fossero state davvero decise in cielo.

Il Principe Filosofo, la Principessa del Rock e la Ragazza Venerdì

Ci vollero quattordici anni dal sì pronunciato a St Paul's perché Diana consegnasse a Martin Bashir, davanti alle telecamere della BBC, la sua frase forse più famosa: «Eravamo in tre in quel matrimonio: un po' troppo affollato». Ma che «fossero in tre», certo non poteva averci messo molto a capirlo. Per quanto fosse solo una diciottenne ingenua ed entusiasta, davvero non le sembrò strano vedersi affibbiare, come chaperon prenuziale, quella Camilla Parker Bowles che era stata una girlfriend del futuro marito? E cosa avrà mai pensato quando, nei primi tempi del corteggiamento, Carlo insisteva perché lei lo chiamasse «Sir» mentre alla sua storica confidente Camilla era consentito l'uso del nomignolo «Fred» (e lui ricambiava chiamandola «Gladys»)?

Di certo, agli amici più stretti una Diana piangente confidò di avere scartato un regalo arrivato a Palazzo solo per scoprire che non era un dono di nozze ma un braccialetto d'oro a catena con due iniziali intrecciate: «F» e «G», Fred e Gladys, o anche «Girl Friday», la «Ragazza Venerdì», un altro dei vezzeggiativi del principe per la vecchia amica. Era, ovviamente, un regalo di Carlo per Camilla. Fu questa la ragione che fece scappare Diana in lacrime dal campo di polo su cui giocava il reale fidanzato. Per gli spettatori, si trattava solo della reazione nervosa di una ragazza spaventata dall'eccessiva pubblicità prima del matrimonio. Per lei, probabilmente, fu una fuga che molte volte rimpianse di non aver compiuto per sempre.

Al pubblico sfuggiva che la coppia all'apparenza perfetta non poteva in realtà essere peggio assortita. Carlo non era soltanto una dozzina d'anni più vecchio, ma aveva gusti molto più tradizionali di tanti uomini della sua generazione. Pessimista, colto, sensibile, guidato – allora come oggi – da un forte senso del dovere e del compito che lo aspetta. Diana, per contrasto, era la classica fan della cultura pop dominante all'inizio degli anni Ottanta. Grande lignaggio ma poca cultura, e pochissima esperienza del mondo. Il suo universo si limitava al giro delle *posh girls*, le fanciulle-bene dei quartieri di West London, che i giornali prendevano in giro come le «Sloane Rangers» (da Sloane Square, la piazza principale dell'elegante quartiere di Chelsea). Come scrive Nigel Blundell, accurato cronista di questa unione catastrofica, «lei era la Principessa Pop, lui il Principe Filosofo».

Abbondano i racconti di Diana che si muove a passo di danza attraverso i saloni di Kensington Palace ascoltando sul ministereo personale le rock band preferite. O della sua passione per lo shopping che manda fuori dai gangheri il marito attento ai soldi. Di fatto, come testimoniano gli intimi, Carlo era preoccupato che la serietà del suo carattere non trovasse adeguato riscontro nella sua giovane e bella moglie. E bastarono pochi mesi perché il primo di molti conflitti tra privati desideri e pubblici doveri si svolgesse sotto gli occhi di tutti.

Dopo la nascita del primogenito William, il 21 giugno 1982, Diana cominciò a soffrire di depressione. Non era solo la crisi post-partum ma anche la drammatica sensazione di essere finita in trappola. A novembre, nella ricorrenza dell'annuale Remembrance Day in onore dei caduti della Grande Guerra, supplicò Carlo di risparmiarle la cerimonia prevista alla Royal Albert Hall. Voleva rimanere a casa con il bambino e voleva che il marito restasse al suo fianco. I toni della discussione salirono presto, facendosi tanto violenti da essere chiaramente uditi dal personale di servizio. Carlo sembrava davvero sbalordito dal repentino cambiamento della moglie. E continuava a ripeterle che era suo dovere essere presente alla celebrazione ufficiale. Che il dovere veniva sempre primo. E che lei *doveva* capire questo fatto.

Alla fine, Carlo arrivò da solo alla Royal Albert Hall e farfugliò qualcosa per giustificare formalmente l'assenza della principessa, attribuendola a un malessere. Cinque minuti dopo, Diana faceva invece il suo ingresso in sala. Al pubblico sembrò evidente che il principe aveva lasciato casa senza sapere che cosa la consorte avesse deciso di fare. In realtà, erano stati i consiglieri di Palazzo a convincerla che il suo posto era accanto al marito in un impegno reale. Ma è probabile che la fortunata aristocratica sbalzata al vertice dello Stato già rimpiangesse di aver fortemente cercato l'unione in cui si sentiva adesso prigioniera.

Carlo non pareva certo più felice. Ben presto la pubblica adorazione per Diana, che una volta lo inorgogliva, cominciò a dargli fastidio fino a diventare vera e propria gelosia. Si sentiva maldestro e ignorato quando capitava che partecipassero assieme a qualche evento. Succedeva perfino che ogni tanto la folla manifestasse apertamente la sua delusione se appariva lui al posto della moglie. Una volta uscì dalla macchina prima di lei, e si udì il sospiro di disappunto collettivo, seguito subito dopo da un boato di giubilo quando apparve l'adorata principessa. Per i paparazzi, ovviamente, non c'era confronto tra le foto di Charles e quelle della splendida Lady Di. Ricordo bene quando la coppia comparve a Milano alle settimane della moda, sul finire degli anni Ottanta. Carlo venne avanti, verso noi giornalisti, e con un sorrisetto sarcastico ci consegnò una battuta molto amara: «Sì, sono il tipo che accompagna la principessa di Galles».

Sorprende solo che la fine sia stata così a lungo protratta.

Carlo «il Picchiatello» oscurato dalla moglie

La storia di Diana, del matrimonio infelice, della morte tragica, dei complotti inventati e delle responsabilità effettive alimenta ormai da trent'anni la sola industria editoriale che non conosce crisi. Anche per questo non è facile rispondere con sincerità all'interrogativo che molti continuano a porsi: quanta parte l'intrusione dei media, la caccia dei paparazzi, l'ossessiva curiosità del pubblico hanno giocato nel trasformare in tragedia un'unione, come tante altre, solo banalmente difficile? I tradizionalisti tendono a dare ragione alla frase più famosa di Walter Bagehot, che ammoniva: la monarchia va tenuta al riparo dai raggi del sole, che ne distruggerebbero il mistero e la magia. E Bagehot non conosceva ancora il potere devastante delle lampade al quarzo della televisione. Ma a questa luce abbagliante non c'è oggi istituzione pubblica che possa sottrarsi. E l'illusione di poter imbrigliare e indirizzare i media è appunto questo: un'illusione.

Carlo e Diana lo sperimentarono appena cominciarono a emergere le prime difficoltà del matrimonio. Nel tentativo di correggere quel che appariva sulla stampa, iniziarono a invitare a qualche pranzo informale editori e direttori dei giornali, per discutere con loro la situazione. Uno sforzo totalmente inutile. Come ogni giornalista avrebbe fatto, i fortunati apprezzarono il menu e le chiacchiere principesche ma si guardarono bene dal censurare la copertura riservata dai loro cronisti ai guai della coppia reale. Disperatamente ansiosi di convincere il pubblico che invece tra loro tutto andava bene, i Galles fecero un secondo errore, che con il senno di poi appare quello di gran lunga più grave. Aprirono le loro vite alla televisione.

La casa di Highgrove, nella meravigliosa campagna del Gloucestershire, che Carlo aveva trasformato nel suo buen retiro, diventò un set televisivo. Purtroppo per lui. Il documentario avrebbe dovuto mostrare scene domestiche e quadretti idilliaci della calma esistenza dei principi lontani dall'occhio del pubblico. Al contrario il programma aizzò la rabbia degli spettatori, una volta tanto ammessi allo spettacolo della vita privilegiata dei reali. E testimoni che, all'apparenza, l'angoscia più grave di Diana era la scelta di un costoso abito di sartoria dalla caverna dorata del suo guardaroba.

Carlo non ne usciva meglio, anzi. Gli inglesi innamorati del giardinaggio avrebbero dovuto – si supponeva – entusiasmarsi della passione botanica del loro futuro re, delle sue passeggiate tra le aiuole del magnifico giardino e delle sue dotte dissertazioni sulle piante medicinali. Gli spettatori invece reagirono con sorrisetti di compatimento quando Carlo confessò all'obiettivo il suo costume di parlare alle piante. Quella rara rivelazione di sensibilità gli guadagnò il soprannome di «Loony Prince», il Principe Picchiatello.

Fu anche il momento in cui si rivelò appieno l'influenza pervasiva del suo anziano amico sir Laurens van der Post, uno scrittore sudafricano che è stato anche padrino del principe William. La stampa gli ha affibbiato il titolo di «guru spirituale» di Carlo, ma in realtà il legame rifletteva soprattutto la passione profonda del principe per la metafisica, confermata dalle frequenti visite al monastero del Monte Athos, cuore del cristianesimo greco-ortodosso. Solo che in quell'infelice 1984 l'erede al trono decise di seguire l'ispirazione spirituale e culturale del suo mentore anche prendendo la parola di fronte alla platea della British Medical Association. Onestamente, l'Ordine dei medici britannici non era l'uditorio ideale a cui ricordare che la medicina convenzionale, pesantemente dipendente dalla chimica, non ha il monopolio della guarigione, e che andrebbe piuttosto sviluppato il ricorso alle alternative offerte dalle terapie olistiche. Dopo la confessione sulle chiacchierate alle piante, la reazione si può facilmente immaginare. Sino ad allora Carlo aveva goduto di un buon rapporto con la stampa. Ai tabloid era piaciuto il giovane uomo che seminava da solo l'avena nei suoi campi e poi metteva in piedi una famiglia. A poco a poco, la sua popolarità svanì sotto una cappa di presunta eccentricità e la sua immagine fu del tutto eclissata da quella della magnifica moglie. Più lei fioriva, in particolare dopo la nascita di Harry nel settembre 1984, più lui diventava rigido e formale quando le si trovava accanto. Era ormai chiaramente impossibile trovare un compromesso tra una moglie che adorava le feste e le chiacchiere tra ragazze e un marito che si preoccupava delle sorti dell'architettura e dei doveri reali per i quali era nato.

Ma in pubblico lo spettacolo doveva andare avanti. E questo fu l'inizio della tragedia. Perché una serie di episodi convinsero Diana che non avrebbe mai potuto aspettarsi un sostegno dall'uomo che aveva accanto. L'incidente più grave accadde a Vancouver, all'Esposizione Mondiale. La principessa soffriva ormai da tempo di disordini alimentari che erano la diretta conseguenza dello stress e della depressione. Il peso andava su e giù, tra bulimia e anoressia. A Vancouver il suo drastico dimagrimento aveva già stimolato i commenti a bassa voce degli ospiti ma il peggio doveva venire. Nel bel mezzo della visita, Diana si aggrappò al braccio di Carlo, mormorò qualcosa e s'accasciò sul pavimento priva di sensi. Lo svenimento era ovviamente il risultato della cattiva alimentazione e della tensione nervosa. Ma anziché trovare comprensione e affetto coniugale, appena si riprese le toccò pure una dura lavata di capo da parte del marito: avrebbe potuto aspettare di essere sola per svenire, piuttosto che dare spettacolo! Non le rimase che chiudersi in camera e singhiozzare.

La Prigioniera di Zenda in fuga verso l'Alma

Nel 1987 il matrimonio era ormai bell'e finito. I due non dormivano più insieme ed erano arrivati al punto da stare vicini un giorno solo in sei settimane. I tabloid scoprirono le amicizie maschili della principessa e dichiararono aperta la stagione di caccia. Lei, del resto, mostrava una tale *nonchalance* da far sospettare un'inconscia – o forse fin troppo conscia – volontà di ferire il reale marito. Il primo incidente con la stampa si verificò alla fine di quell'anno. Da tempo Diana aveva l'abitudine di sfuggire al rigore e alle formalità della vita a Kensington Palace per trovare rifugio non distante, a Queen's Gate Mews, dove la vecchia amica Kate Menzies, ereditiera dei grandi magazzini, possedeva un appartamento. Si faceva festa sino alle ore piccole, le ex Sloane Girls e un gruppo di bei ragazzi introdotti nei circoli esclusivi. I vicini avrebbero voluto lamentarsi del su e giù di auto sino all'alba ma, sapendo che della combriccola faceva parte la principessa di Galles, tacevano.

Fino alla notte in cui un fotografo particolarmente instancabile, dopo un lungo appostamento, seguì Diana nella sua scorribanda notturna. Aspettò all'angolo della elegante viuzza e, quando lei lasciò la casa della Menzies alle luci dell'alba, la fotografò che rideva, scherzava e flirtava come una civetta con un giovane uomo affascinante, David Waterhouse. Lady Di se ne accorse e impallidì. Quegli scatti l'avrebbero rovinata. In lacrime supplicò il paparazzo di darle il rollino. In qualche modo si raggiunse un accordo. Le foto non uscirono sui giornali, ma la cronaca dell'incidente sì. La regina convocò immediatamente figlio e nuora a Palazzo per ordinare loro di rimettere in carreggiata un matrimonio sempre più simile a una farsa reale.

Le reali esortazioni materne non servirono a nulla. A Waterhouse seguirono Nicholas Haslam, ex scudiero di Carlo, Mervyn Chaplin, Rory Scott, che Diana conosceva dai suoi tempi di single... E soprattutto James Hewitt, il cavaliere delle Guardie reali che riportò la principessa, spaventata da un'antica caduta da cavallo, ai piaceri dell'equitazione. E non solo. Dopo di lui venne un altro vecchio amico della buona società, James Gilbey, appartenente alla famiglia del famoso gin. Assieme giravano per Londra come una coppia affiatata, o cenavano spesso al *San Lorenzo*, il ristorante italiano di Beauchamp Place, a Knightsbridge, che era il favorito di Lady Di. La moglie del proprietario, Mara Berni, purtroppo non c'è più ma fu per anni una delle confidenti della principessa. E torna a suo onore che non abbia mai accettato di dire nemmeno una parola con nessuno dei giornalisti che la assediavano.

Comunque si sapeva già tutto. Nell'autunno dell'89 due reporter seguirono Diana fino all'appartamento di Gilbey a Lennox Gardens, sempre nel modaiolo quartiere di Knightsbridge. Una volta arrivata, alle otto e venti di sera, la principessa ordinò al poliziotto di scorta di tornare a prenderla alle undici. Lui eseguì, ma dovette aspettare oltre l'una di notte prima che lei mettesse di nuovo piede in strada. Nel frattempo, come i giornalisti riferirono, nessuno era arrivato o partito. Così, la scusa addotta pubblicamente da Gilbey – che Lady Di era la quarta per una partita di bridge – naufragò miseramente di fronte all'evidenza.

Carlo era al corrente delle amicizie maschili di Diana. Ma quel che lo faceva infuriare, e offendeva il suo orgoglio, era che l'opinione pubblica vedesse solo un lato della storia: quello più favorevole alla moglie. Sui giornali, lui era sempre il marito freddo e distante, «lei un misto tra Madonna e Madre Teresa» (ancora Blundell...), e in effetti le frequentava entrambe. Ovviamente, mentre la consorte collezionava facili conquiste maschili, Carlo era tornato tra le braccia del suo unico grande amore, Camilla.

Stranamente la regina sembrava sapere poco di quanto accadeva a Kensington Palace. Almeno finché sullo sfondo presero corpo chiaramente le ombre dei servizi segreti. Toccò prima a Diana scoprire che le sue compromettenti telefonate da Sandringham all'amato Gilbey erano state illegalmente intercettate. Sono i nastri del famoso «Dianagate», quelli in cui lei è *Squidgy* ovvero «Strizzolina», e il tenore è il seguente: (Gilbey) «Strizzolina, baciami (*rumore di bacio ai due capi del filo*). Oh, non è meraviglioso, vero, questo tipo di sentimento? Non ti piace?» (Diana) «Lo adoro. Lo adoro. (*E di nuovo, appassionatamente)* Lo adoro. Non mi è mai successo prima. Mai.»

Le trascrizioni furono pubblicate dal *Sunday Express* il 23 agosto 1992, come anticipazioni dal libro di Nigell Blundell e Susan Blackhall che sarebbe uscito quindici giorni più tardi, *The Fall of the House of Windsor* (La caduta della Casa dei Windsor). La pubblicazione produsse un triplice risultato: alimentò la paranoia di Diana, che ora aveva la prova del coinvolgimento ai suoi danni delle spie dell'MI5, i servizi segreti inglesi, o dello

Special Branch di Scotland Yard; dimostrò all'opinione pubblica che il «matrimonio da favola» era ormai una finta; convinse la regina che l'unica cosa saggia da fare era consentire la separazione degli ormai ex coniugi. Tanto più che entro fine anno Diana fu pienamente vendicata con la pubblicazione, stavolta, dei *Camilla tapes*, i nastri in cui un ardente Carlo dichiara all'amante che vorrebbe essere un Tampax.

Seguirono anni in cui il principe fu lasciato libero di coltivare l'amore per Camilla, Diana di sperimentare nuove passioni, per il milionario Oliver Hoare, per il cardiochirurgo pakistano Asnat Khan, da ultimo per Dodi al-Fayed. Per il divorzio, purtroppo, ci sarebbe voluto ancora un lustro tutto intero, cinque anni di odio, colpi bassi, ricatti e meschine vendette reciproche. Il solito armamentario di molti amori finiti o unioni sbagliate.

Ma pochi sanno che prima dell'inevitabile conclusione Sua Maestà Elisabetta fece un ultimo tentativo di raccattare i cocci. Non proprio lei, ovvio, ma i cortigiani che le erano più vicini. Il piano aveva addirittura un nome in codice, «Progetto Zenda», e occupò buona parte della tarda estate 1993. L'obiettivo era quello di spingere i Galles a ricominciare almeno a parlarsi, nella speranza che un'«operazione di salvataggio» del matrimonio fosse ancora possibile. Sir Gordon Reece, influentissimo consigliere politico della regina, si assunse il compito di avvicinare direttamente la principessa, alla quale pure era stato assegnato un nome in codice: Flavia, come l'eroina del popolare romanzo *Il prigioniero di Zenda.* Flavia, in effetti, le somigliava in tutto – bellezza, intelligenza, grazia – ed era amata da tutti tranne che dall'unica persona per la quale spasimava. Suo marito, il re.

La reazione di Diana all'approccio di sir Gordon fu entusiastica. Lei dichiarò di volere una riconciliazione per il bene della regina, dei suoi ragazzi e dell'intero Paese. E anche – fu l'opinione dell'illustre interlocutore – per il suo stesso bene. La sua amica più cara del tempo, Lucia Flecha de Lima, conferma che, nonostante l'umiliazione del «Camillagate», Lady Di era comunque pronta a riprendersi il marito, e le amiche più care la sostenevano in questa scelta. A una sola condizione: che Carlo giurasse di non rivedere mai più Camilla.

Il «Progetto Zenda» fu lanciato ad agosto e prevedeva di riportare lentamente insieme i coniugi, magari cominciando da qualche cerimonia pubblica selezionata con cura. Poi sarebbe seguito un weekend in famiglia e, nella più ottimistica delle previsioni, il principe sarebbe stato incoraggiato a passare un paio di notti a Kensington Palace, ovviamente in una camera da letto separata. Nessuna forzatura, insomma, ma un lento processo di riavvicinamento.

Solo che, mentre i partigiani di Zenda lavoravano al loro piano, un altro gruppo di cortigiani spingeva per rendere irreversibile la separazione, evitando il rischio di produrre nuove lacerazioni nel Paese. Carlo ondeggiava. La madre tentò a lungo di persuaderlo. Ma alla fine si tirò indietro. Lui non aveva mai provato per Diana ciò che lei, almeno da ragazza, aveva sentito per lui. La sua passione stava altrove, e non voleva più nasconderla. Ancora una volta Diana si vide respinta. La giovane donna irretita in un matrimonio dinastico anziché nell'unione d'amore che sognava fu abbandonata al suo destino. Che l'aspettava a Parigi sotto il tunnel dell'Alma.

Il fantasma sui gradini del trono

La morte di Diana fu un incidente. Chiariamo subito questo punto. Le storie, i complotti, le congiure dei servizi. E il duca di Edimburgo, o l'ex marito Carlo, mandanti del delitto. Tutte fantasie o chiacchiere interessate. Il principale accusatore, Mohamed al-Fayed, aveva ampi motivi di rancore. Il dolore per la perdita del figlio. Il desiderio di vendetta contro l'establishment britannico che lo aveva sempre rifiutato. E preoccupazioni più terra terra, legate alla circostanza che proprio lui aveva scelto come autista della fatale Mercedes quell'Henri Paul alticcio e in terapia farmacologica antidepressiva: un cocktail micidiale per imboccare una curva in galleria a oltre 100 chilometri all'ora.

Diana non è stata uccisa. E non c'è uno straccio di elemento che possa sorreggere questo sospetto. Il pubblico, che l'ha tanto amata, coltivava forse le teorie della cospirazione come un'inconscia forma di adorazione. Ma adesso sembra averla dimenticata. Come accadde due secoli fa con la regina Caroline, già poco tempo dopo la tragedia di Diana il regno sembrava ansioso di recuperare l'equilibrio, la tranquillità sconvolta dallo scandalo e dalle lacrime. In fondo, lo stesso impatto della sua scomparsa sui destini dei Windsor si presta a letture opposte.

Per i sostenitori del complotto il movente è chiaro: la fine di Lady Di ha rimosso un serio grattacapo per la dinastia. Ma molti, compreso il sottoscritto, pensano al contrario che il suo fantasma sia molto più pericoloso che lei da viva. In particolare se la storia con Dodi fosse andata avanti: l'Inghilterra sarà pure diventata multietnica, ma difficilmente avrebbe apprezzato una relazione, o peggio un matrimonio, della madre del futuro re con il figlio di un oscuro affarista egiziano al quale è stato perfino negato il passaporto britannico. In questa ipotesi Lady Di, come accadde a Caroline, sarebbe sparita non solo dai radar della buona società ma anche dal cuore dei suoi fan. E invece, l'ombra di una morte orribile e troppo precoce ha reso per anni odiosi ai sudditi tanto Carlo quanto Camilla: contro di lei, subito dopo la fine della rivale, i clienti di un supermercato si scatenarono scagliandole addosso pagnotte come pietre. Tutto scordato, sembrerebbe. Eppure, anche ora che il regno è ormai abituato a questa vecchia coppia, la storia tragica di Diana non cessa in qualche modo di perseguitare il principe.

Anzitutto condannandolo a scontare per sempre un giudizio non su quello che è ma su quello che è stato come marito. E poiché è stato pessimo, il resto della sua personalità o del suo lavoro, i suoi progetti e i suoi sogni, la sua generosità o la sua intelligenza vengono ignorati o liquidati con un'alzata di spalle. La comunicazione di Corte è molto migliorata, i responsabili delle pubbliche relazioni sono molto più abili e raffinati, ma la reputazione di Carlo è solo lievemente restaurata. Che meriti un trattamento più oggettivo?

Ai suoi antipatizzanti, ancor oggi molto numerosi, non piacerà sentir dire che ci sono aspetti piacevoli e ammirevoli nella personalità del principe. Le sue genuine preoccupazioni sui malanni della nostra società sono il risultato di una riflessione autentica, e tutta sua. Da giovane universitario a Cambridge nei ribelli anni Sessanta, Carlo (è ovvio) non fu mai tentato dalla contestazione. E invece, arrivato alla mezza età, ha cominciato ad appassionarsi proprio ai temi del disagio sociale che non scaldano più i suoi coetanei un tempo impegnati. Privatamente, lui si definisce «un dissidente».

Di certo, nella sua posizione, avrebbe potuto benissimo limitarsi a discorsi generici, evitando ogni controversia. Invece, pur non essendo un socialista, non esitò a irritare Downing Street nell'era di Mrs Thatcher con i suoi commenti su una Gran Bretagna divisa in due, tra ricchi e poveri. Per par condicio, si inimicò poi pure Tony Blair schierandosi a favore del *Countryside*, la gente di campagna, che in realtà voleva dire difendere la caccia alla volpe bandita dal governo laburista. Ancora più dolorosa un'altra piattonata assestata al premier teorico dell'«interventismo umanitario»: per mostrare il suo dissenso verso la violazione dei diritti civili nel Tibet il principe ha fatto ricorso a un aperto boicottaggio delle visite del presidente cinese.

Non è il solo caso in cui si cura che alle parole seguano fatti. L'attenzione verso le nuove generazioni ha condotto alla nascita di una delle migliori, e più ramificate, organizzazioni di beneficenza del Regno Unito. The Prince's Trust, la Fondazione del Principe, si occupa di avviare al lavoro i giovani provenienti da ambienti famigliari e sociali deprivati e di sostenerne finanziariamente i progetti imprenditoriali. In tre decenni di attività ha aiutato decine di migliaia di ragazzi delle comunità più svantaggiate e delle minoranze etniche. Carlo – racconta la vulgata – è un uomo viziato, servito da quando è nato, abituato a spendere fortune per le sue comodità e i suoi lussi: un valletto gli stende il dentifricio sullo spazzolino, il pigiama va stirato ogni mattina, il ghiaccio nel gin tonic va bene solo in palline e non a cubetti... Tutto vero. Ma è vero anche che una buona fetta dei 19 milioni di rendita del suo ducato di Cornovaglia va dritta dritta alla Fondazione per i giovani.

I biscotti di Cornovaglia e una corona per due

I biscotti biologici – come tutto il resto – che Carlo produce nella sua tenuta (feudo tradizionale del principe di Galles) non sono una trovata eccentrica di un ricco crapulone ma un'intelligente operazione commerciale e ambientale inventata interamente da lui. Sotto il marchio Duchy Originals (il ducato, com'è ovvio, è quello di Cornovaglia) finisce sul mercato non solo inglese un'intera linea di prodotti alimentari che genera sonanti profitti. In buona misura reinvestiti nelle tante *charities* che il principe patrocina, diciassette solo in Gran Bretagna, trecentocinquanta in tutto il Commonwealth. Il «credo» bio è alla base anche delle coltivazioni di Highgrove: la tenuta personale è molto più piccola, ma pure i magnifici – e costosi – giardini forniscono una fonte di reddito grazie ai biglietti delle migliaia di visitatori annui.

Imprenditore agricolo, benefattore, primo principe di Galles nella storia con un diploma universitario... Basta? Macché. In effetti, nemmeno i suoi critici più severi possono negare che l'uomo abbia un arco assai vasto d'interessi. Perfino troppo, a voler essere maligni. Passi per il giocatore di polo, l'acquerellista di talento, il pilota qualificato. Vada anche per l'autore di libri per bambini, lo sciatore provetto, il cultore di arte rinascimentale come di quella islamica: sapete che a Shoreditch, una zona di Londra a nord della City, ha fondato una Scuola di Arti Tradizionali che si occupa di preservare qualsiasi tradizione artistica minacciata? E che è la sola accademia a provvedere un'alta specializzazione in questa disciplina?

I guai cominciano quando si occupa di architettura, altra sua grande passione. Ed essendo un uomo di influenza, rischia di incidere un po' troppo su scelte urbanistiche non di sua competenza. Ha bloccato l'allargamento della National Gallery a Trafalgar Square descrivendo il progetto del nuovo edificio come «un mostruoso foruncolo sulla faccia di un vecchio amico molto amato». Ma ha impedito pure la più grossa speculazione edilizia a Londra degli ultimi decenni, sui terreni delle ex caserme di Chelsea. È bastato che scrivesse direttamente al proprietario dell'area, l'emiro del Qatar, perché i lavori si fermassero all'istante.

Questo è il problema di Carlo. Di essere giudicato un impiccione. In apparenza così freddo, ha portato invece nel ruolo di principe di Galles un bel po' di immaginazione. Non si limita ai compiti ufficiali del ruolo, dal taglio dei nastri alla visita ai reparti militari al conferimento delle onorificenze. No, lui si occupa anche di politica agricola o dell'istruzione, di urbanistica come di buona pratica sanitaria. E questo suo attivismo, che innervosisce i gabinetti ministeriali di ogni colore, confligge con l'antica regola secondo cui in Inghilterra il sovrano regna ma non governa. L'interventismo di Carlo è ancora tollerato perché non porta la corona. Ma sarebbe ragione di gravissimo scontro istituzionale se lo manifestasse una volta salito al trono, come Carlo III o (più probabilmente) Giorgio VII.

Perché Carlo sarà re, su questo non c'è dubbio. Salute ed età permettendo, si capisce. Ma ogni chiacchiera sul salto di generazione è, dinasticamente parlando, una bestialità. La fantasia di una Elisabetta che abdica tra qualche tempo per «consegnare» la corona al popolare nipote William è un ottimo soggetto cinematografico, ma niente più. L'essenza della monarchia ereditaria sta proprio nell'impossibilità della *scelta* del nuovo sovrano. Per definizione, non è il corpo *politico* che genera il re ma il corpo *fisico* del suo predecessore: circostanza meramente naturale che consentiva al vecchio Marx di ironizzare sulla monarchia come lotteria «zoologica». Il passaggio dello scettro non salta generazioni se non a prezzo di gravi crisi istituzionali, e nel caso inglese la successione è rigidamente regolata dagli editti reali e dalle leggi del Parlamento.

La Corona non è nella disponibilità privata del sovrano ma spetta di diritto al suo primo figlio maschio. La norma cambierà, come hanno deciso i Parlamenti del Commonwealth, per i discendenti di William, permettendo anche a una femmina primogenita di ereditare il trono. Ma il titolo di successione di Carlo è inalterabile e inoppugnabile. William sarà pure figlio dell'indimenticabile Diana ma dovrà aspettare il suo turno, forse quando sarà completamente calvo e di mezza età. Nel frattempo, tutti sanno che quella inglese non è una Corona per due. E la regina ha dato un segno inequivoco dell'ordine di successione quando, all'ultima apertura ufficiale del Parlamento, ha voluto accanto a sé Carlo e la consorte Camilla. Semmai, è questo che si chiedono gli inglesi: che genere di re sarà il figlio di Elisabetta?

Si può scommettere che sarà un monarca interessante. Finora si è mostrato uomo di convinzioni radicate e notevole energia, capace di sollevare questioni importanti in merito alla religione, all'ambiente, ai diritti umani. Da re, sa benissimo che non potrà più promuovere campagne su questo o quell'argomento: altro che sabotare la visita di un capo di Stato cinese, dovrà ospitarlo e coccolarlo! Il suo dovere sarà di indossare la maschera di imparzialità che la madre ha portato per decenni tra la gratitudine dei sudditi. Tuttavia Carlo non ha mai nascosto la sua lontananza, fisica ed emotiva, dalla Corte di Elisabetta. Perciò è più che probabile che impugnerà lo scettro come una ramazza, allontanando l'*entourage* materno per far posto alla sua squadra. E a Londra da un pezzo si sussurra che ha già pronto un piano per i suoi primi sei mesi da re.

Una riforma cruciale potrebbe riguardare il sistema delle onorificenze, pilastro dell'architettura monarchica. È ancora appropriato investire i buoni cittadini dell'Ordine di un impero estinto, come appunto l'OBE, Order of British Empire? Ha senso tenere in piedi antichi ordini cavallereschi, vedi Giarrettiera, in un mondo dove nessuno manco ricorda più che si tratta di un reggicalze? Non si conoscono le idee del principe di Galles in proposito ma di sicuro ne ha, e da sovrano non rinuncerà a metterle in atto. Nella sua cerchia si è discusso perfino di un mutamento ben più radicale.

Carlo potrebbe infatti decidere di abbandonare del tutto Buckingham Palace. La vecchia reggia verrebbe lasciata al governo per ospitarvi i dignitari stranieri in visita o i grandi eventi. La famiglia reale andrebbe a vivere nel castello che, dopotutto, ha dato il nome alla dinastia. Windsor. Quella, e non più Londra, sarebbe la base del monarca: un modo forse per distanziarsi dalla città del governo e ribadire un ancoraggio alle radici stesse del Paese. Un modo per marcare un mutamento drastico rispetto alla pompa del passato, anche recente, senza scadere nella farsa delle scandinave «monarchie in bicicletta». In ogni caso, Carlo desidera fortemente che il suo regno sia differente da quello di Elisabetta, e trattandosi – come ha mostrato nel caso di Camilla – di un uomo ostinato e tenace, di certo lascerà il segno sulla monarchia. Naturalmente, sempre che sopravviva alla madre.

Ogni tanto ci scherza sopra lui stesso. Quando il giornalista Jonathan Dimbleby gli chiese se un giorno sarebbe stato re, Carlo – con il suo tipico distacco – non rispose un secco sì ma piuttosto: «Be', nel normale corso degli eventi, uno immagina di sì». Non vi viene voglia di regalargli un cornetto?

Finito di stampare nel settembre 2013
presso ELCOGRAF S.p.A.
Stabilimento di Cles (TN)
Printed in Italy

Dinastia Sassonia-Coburgo-Gotha

1837-1917

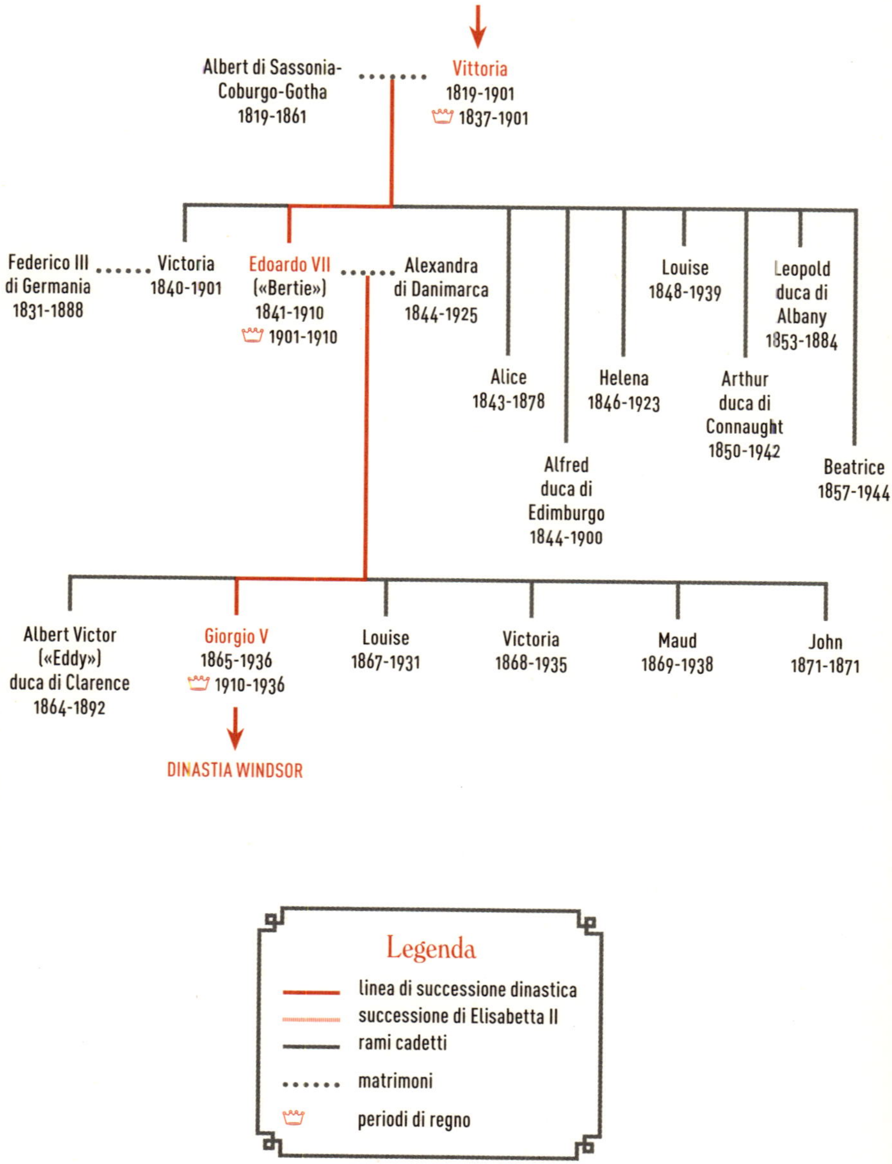